Malia K
Queen of Darkness
Band 2

AF280571

Bibliografische Information der Deutschen Nationalbibliothek: Die Deutsche Nationalbibliothek verzeichnet diese Publikation in der Deutschen Nationalbibliografie; detaillierte bibliografische Daten sind im Internet über http://dnb.dnb.de abrufbar.

Lektorat: Claudia K.
Korrektorat: Katharina L. Claudia K.
Cover: Dana Jai.
Buchsatz und Innengestaltung Malia K.

Verlag: BoD · Books on Demand GmbH, In de Tarpen 42, 22848 Norderstedt
Druck: Libri Plureos GmbH, Friedensallee 273, 22763 Hamburg
ISBN: 978-3-7693-1850-0

Nicht jeder Mann auf einem Pferd, ist auch ein König. Manchmal ist es auch der Killer, der im Schatten lauert.

Kapitel 1

Esperanza

Ich empfinde so einen unglaublichen Hass! Ich war nicht stark genug, ich habe es nicht geschafft mich gegen sie zu wehren und Killian zu retten. Falls er meinetwegen gestorben ist, werde ich mir das niemals verzeihen. Es sind bereits zwei Tage, seit ich aus dem Penthouse entführt wurde.

Ich habe keinen blassen Schimmer, wo ich bin und wohin sie mich bringen. Wir sind immer wieder von einem Auto ins nächste gestiegen. Weder Aaron noch Jake habe ich gesehen, seit sie mich aus dem Fahrstuhl in einen Lieferwagen geschmissen haben. Der Typ, der zu meinem Aufpasser degradiert wurde, redet nicht ein Wort. Selbst bei seinen Anrufen geht er stumm ans Telefon.

Jetzt sind wir schon wieder eine Weile unterwegs, jedoch kann ich anhand der Umgebung nur vermuten, dass wir in Großbritannien sind. Auch wenn es sich seltsam anhören mag, ich wünsche mir wirklich Jake oder Aaron zu sehen, um zu erfahren, wohin sie mich bringen und ob sie wissen, ob Killian überlebt hat. Schon der Gedanke an ihn, lässt meine Augen feucht werden, jedoch lasse ich keine Tränen zu. Ich werde ihnen niemals meine Schwäche zeigen! Nicht, nachdem ich erfahren habe, was mir 21 Jahre lang verschwiegen wurde.

Ich bin verdammt nochmal Esperanza-Gabriela Garcia, die Prinzessin von Spanien.

Wenn ich mir die Macht, die mir zusteht, irgendwie holen kann, werde ich diese nutzen um die, die den Mann, den ich liebe, verletzt haben, zur Rechenschaft zu ziehen!

Der stumme Kollege fährt den Wagen auf eine Art Anhänger, an einem Steg und lässt den gesamten Wagen dadurch erschüttern. Als er endlich anhält, wird mir die Tür geöffnet und kein anderer als mein Ex-Verlobter höchstpersönlich, erscheint vor mir.

»Freya, es freut mich dich wieder zu sehen. Bist du endlich zur Vernunft gekommen? Du musst nur sagen das es dir leid tut und ich nehme dich mit nach Hause. Ich werde dir alles verzeihen, Baby, versprochen. Dich erwartet keine Strafe…«

Bevor er seinen Satz beenden kann, kommt Aaron auf ihn zu gelaufen und stößt ihn von mir.

»Meine Schöne, ich hoffe du hast mich nicht allzu sehr vermisst, ich musste mich um einiges kümmern, weißt du. Der Oberste eines Chapters zu sein, ist eben kein Zuckerschlecken. Also bist du endlich zur Vernunft gekommen, siehst du endlich ein, dass du meine Lady bist?«

Hat der Typ Lack gesoffen? Ich werde ganz bestimmt nicht seine Lady! Was denken die denn alle, wer sie sind? Keiner von den Idioten hier kann Anspruch auf mich erheben.

»Ich gehöre weder dir Aaron, noch werde ich mich bei dir für irgendetwas entschuldigen, Jake! Ich habe keinen Fehler gemacht! Ihr seid diejenigen die sich benommen haben wie die Wilden!«

Jake ballt seine Fäuste, macht gerade einen Schritt auf mich zu, als Aaron sich vor mich stellt.

»Vergiss deinen Platz nicht, Jake, Gail ist nicht mehr da, um dich zu schützen, also denk nicht mal dran ihr auch nur ein Haar zu krümmen. Sobald wir wieder an Land sind, wird es amtlich gemacht.«

»Was soll das heißen, es wird amtlich gemacht?«

Ich kann sehen, wie Jake diese Information auch erst mal verkraften muss. Wäre er nicht so ein Idiot gewesen, wären wir niemals in diese Lage gekommen!

»Das bedeutet, dass du vor dem letzten Gründermitglied des MC's meine Lady werden wirst. Nenn es von mir aus auch eine Hochzeit, nur ohne Gott und diesen Scheiß. Das bedeutet also, ich bin der Einzige, der dir zu nahekommt, ob du willst oder nicht! Ist das für alle Anwesenden klar?«

Jake nickt, ich wiederrum schüttle den Kopf.

»Ganz bestimmt nicht! Weder du noch du, werden mich anfassen! Egal in welche Richtung, habt ihr das verstanden?«

Aaron schüttelt lachend den Kopf und sieht in die Ferne. Das Schiff hat schon abgelegt und wir befinden uns bereits mitten im Meer. Ich muss versuchen Jake auf meine Seite zu ziehen. Vielleicht kann ich ihn so manipulieren, dass er mir einen Ausweg verschafft. Ich schaue ihn mit meinem typischen Schmollblick an.

Wie erwartet, reagiert er sofort und kommt näher.

»Willst du reden?«

Ich nicke und sehe direkt wieder in die Richtung von Aaron. Ich will ihm keinen Grund geben, Jake zu erschießen, bevor ich durch ihn einen Weg in meine Freiheit gefunden habe.

»Aaron, ich bringe Freya in ihre Kabine. Der Hubschrauber kommt gleich, du musst die Italiener ohnehin persönlich empfangen.«

Er dreht sich kurz in unsere Richtung, nickt und dreht sich wieder mit dem Gesicht zum Wasser. Gemeinsam mit Jake gehe ich in das Innere des Schiffes.

Es sieht wirklich schön aus, aber was habe ich erwartet, ich befinde mich auf dem Schiff des Präsidenten der Death Bastards, natürlich ist es hier vollkommen luxuriös. Wir laufen durch viele Gänge, bis wir auf einem Flur ankommen, in dem sich, wie es aussieht, nur ein Zimmer befindet. Er öffnet die Tür und lässt mich vorbei.

»Diese Hälfte des Abteils gehört dir, die anderen und ich sind alle unten. Aaron ist auf der anderen Seite des Abteils. Also was sollte der Blick, was willst du?«

Wieder ist er so freundlich, wie ich ihn kennengelernt habe, vielleicht kann ich die Wahrheit aus ihm herauskitzeln.

»Jake, wieso hast du das alles getan? Wieso hast du uns so dermaßen zerstört? Ich hätte mich niemals auf Killian eingelassen, wenn du an diesem Abend nicht so weit gegangen wärst. Ich habe dich über alles geliebt, das meine ich ernst, aber du? Ich habe das Telefonat mit deinem Vater gehört. Ich gehörte zu einem Plan. Um was geht es dabei?«

Er fährt sich nervös durch die Haare und beginnt hin und her zu laufen.

»Ich weiß, wer du bist. Mein Vater hat es mir gesagt, nachdem er dich das erste Mal mit Caleb gesehen habe. Er arbeitet als Dekan, ebenfalls für viele Botschaften und dazu auch für die spanische. Durch einen Zufall hat er Zugriff auf die Vermisstenanzeigen bekommen und plötzlich sah er dich.

Es war ein Computeranimiertes Bild, doch er hat dich sofort erkannt. Also überlegte er, wie er durch dich eine Stange Geld an Land ziehen kann. Ich tat, was er verlangte, und machte mich an dich ran, doch als du nicht wolltest, wurdest du umso interessanter für mich. Ich konnte mir beim besten Willen nicht vorstellen dich jemals so sehr zu lieben, wie ich es eben tue. Ich bin ausgestiegen, habe ihm angeboten das Geld, das er vom Königshaus für deine Auslieferung bekommen würde, anderweitig zu besorgen. Also meldete ich mich bei Aaron, den Rest kennst du.«

Ich kann das alles nicht glauben. Ich war für ihn anfangs nichts weiter als ein verdammtes Spiel. Auch wenn ich mit Sicherheit sagen kann, dass ich ihn nicht mehr liebe, verletzt es mich dennoch. Nicht seinetwegen, sondern um meinetwegen. Ich war blind, habe mich von ihm blenden lassen und bin am Ende in der Hölle gelandet.

»Wo bringt ihr mich hin, Jake?« In meiner Stimme ist die Enttäuschung, über seine Offenbarung, deutlich zu hören.

»Ganz ehrlich, Baby, selbst wenn ich es wüsste, ich würde dir kein Wort sagen. Nur weil ich dir die Wahrheit erzählt habe, bedeutet das nicht, dass ich dich nicht lieber tot sehen würde, als dass ich riskiere dich zurück in seine Arme zu treiben. Obwohl ich nicht denke, dass er überlebt hat.«

Da ist er wieder, der Mann, der mich in die Arme eines anderen getrieben hat. Bevor ich etwas sagen kann, wendet er sich ab und läuft zur Tür.

»Wenn du gedacht hast, dass ich ein Monster bin, dann sei dir sicher, Aaron ist ein noch viel schlimmeres.«

Mit diesen Worten verlässt er das Zimmer und lässt mich allein mit meinen Tränen, die ich, egal wie sehr ich es versuche, nicht zurückhalten kann.

Ich bin auf offener See, ohne einen Weg raus. Ich bin sowas von geliefert.

Kapitel 2

Ein lautes Piepsen weckt mich endlich aus einem nicht endenden Albtraum. Du warst weg, mein Engel. Entführt von den beiden, vor denen ich dich beschützen muss. Ich wurde verletzt, doch ich muss zugeben, obwohl es ein Traum war, habe ich höllische Schmerzen. Ich brauche dich, doch deine Seite des Bettes ist leer.

»Mein Engel, wo bist du?«

Anstatt deiner Stimme, ertönen die meiner Cousinen.

»Killi-Bär! Gott sei Dank, endlich bist du wach. Andrew, eh Hernan! Er ist wach, komm schnell.«

Was zum Teufel? Ich setze mich ruckartig auf und werde direkt mit einem ziehenden Schmerz in der Brust und im Oberschenkel überrascht. Fuck!

Das alles war kein Traum! Du bist weg! Sie haben dich mir weggenommen! Bri und Ana sitzen beide auf dem Bett, dass sich ohne dich nicht gut anfühlt.

Fuck! Ich bringe sie um. Ich werde sie alle auslöschen, bis ich dich wieder habe!

»Guten Morgen. Bevor du etwas sagst, Killian, es ist nicht deine Schuld. Ihr wurdet überrascht, du hättest keine Chance gehabt. Sie hätten dich umgebracht. Ich habe es gerade so geschafft herzukommen.«

Dein Vater ist hier und fuck, er sieht genauso scheiße aus wie ich mich fühle. Ich kann mir das Ausmaß seines Schmerzes nicht annähernd vorstellen.

»Woher wusstest du überhaupt wo ich wohne?«

Er zieht einen Stuhl aus dem Esszimmer her und setzt sich so, dass er direkt einen Blick auf mich, die Zwillinge, dein Bild und den Eingang hat. Eins muss ich ihm lassen, mein Engel, er ist verdammt wachsam.

»Kurz bevor du das Bewusstsein verloren hast, hast du deine Adresse gebrüllt. Ich bin direkt losgefahren, habe dir die Kugeln entfernt und habe dich zusammengeflickt. Naja, so gut wie ich es mit dem bisschen, was ich an Material hatte, eben konnte. Du hast zwei Tage geschlafen.«

NEIN VERDAMMT! Wieso bin ich so schwach? Ich hätte dich suchen müssen, wir haben so viel Zeit verloren. Du könntest weiß Gott wo sein!

»Wir haben jeden Winkel der Stadt nach ihr abgesucht, Killi-Bär. Sie ist nicht zu finden. Wir haben Familie überall auf der Welt. Auch wenn du es hassen wirst, Ana und ich haben sie kontaktiert und ihnen Freyas ehm... ich meine Esperanzas Bild gegeben. Wir werden sie finden, Großer, versprochen.«

Sie haben mal wieder an alles gedacht. Sie haben recht, mein Engel. Wir werden dich finden und wenn ich dabei draufgehe, ich werde dir noch einmal sagen, wie sehr ich dich liebe.

»Habt ihr denn eine Ahnung, wo sie sein könnte? Ob sie überhaupt noch lebt? Haben sie Spuren hinterlassen? Mein Engel hat gesagt man soll immer da schauen, wo es andere nicht tun. Habt ihr das gemacht?«

Ich kann ihre bemitleidenden Blicke kaum ertragen. Ich habe das Gefühl ich verliere den Verstand, wie kann es sein, dass sie dich so schnell außer Reichweite bringen konnten?

»Killian, es ist wichtig das du dich vollkommen erholst. Die Kugel hat knapp dein Herz verfehlt, du bist fast gestorben! Was denkst du wird meine Tochter mit mir anstellen, wenn ich sie ohne dich retten komme, weil du ein verdammt sturer Ochse bist und dich nicht richtig auskurieren willst?«

Hat dein Vater mich gerade wirklich einen sturen Ochsen genannt? Ich weiß jetzt, woher du deine frechen Kommentare hast, mein Engel. Sie haben ja recht, es bringt nichts, wenn ich mit mehreren Löchern im Körper auf die Suche nach dir gehe.

»Wir bestellen was zu essen, dann hacken wir uns in die Verkehrskameras und sehen, was wir finden. Wie du sagtest, wir schauen da, wo kein anderer schaut.«

Ich nicke und lasse mich zurück in die Kissen sinken, die immer noch nach dir riechen. Ich will gerade meine

Augen schließen, als mich der Klingelton eines Handys hochschrecken lässt. Ich drehe mich vorsichtig auf die Seite und nehme das besagte Telefon in die Hand.

Es muss von einem der Zwillinge sein, denn es erscheint das Bild eines mysteriösen Typen.

»Irgendein Alejandro ruft euch an, nehmt das Handy weg oder ich schmeiße es gegen die Wand. Ich habe Kopfschmerzen.«

Bri kommt angerannt und nimmt es mir aus der Hand.

»Scheiße, Ana, wer war als letztes mit ihm zusammen?«

»Woher soll ich das denn wissen? Ich war das letzte Mal kurz vor New York mit ihm. Und du?«

Ich glaube nicht, was ich da höre, diese beiden haben es Faustdick hinter den Ohren!

»Okay dann war ich es, es ist drei Tage her.«

Bri nimmt den Anruf entgegen und lässt sich zu mir aufs Bett sinken.

»Hey Baby! Hast du mich etwa schon vermisst?«

Ich kotze im Strahl. Wieso bin ich nicht gestorben? Die beiden sind wie Schwestern für mich, ich kann mir beim besten Willen nicht vorstellen, was sie außerhalb des Geschäfts alles tun. Und bei Gott, wenn ich das höre, will ich das auch gar nicht. Bri entgeht mein angewiderter Blick nicht und da stellt der kleine Teufel den Anruf wirklich auf Lautsprecher!

»Ja, mi Amor, wann sehe ich dich wieder? Ich bin gerade auf dem Weg nach London. Ich dachte wir können uns dort treffen, ich kenne da ein schönes Hotel.«

Ich schubse sie leicht, doch es war mit mehr Kraft als ich dachte, denn die Arme fällt vom Bett.

»Was machst du denn überhaupt hier? Ich dachte, du bist nur in Europa zuständig. Was war es gleich, was du machst?«

Oh, heilige Mutter Gottes, wie viele Männer teilen sie sich eigentlich, dass sie nicht mal wissen, was sie arbeiten?

»Ich habe einen Auftrag von meinem El Presidente bekommen, dem ich nachgehen soll. Ich bin Mitglied eines MCs. Aus irgendwelchen Gründen ist der aus London mit allen Mitgliedern verschwunden.«

Sofort werden wir hellhörig. Ana und dein Vater, eilen herbei und Ana reißt ihrem Zwilling das Handy aus der Hand.

»Oh Baby, welchen MC meinst du? Vielleicht kann ich dir bei der Suche behilflich sein. Ich bin hier groß geworden und kenne somit jeden Winkel der Stadt.«

»Si, mi Amor. Deswegen wollte ich dich auch sehen. Ich bin bei den, ah wie sagt man das gleich auf Englisch? Ah ja, Death Bastards. Irgendwie sind alle verschwunden und ich muss nach Hinweisen suchen.«

Diesen Typ schickt der Himmel. Er wird uns sicher zu dir führen, mein Engel! Gott, ich kann es kaum erwarten diesen Mann kennenzulernen.

»Ruf mich an, wenn du angekommen bist, dann treffen wir uns.«

»Bye, mi Amor«, der Anruf wird beendet und alle Augen liegen auf mir.

»Wir werden sie finden, das weiß ich. Er wird uns helfen. Da bin ich mir sicher.«

Ich hoffe es so sehr, mein Engel. Auch wenn du noch nicht lange weg bist, halte ich diese Leere, die du hinterlassen hast, kaum noch aus.

• • • • •

Esperanza

Seit Jake mich in der Kabine stehen lassen hat, sind mittlerweile drei Stunden vergangen.

Aus der Ferne sind schon eine Weile hitzige Diskussionen zu hören, jedoch kann ich nicht verstehen, wovon sie handeln. Ich habe immer wieder versucht mit aller Kraft das kleine Fenster aufzubekommen, aber ohne Erfolg.

Die Kabine an sich ist sehr schön eingerichtet. Wäre ich nicht entführt und aus meinem Leben gerissen worden, würde ich mich fühlen wie auf einer Kreuzfahrt. Das große Bett ist der Mittelpunkt des Raumes. Links und rechts davon stehen Nachttische und direkt gegenüber hängt ein großer Fernseher. Im gesamten Wohn- und Schlafbereich wurde ein flauschiger schwarzer Teppich ausgelegt, welcher farblich perfekt zu der weißen Wand und der grauen Einrichtung passt.

Neben der Tür, durch die Jake und ich vorhin reingekommen sind, steht ein Schrank, der, wie ich sehen kann, voller Frauenkleidung ist. Ich nehme einige Teile heraus und erkenne, dass es die Klamotten sind, die ich bei Jake gelassen habe.

Sie mussten sich also sicher gewesen sein, dass sie mich an dem Tag in die Finger bekommen. Ich begebe mich zu der Tür auf der anderen Seite der Kabine, öffne sie und finde mich inmitten eines großen Badezimmers wieder. Auch hier finde ich all die Sachen, die ich zurückgelassen habe. Irgendwie habe ich das Gefühl, dass es nicht so einfach wird zu entkommen, wie ich dachte.

»Hast du dich schon an dein neues Zuhause gewöhnt? Wir werden eine Weile unterwegs sein und ich wollte nicht, dass es dir an etwas fehlt.«

Aaron erscheint plötzlich hinter mir und sieht mich von oben bis unten an. Wenn man es genauer betrachtet, ist er ein gutaussehender Mann, jedoch strahlt sein hässlicher Charakter heller als die Sonne.

»Wie aufmerksam. Ich würde mich besser fühlen, wenn ich bei Killian wäre, denn er fehlt mir sehr. Egal wie viele Sachen du mir noch besorgen solltest, ich werde mich nicht damit zufriedengeben.«

Gerade als er realisiert, was ich gesagt habe, fliegt mir seine flache Hand ins Gesicht.

»Du wirst diesen Namen nie wieder erwähnen! Du wirst nie wieder an ihn denken! Nie wieder! Hast du das verstanden, Freya?«

Meine Wange pocht so sehr, dass ich seine Worte nur vage wahrnehme. Er hat mich einfach geschlagen!

Ich werde mich nicht mehr erniedrigen lassen! Von keinem einzigen Menschen! Es reicht! Ich hole aus und verpasse ihm ebenfalls eine schallende Ohrfeige.

»Du hast mir überhaupt nichts zu sagen, Aaron! Ich werde immer, jeden verdammten Tag, an Killian denken! Ich werde nicht aufhören eine Möglichkeit zu finden, wieder zu ihm zurückzukehren. Und sollte er wirklich tot sein, bring ich euch alle um.«

Vielleicht habe ich den Mund zu voll genommen, denn Aaron kommt auf mich zu, vergräbt eine Hand in meinem Haar und zieht so fest daran, dass mir ein wimmernder Ton entfährt. Er zieht mich gewaltsam aus dem Badezimmer und wirft mich mit voller Wucht auf den Boden.

»Wie ich sehe, meine Schöne, hat dir meine letzte Lektion nicht gereicht.«

Er steht direkt über mir und senkt sich langsam auf die Knie.

»Du wirst mir treu ergeben sein! Ich werde für dich wie ein Gott sein. Du wirst mich lieben, Freya auch wenn ich dich dazu zwingen muss.«

Der Typ ist doch vollkommen am Arsch. Was denkt er sich eigentlich? Seine Präsidentenposition, ist ihm dermaßen zu Kopf gestiegen, dass er sich selbst als den Herrscher der Welt sieht.

»Ich werde dich niemals lieben, Aaron. Niemals…«

Bevor ich meinen Satz beenden kann, schlägt er mir wieder ins Gesicht und zieht meinen Kopf dabei zu sich. »Fordere mich nicht heraus, meine Schöne, ich will dich nicht mit einem ramponierten Gesicht zu dem Ältesten bringen.« Plötzlich drückt er seine Lippen auf meine. Ich dachte bei Jake hätte ich einen Ekel empfunden, doch das hier ist noch viel schlimmer. Mit aller Macht versuche ich mich aus seinem Griff zu befreien, doch mein Zappeln macht ihn nur noch wilder. Er schiebt seine Zunge zwischen meine Lippen, die ich mit aller Kraft versuche, geschlossen zu halten.

»Du schmeckst wie das Paradies, Freya, so unendlich süß«, flüstert er an meine Lippen und führt sie direkt wieder mit seinen zusammen. Ich kann das nicht mehr, ich sollte es über mich ergehen lassen, um mehr Schläge zu vermeiden, doch ich kann nicht. Mit voller Kraft verpasse ich ihm eine Kopfnuss. Er fällt rückwärts auf den Boden und landet unsanft auf seinem Hinterteil. Blut tropft aus seiner Nase und seinem Blick nach zu urteilen, habe ich gerade einen großen Fehler begangen.

Ich springe auf und versuche so viel Abstand wie möglich zwischen uns zu bringen, doch die Wut, die von ihm ausgeht, ist bestialisch.

»Du verdammtes kleines Biest. Ich war wohl nicht deutlich genug, was?«

Bevor ich etwas erwidern kann, packt er mich, schmeißt mich aufs Bett und reißt mir den Pullover auf.

Er setzt sich auf mich, greift in seinen Stiefel und zieht sein Messer heraus.

»Nicht! Aaron, bitte tu das nicht«, flehe ich, doch ich kann deutlich sehen, wie ihn das anmacht. Seine Hose spannt sich immer mehr.

»Meine Schöne, du zwingst mich dazu.«

Er setzt die Klinge direkt an das Körbchen meines BHs und ritzt wie ein Wilder in meine Haut.

»AARON BITTE HÖR AUF! BITTE!«

Auch wenn ich weiß, dass es ihn nur noch mehr anmacht, wenn er mich flehen hört, kann ich nicht anders. Der Schmerz ist so schlimm, dass ich nicht weiß, wie ich es aushalten soll, ohne das Bewusstsein zu verlieren. Die Tränen, die ich so sehr zurückgehalten habe, bahnen sich einen Weg in die Freiheit.

»Ich liebe es, wenn du für mich weinst, meine Schöne. Und noch mehr liebe ich es, wenn du für mich blutest.«

Als er mit seinem Kunstwerk zufrieden ist, öffnet er meine Hose, zieht sie runter und lässt sie samt Slip auf den Boden fallen.

»Aaron, es tut mir leid, bitte tu das nicht.«

Er schüttelt den Kopf, öffnet seinen Gürtel und befreit sich ebenfalls unterrum von seinen Klamotten.

»Ungehorsam muss bestraft werden, meine Schöne. Wenn es sein muss, fick ich dir seinen Namen, sein Gesicht und seine verfluchte Existenz aus dem Kopf.«

Er spuckt sich auf die Hand, schmiert es mir an die Öffnung und dringt gnadenlos in mich ein.

»Gott, ich kann verstehen, wieso diese Männer dich so lieben. Deine Pussy ist das fucking Nirvana.«

Er beginnt mich in schnellem Rhythmus wie ein besessener zu ficken, drückt mir immer wieder einen Kuss auf die Lippen und stöhnt voller Verlangen.

Aaron wird immer schneller, das Bett kracht in immer kürzeren Abständen gegen die Wand, bis er sich aus mir entzieht und brüllend seinen Samen auf meinem Bauch verteilt. Ich stehe so sehr unter Schock, dass ich nicht bemerkt habe, dass wir nicht mehr allein sind.

»Hat dir die Show gefallen, mein Freund?«, fragt Aaron und dreht sich zu Jake, der mit einem Ständer in der Hose in der Tür steht.

»Bei mir wäre sie wenigstens gekommen«, antwortet dieser und setzt sich auf den Stuhl, der direkt am Fenster steht. Vollkommen lässig, als hätte er gerade nicht dabei zugesehen, was sein neuer Freund mit mir gemacht hat. Ich beschließe mir den Kommentar, der mir auf der Zunge liegt, zu verkneifen und liege steif wie ein Brett da. Aaron gesellt sich zu ihm, zieht aus seiner Hose, die er bereits wieder angezogen hat, eine Fernbedienung, drückt einen Knopf und stellt sich mit einer Zigarette im Mund an das Fenster, welches sich gerade öffnet.

»Weißt du, Jake, wenn du sie so zum Kommen gebracht hättest, wäre sie niemals in die Arme eines anderen gelaufen.«

Bevor Jake ihm antworten kann, wendet sich Aaron wieder an mich.

»Du solltest eines nicht vergessen. Du wirst in wenigen Tagen meine Lady sein. Das bedeutet, du wirst tun und lassen, was ich sage. Wenn ich dir sage, spring, fragst du wie hoch und übertriffst meinen Wunsch.«

Ich bekomme nicht einen einzigen Ton aus meinem Mund, liege reglos da und warte. Warte, dass sie den Raum verlassen und ich endlich die Spuren dieses Monsters von mir waschen kann.

Als hätten sie meine Gedanken gelesen, stehen sie auf. Aaron klatscht Jake auf die Schulter, dreht sich noch einmal in meine Richtung, zwinkert mir zu und verlässt zusammen mit meinem Ex-Verlobten den Raum.

Sobald ihre Schritte nicht mehr zu hören sind, stehe ich auf und laufe mit zittrigen Beinen ins Bad. Dort erstarre ich, als mir mein Spiegelbild entgegenblickt. Oberhalb meiner Brust steht in kleinen, dennoch sichtbaren Buchstaben der Name Aaron. Er hat mich gekennzeichnet. Ich weiß nicht was mehr weh tut, der Schmerz der Schnitte oder meine misshandelte Mitte. Jedoch weiß ich eines sicher. Ich werde es diesen Bastarden nicht durchgehen lassen. Sie werden leiden und ich weiß auch genau wie ich dieses Ziel erreiche. Mein Freund ist der verdammte Schatten-Killer, ich die Prinzessin Spaniens. Ich soll verdammt sein, wenn ich ihnen nicht das Handwerk legen könnte.

Kapitel 3

Esperanza

Drei Tage sind vergangen, seit Aaron mich markiert hat. Ich habe weder ihn noch Jake seither zu Gesicht bekommen. Mir werden täglich drei Mahlzeiten von einem mir unbekannten Member gebracht. Er scheint im Gegensatz zu den anderen, die ich seit meiner Gefangenschaft gesehen habe, recht freundlich zu sein. Immer wieder setzt er sich zu mir, fragt wie mir das Essen schmeckt und will, wissen, wie es mir geht. Gerade als ich aufstehen möchte, um mich frisch zu machen, betritt er den Raum.

»Hey, Zimmerservice«, lächelnd stellt er das Tablet auf den Nachttisch, setzt sich auf den Stuhl, der am Fenster steht und öffnet dieses. Gott sei Dank, endlich frische Luft.

»Komm her, ich kann sehen das du die frische Luft vermisst hast, keine Sorge, kleine Rose, ich werde dir nichts tun.«

Ich stelle mich dennoch unsicher neben ihn und atme die frische Meeresluft ein.

»Wieso bist du so nett zu mir?«

»Weil ich eine gute Erziehung genossen habe. Meine Mutter hat mir beigebracht, wie man sich Frauen gegenüber verhält.«

Sie scheint alles richtig gemacht zu haben, denn im Gegensatz zu den anderen, scheint er ein echter Gentleman zu sein.

»Wieso bist du einer von ihnen? Du passt von deinem Verhalten her, ganz sicher nicht hierher. Wie heißt du eigentlich?«

Irgendetwas muss an meiner Aussage lustig gewesen sein, denn er lacht aus vollem Halse und entblößt seine weißen Zähne.

»Vom Verhalten her also nicht, aber von meinem Aussehen schon, oder wie?«

Jetzt muss ich auch lachen, denn genau so habe ich es gemeint. Er ist groß, sehr breit gebaut und voll tätowiert. Dunkel durch und durch. Anders aber seine Augen, sie stellen die Dunkelheit in den Hintergrund, denn sie sind noch blauer als Aarons.

»Ich heiße übrigens Asher. Ich bin nicht freiwillig ein Mitglied. Meine Schwester meinte sich bei einem der anderen Koks zu besorgen und dieses nicht zu bezahlen. Also hatte ich die Wahl, entweder sie wird eine ihrer Nutten oder ich schließe mich ihnen an. Ich hatte einen Boxclub, in dem sie immer wieder trainiert haben und als sie gesehen haben, was ich drauf habe, wollten sie mich für sich. Ich entschied mich gegen mich selbst und für meine Schwester.«

Wow, ich hätte nicht damit gerechnet, dass er sich mir so öffnet. Ich meine, gibt es nicht so etwas wie einen Kodex?

»Wenn ich wüsste, dass meine Familie nicht darunter leiden würde, würde ich dir bei deiner Flucht helfen. Denn ganz ehrlich? Jedes Mal, wenn ich Aaron und seine neue rechte Hand sehe, verspüre ich den Drang sie zu töten. Für das, was sie dir antun und weil ich hier sein muss, obwohl ich es nicht will. Aber glaub mir, es wird der Moment kommen, kleine Rose. Und du wirst ihn erkennen.«

Ich habe nicht die leiseste Ahnung, wovon er redet, jedoch muss ich sagen, genau wie anfangs bei Killian, glaube ich ihm jedes Wort.

»Welchen Moment meinst du?«

»Du wirst ihn erkennen, wenn es so weit ist, das verspreche ich dir.«

Er zwinkert mir zu, schließt das Fenster und verlässt den Raum. Ich setze mich aufs Bett, esse mein Frühstück. Danach begebe mich ins Badezimmer, als erneut die Tür aufgeht.

»Baby, egal was du gerade glaubst zu tun, hör auf. Wir sind an unserem ersten Ziel angekommen und legen gleich an. Du brauchst nichts mitnehmen, es geht gleich in den Flieger und nach der Landung wartet schon ein voller Kleiderschrank auf dich.«

Jake lässt sich entspannt aufs Bett fallen und verschränkt die Hände hinter dem Kopf.

»Wo sind wir?«

»Keinen blassen Schimmer. Aaron verrät nichts, aus Angst das du mir deine Pussy auf den Schwanz setzt und ich dir alles verrate.«

Na klar, als wenn das meine einzige Option wäre. Ich laufe trotzdem ins Bad, um mir wenigstens noch die Zähne zu putzen und etwas anderes anzuziehen. Ich bin gerade dabei mir die Haare zu kämmen, als Jake hinter mir auftaucht.

»Hast du mich jemals geliebt, Freya?«

Okay, also mit dieser Frage habe ich nicht gerechnet und noch weniger mit seinem verletzten Gesichtsausdruck.

»Ja, Jake. Ich habe dich mehr als alles andere geliebt, bis du zu dem Monster geworden bist, welches jetzt vor mir steht. Du hättest mit mir reden sollen, wir hätten eine Lösung gefunden, irgendwie. Aber das ging einfach alles zu weit. Ich habe in Killian das gefunden, was mir bei dir abhandengekommen ist. Geborgenheit.«

Er nickt und setzt sich auf den Rand der großen Badewanne.

»Du hast recht, ich hätte anders handeln sollen. Ich will nur das du weißt, dass ich dich immer noch liebe, aber mir nichts leidtut. Ich würde immer wieder so handeln, denn ich kann nicht damit umgehen, dass dein Herz nicht mehr mir gehört.«

Bevor ich ihm antworten kann, betritt ein wütender Aaron das Badezimmer. Was soll das werden, eine Volksversammlung?

»WAS MACHST DU HIER IN IHREM BADEZIMMER?«

Scheiße, wenn ich mir das so ansehe, kann ich nur erahnen was gleich passiert.

»Du wolltest, dass ich sie hole, genau das mache ich hier.«

Aaron holt aus und verpasst Jake einen solch starken Haken, dass dieser wie ein nasser Sack bewusstlos umfällt.

»Hast du ihn an dich rangelassen? Hat er berührt was mir gehört?«

Ich versetze mich in die Rolle, die ich mir in den letzten Tagen antrainiert habe und schüttle demütig den Kopf.

»Ich habe aus meinem Fehler gelernt, Aaron, ich möchte dich nicht verärgern. Ich hätte dich gerufen, wenn er mir zu nahegekommen wäre, wirklich.«

Er tut etwas, mit dem ich niemals gerechnet hätte. Er zieht mich zu sich und nimmt mich in den Arm.

Ich kann aus meinem Zimmer eine Bewegung wahrnehmen und als ich Aaron über die Schulter blicke, kann ich sehen, wie Asher den Daumen nach oben hebt, mir zuzwinkert und mit seinen Lippen die Worte Gut, mach genauso weiter formt.

Ich glaube in ihm habe ich einen Verbündeten gefunden und bei dem, was mich erwartet, kann ich diesen sehr gut gebrauchen.

Heute ist endlich der Tag. Ana trifft sich mit ihrem komischen Bikerfreund. Meine Wunden sind inzwischen relativ gut verheilt und ich habe die Erlaubnis von deinem Vater bekommen, das Bett zu verlassen. Wir haben jeden verdammten Tag die Videos der Verkehrskameras gecheckt, jedoch konnten wir dich nicht finden, seit du in der Nähe des Hafens das letzte Mal gesichtet worden bist. Fuck, wo bist du, mein Engel?

»Also, wann geht es los?«, werfe ich in die Runde und wie schon erwartet, fliegen böse Blicke in meine Richtung.

»Du bleibst genau hier, Killian, wir werden Hernan mitnehmen. Du musst erst wieder vollkommen gesund sein, vorher können wir nichts mit dir anfangen.«

Wenn ich ehrlich zu mir selbst bin, hat Bri nicht ganz unrecht. Wusstest du eigentlich, dass deinem Vater der

Thron verweigert wurde, weil er an illegalen Kämpfen teilgenommen hat?

Dein Onkel scheint dahinter gekommen zu sein und hat die Chance gewittert, endlich das zu bekommen, was er wollte. Den Thron und deine Mutter. Das Königshaus tolerierte, das nicht und deinem Vater platzte, der Kragen. Er verprügelte deinen Onkel. Seine Verletzungen waren so gravierend, dass er für 4 Wochen in ein künstliches Koma versetzt wurde. Mein Engel, du würdest dich wundern was alles hinter dem Mann mit den Pancakes und der heißen Schokolade steckt.

»Ich werde auf die Beiden aufpassen, auch wenn ich mir fast sicher bin, dass sie diesen Schutz nicht nötig haben.«

Irgendwie sagt mir mein Gefühl, dass ich wirklich mitgehen sollte. Ich habe immer Recht, das sollten sie eigentlich wissen.

»Ich werde mich nicht überanstrengen, versprochen. Aber ich werde euch begleiten. Mein Gefühl sagt mir nichts Gutes. Also los, lasst uns gehen.«

Nur widerwillig stimmen sie zu und langsam, mit deinem Vater als Stütze, begebe ich mich mit ihnen zum Fahrstuhl.

Eine halbe Stunde später kommen wir am ausgemachten Treffpunkt an und wer hätte es gedacht, wir befinden uns vor dem Clubhaus der Death Bastards. Ana bleibt im Wagen, für den Fall, dass wir verschwinden müssen.

Hernan steht etwas abseits von uns, um das Ganze von weitem zu beobachten, falls irgendjemand auf die Idee kommt, uns aus dem Hinterhalt anzugreifen.

Ein großer, breitgebauter Typ kommt auf uns zu und steckt meiner kleinen Cousine die Zunge in den

Hals. Gott, wenn er wüsste, dass er gleich mit zwei von der Sorte was hat, würde er sich umgucken.

»Mi Amor, ich habe dich schon vermisst.«

»Ich habe dich auch vermisst, Baby. Das ist mein Cousin, Killian. Ich hoffe es ist für dich kein Problem, das er dabei ist, diese Monster haben seine Frau entführt und wir wollen nach Spuren suchen.«

»Es tut mir leid, dass das mit deiner Novia passiert ist, ich werde euch helfen nach Spuren zu suchen, vielleicht suchen wir dasselbe.«

Ich nicke ihm nur zu und laufe direkt auf den Hinterhof zu, von dem man, über die Feuertreppe, Aarons Wohnung betreten kann. Die beiden turteln hinter mir, wie zwei frisch verliebte Teenager, während ich mit Müh und Not die Treppen hinaufklettere.

Oben angekommen, öffne ich wie immer das Fenster zu seinem Schlafzimmer und finde mich vor dem Whiteboard wieder, welches voll mit deinen Bildern ist.

»Herrgott, Killian, der Typ ist krank! Ich dachte schon du hast einen Schaden, mit dem Bild von ihr über deinem Bett, aber das hier? Das ist nicht normal, wir müssen sie schleunigst finden. Koste es, was es wolle.«

Bri hat Recht, jetzt wo ich das Ganze genauer betrachte, fallen mir erst die ganzen neuen Bilder auf, die seit meinem letzten Besuch dazugekommen sind. Viele zeigen dich bei der Arbeit, die anderen wieder zuhause, aber was mir am meisten Sorgen bereitet, sind die Bilder, die uns beide zusammen zeigen. In der Buchhandlung, in deinem Schlafzimmer und fuck! Es gibt welche, die direkt aus meinem Penthouse gemacht worden sind. Wie ist das möglich?

»Bri, wir müssen so schnell wie möglich, dass Penthouse verlassen, schau mal da!«

Meine Cousine kommt näher und schlägt sich die Hand vor den Mund.

»Killian, wie ist das möglich? Ich dachte…«

»Das ist deine Novia? Das ist unmöglich!«

Was will dieser Scheißer? Wieso redet er so über dich, als würde er genau wissen, wer du bist. Als würde er dich persönlich kennen?

»Gibt es ein Problem, mein Freund?«

Er scheint vollkommen verwirrt zu sein. Alejandro schaut sich jedes Bild genau an, als würde er durch ein drittes Auge, nach irgendwelchen Zeichen suchen.

»Killian, weißt du eigentlich, wer das ist? Ist dir klar, wer dein Mädchen ist?«

Ich kann nicht anders, packe ihn am Kragen und egal wie unerträglich die Schmerzen sind, die ich durch diese Anstrengung habe, knalle ich ihn gegen die Wand.

»KILLIAN HÖR SOFORT AUF MIT DEM SCHEIß!«

Ich ignoriere den kleinen Giftzwerg, der versucht mich von diesem Typen loszureißen, aber mir platzt bald der Schädel! Ich verliere über alles die Kontrolle, habe keine Ahnung wo du bist, wie es dir geht oder was zum Teufel sie mit dir machen, und dann kommt dieser Pisser und scheint dich zu kennen!

»Wow, Amigo, ganz ruhig. Ich bin nicht der Böse, ich schwöre.«

Er schafft es, sich aus meinem Griff zu befreien, glättet sein Shirt, dass ich durch meinen Anfall zerknittert habe und setzt sich auf das mit Geschlechtskrankheiten verseuchte Bett von Aaron.

»Diese Schönheit ist also die, wegen der alle verschwunden sind. Ich glaube es nicht, ich habe sie tatsächlich gefunden«, spricht er Gedankenversunken vor sich hin. War er gerade nicht dabei? Muss ich ihm jetzt wirklich die Scheiße aus dem Leib prügeln? Bri sieht mir an, was ich vorhabe, und kniet sich vor ihren Toy-Boy.

»Alejandro, Baby, woher willst du Freya kennen?«

Absichtlich benutzt sie ihren ausgedachten Namen und sieht ihm mit einem so todernsten Blick in die Augen, dass ich befürchte, sie ist diejenige die ihm gleich eine runterhaut.

»No, das ist nicht ihr Name. Das ist Esperanza-Gabriela…«

Sie steht auf, zieht das Messer aus ihrem Stiefel und sitzt so schnell mit der Klinge an seinem Hals auf ihm, dass ich erst gar nicht realisiere was passiert.

»WER BIST DU? WOHER KENNST DU DIESEN NAMEN UND WIESO DENKST DU DAS SIE DAS IST!«

Habe ich schon einmal erwähnt, wie sehr ich diese Zwillinge liebe? Niemals hätte ich gedacht, dass jemand den Platz meines Zwillings einnehmen kann, doch Bri und Ana, sind die zweite Hälfte meines Herzens. Naja, nicht ganz, der größte Teil gehört dir, mein Engel.

»Mi Amor, geh runter von mir und nimm sofort dein Messer weg, bevor ich dir wieder den Arsch versohlen muss. Lass mich aufstehen und wir reden.«

Kurz überkommt mich Übelkeit, wenn ich mir vorstelle, was meine Zwerge so in ihrer Freizeit tun. Schnell schiebe ich den Gedanken beiseite und ziehe sie von ihm. Er steht auf, geht an das Whiteboard und nimmt ein Bild von dir in die Hand.

»Das ist meine Cousine. Ich bin der uneheliche Sohn von Miguel Garcia. Keiner außer mir, meiner Stiefmutter und meinem Onkel wissen von meiner Existenz. Mein Padre hatte sehr viele Frauen gehabt, bevor er den Thron bestiegen hat. Meine Madre wollte, dass er mich anerkennt, doch er weigerte sich. Als sie vor dem königlichen Kongress bekannt gab, dass ich der Sohn des Thronfolgers bin, wurde sie eine Nacht später getötet. Ich fand sie mit aufgeschnittener Kehle im Pferdestall. Ich ging zu dem Bruder meines Papas und erzählte ihm von meinem Fund. Er hat gesagt, er würde bald mit seiner Tochter auf eine geheime Mission gehen. Da ich aber wusste, dass die einzige Frau am Hof, die schwanger war, Cayetana war, konnte ich eins und eins zusammenzählen. Er versprach mir mich mitzunehmen, jedoch hatte mein Padre andere Pläne. Er ließ mich durch den Wald jagen, ich wurde ausgepeitscht, misshandelt und kopfüber an einen Baum gehängt. Als ich befreit wurde, waren mein Onkel und das Baby verschwunden. Ich bin zu meiner Tante gegangen, die immer weinend auf einer Brücke saß, sie gab mir Geld und ich verließ das Land…«

Ich kann mir das alles nicht mehr anhören, ich reiße ihm dein Bild aus der Hand und wende mich ihm zu.

»Beweis es. Wenn sich deine Geschichte als Lüge erweist, bringe ich dich um! Bri, ruf die anderen beiden an, sie sollen herkommen. Wir verlassen diesen Raum nicht, bis uns die Wahrheit bestätigt wurde.« Nickend greift sie nach ihrem Handy und verlässt den Raum. Während ich auf ihre Rückkehr warte, schaue ich mir deinen angeblichen Cousin genauer an. Wenn man lange genug hinsieht, könnte man meinen ihr seht euch etwas ähnlich, aber das kann ich mir auch einbilden. Bri kommt zurück und zeitnah kommen die beiden anderen durchs Fenster.

Als Alejandro Ana sieht fallen ihm fast die Augen aus dem Kopf.

»Was zum…«, er bricht seinen Satz ab, als dein Vater hinter ihr hervortritt.

»Mío Jovele, ¿cómo es posible? Pensé que estabas muerto?«

Die beiden fallen sich in die Arme. Fuck, er hat die Wahrheit gesagt. Auch wenn ich keine Ahnung habe, was dein Vater gesagt hat, spricht sein Blick für sich.

»No, Tio. Ich habe es geschafft.«

Als die beiden sich endlich voneinander gelöst haben, wendet sich Alejandro an die Zwillinge.

»Wer von euch ist nun Mi Amor?«

Die beiden gackern wie zwei Hühner und heben beide einen Arm in die Luft.

»Du hattest mit beiden das Vergnügen, darf ich vorstellen, Baby. Das ist Ana, meine Zwillingsschwester und deine andere Freundin, ich hoffe du bist nicht allzu sauer?« Er schüttelt lachend den Kopf, zieht beide in seine Arme und küsst sie abwechselnd.

»Dios mío, heute ist mein Glückstag«, die beiden kuscheln sich an ihn und scheinen deutlich erleichtert zu sein, dass er ihnen das alles nicht böse nimmt.

»Also ist es wahr, er ist dein Neffe?«, will Bri wissen und dein Vater nickt. Ich bin mir sicher, mein Engel, mit ihm an unserer Seite werden wir dich finden.

»Wir sollten uns aufteilen. Jeder geht woanders hin, um nach Hinweisen zu suchen. Aber du Killian, bleibst bei mir. Du kannst nicht allein kämpfen, falls uns jemand erwischt«, ich nicke deinem Vater zu. Nachdem wir das Zimmer verlassen haben, geht jeder in eine andere Richtung.

Ich hoffe wirklich, wir finden wonach wir suchen. Auch wenn ich noch nicht ganz sicher bin, was genau das eigentlich ist.

Kapitel 4

Esperanza

Nachdem das Schiff angelegt hat und alle an Land waren, sind wir in einem Restaurant etwas gegessen gegangen. Jetzt befinden wir uns wieder an einem Flughafen. Ich habe weder einen Hinweis darauf, wo wir sind, noch wohin wir als nächstes fliegen. Ich weiß nur, dass Aaron mir nicht mehr von der Seite weicht. Seit der Umarmung im Badezimmer, verhält er sich, wie ein wahrer Gentleman. Er macht mir die Türen auf, hält meine Hand und hat mir sogar den Mund abgetupft, als ich beim Essen etwas Sauce am Mundwinkel hatte. Wenn ich Ashers Andeutung richtig verstanden habe, soll ich ihm einfach das geben, was er will. So bekomme ich sein Vertrauen und kann vielleicht ein Schlupfloch finden, dass mich in die Freiheit bringt.

»Wir teilen uns auf. Asher, Jake, Conner und ihr beide dahinten. Ihr werdet mit mir und meiner Lady kommen. Die eine Hälfte von euch geht vor und trifft sich mit den Russen. Die andere Hälfte besorgt uns allen neue Identitäten. Wir werden uns ein neues Chapter suchen, dieses auslöschen und die Schuld der Konkurrenz in die Schuhe schieben. In zwei Wochen treffen wir uns in Italien, zur Zeremonie bei den Ältesten. Irgendwelche Fragen?«

Keiner der Anwesenden scheint etwas wissen zu wollen. Nachdem Aaron ihnen zugenickt hat, verteilen sie sich in alle Richtungen und wir betreten das Flugzeug.

»Komm, meine Schöne, lass mich dir helfen.«

Aaron hält mir seine Hand hin, um mich ins Flugzeug zu führen. Ein Blick in Ashers Richtung lässt mich ein leichtes Nicken wahrnehmen. Ich ergreife Aarons Hand und begebe mich gemeinsam mit ihm an unsere Plätze. Jake und der Rest verteilen sich im Flugzeug. Als ich mich gerade neben Aaron setzen möchte, zieht dieser mich auf seinen Schoß.

»Ich will das du den gesamten Flug hier sitzt. Ich will deine Nähe spüren, meine Schöne.«

Ohne dass er es sieht, verdrehe ich die Augen und gehe seiner Forderung nach. Nach kurzer Zeit bemerke ich, dass sein Schwanz immer härter wird. Fuck, das ist so dermaßen unangenehm. Nach einigen Minuten der Stille, sind wir endlich in der Luft und Jake bricht das Schweigen.

»Und wie soll es weitergehen? Was hast du jetzt vor und die bessere Frage ist, wohin gehen wir?«

Aaron, unter mir, atmet schwer aus. Es ist kaum zu überhören, dass Jake ihm auf die Nerven geht.

»Also als Erstes, will ich das du die Fresse hältst. Als Zweites, will ich das meine Lady sich um das Problem in meiner Hose kümmert.«

Das meint er doch nicht ernst! Ist er total verrückt geworden?

»Zieh mir die Hose aus und setz dich auf mich, meine Schöne. Es ist verdammt eng und schmerzhaft in meiner Hose.«

Widerlicher Penner.

»Ich kann mich auch einfach neben dich setzen, dann hast du das Problem nicht.«

Grob zieht er mich an den Haaren nach hinten, dass ich mit meinem Kopf auf seiner Schulter liege.

»Du wirst das tun, was ich will und wenn ich will, dass du mich vor den anderen fickst, dann tust du das. Hast du das verstanden, meine Schöne?«

Ich versuche mit durchgestrecktem Hals zu nicken, jedoch ist das gar nicht so einfach.

»Sag das du mich verstanden hast, sag mir was du jetzt tun wirst und warum.«

Ich hasse ihn so, so sehr. Sollte ich jemals jemanden töten, wird er mit Sicherheit der Erste sein.

»Ich werde dich jetzt, hier, vor allen anderen, ficken, damit jeder von ihnen sieht, dass ich dir gehöre«, murmle ich leise, doch ihm scheint das nicht zu reichen. Er will mich demütigen.

»Lauter, Freya, ich habe dich nicht verstanden.«

Je mehr er seine Macht demonstriert, desto härter wird sein Schwanz unter mir. Ich muss mitspielen, denn ich will nicht wissen, was er tut, wenn ich mich weigere.

»Ich werde dich jetzt, hier, vor all den anderen, ficken, damit jeder von ihnen sieht, dass ich dir gehöre.«

Er lässt meinen Kopf los und ich stehe auf, um diese Farce hinter mich zu bringen. Als ich gerade dabei bin, ihm die Hose zu öffnen, senkt er seinen Kopf zu mir.

»Ich kaufe dir deine gehorsame Nummer nicht ab. Wenn ich merke, dass du mir was vorspielst, während du auf meinem Schwanz sitzt, verspreche ich dir, dich jeden Tag so wund zu ficken, bis du gar nicht anders kannst, als nach meinem Schwanz zu betteln.«

Seine Worte lassen mich schwer schlucken. Wie soll ich ihm denn bitte nichts vorspielen, wenn ich ihn überhaupt nicht attraktiv finde? Ich überhaupt keine Lust auf Sex mit ihm habe?

»Mein Schwanz fickt sich nicht von selbst, meine Schöne.«

Ich ziehe ihm seine Hose, samt Boxershorts, herunter und schon springt mir seine Erektion entgegen. Auch meine Hose habe ich inzwischen ausgezogen und stehe mit meinem dicken Wollpullover und nur noch im Höschen vor ihm. Ihm scheint zu gefallen, wie ich vor ihm stehe, denn er umschließt seinen Schwanz mit der Faust und beginnt sich in langsamen Bewegungen einen runterzuholen. Ich gehe einen Schritt nach dem anderen auf ihn zu, als er es nicht mehr auszuhalten scheint und so fest an meinem Slip zieht, dass er zerreißt.

»Setz.dich.auf.mich!«

Sein schneidender Ton lässt mich erschaudern, dass wird weh tun, da bin ich mir sicher. Ich setze mich widerwillig auf seinen Schoß.

Aaron spuckt sich auf die Hand und verteilt seinen Speichel auf meiner trockenen Spalte. Ohne mir auch nur die Zeit zu geben, mich auf das kommende vorzubereiten, packt er mich an der Hüfte und drückt mich auf seine nicht gerade kleine Erektion. Mir entfährt ein schmerzerfülltes Wimmern, welches ihn nur noch mehr anmacht. Tränen laufen mir stumm über das Gesicht, doch das scheint ihn, wie gewöhnlich, nicht zu stören. Wäre es Jake, dem ich etwas vorspielen müsste, würde mir das alles mit Sicherheit nicht so schwer fallen wie bei Aaron. Als hätte er meine Gedanken gelesen, erhebt sich Jake und kommt auf uns zu.

»Das ist doch nicht zum Aushalten. Muss ich dir jetzt wirklich zeigen, wie man eine Frau wenigstens ein bisschen nass macht?« Jake schiebt mir seine Hand in die Haare und zieht mich an seine Lippen. Sofort bittet seine Zunge um Einlass, die ich ihr gewähre. Unsere

Zungen tanzen denselben Tanz, wie sie es zuvor immer getan haben und plötzlich, als hätte er es gewusst, schleicht sich ein kleines Kribbeln in meinen Unterleib. Aaron beginnt, währenddessen meine Hüften auf seinem Schwanz zu bewegen.

Ich ziehe Jake näher an mich, um ihm zu zeigen, wie dankbar ich ihm dafür bin, dass er mir bei dieser Show hilft. Automatisch bewege ich mich schneller auf Aarons Schoß. Auch wenn ich von zwei Männern umgeben bin, die mich beide auf ihre schräge Art und Weise begehren, denke ich, mit geschlossenen Augen, nur an einen. Killian. Sofort überkommt mich ein schlechtes Gewissen, jedoch im passenden Moment, denn Aaron zieht sich stöhnend aus mir, trennt mich von Jakes Lippen und zwängt mich auf die Knie.

»Mund auf, meine Schöne. Ich hab was für dich.«

GOTTVERDAMMTER WICHSER!

Ich öffne den Mund und er schiebt mir seinen pochenden Schwanz bis zum Anschlag in den Rachen und ergießt sich bis zum letzten Tropfen in meinen Hals.

»Das sollten wir wiederholen, Jake. Auch wenn sie meine Lady werden wird, finde ich es total geil, zu sehen, wie sie in deinen Händen schmilzt, wie ein Stück Butter.«

Nur über meine Leiche!

»Schluck es runter«, knurrt Aaron und vor lauter Angst, gehorche ich.

Ich ziehe mir meine Hose an und setze mich 2 Plätze weiter weg von ihm, in unmittelbarer Nähe zu Asher.

»Was hast du vor, meine Schöne, mein Schoß ist hier.«

»Gönn ihr ne Pause, Mann, es war eine tolle Show, wir hatten alle ne Latte, aber jetzt wollen wir alle schlafen, also bitte, spar dir dein restliches Sperma für nach der Landung auf.«

Ich sehe dankbar in Ashers Richtung und mache es mir auf der Sitzbank bequem, drehe ihnen allen den Rücken zu und schließe die Augen, denn genau dann bin ich bei ihm. Bei Killian. Zuhause.

●●●●●

Ich habe keine Ahnung wie lange ich geschlafen habe, aber als ich aufwache, werde ich von Asher durch die Nacht getragen.

»Wo bringst du mich hin? Wo sind wir und wo sind die beiden Wichser?« lachend trägt er mich die Treppe zu einer Villa hoch, die ich bei der Dunkelheit gar nicht recht erkennen kann.

»Die müssen was erledigen. Die nächsten zwei Tage musst du mit mir klarkommen, kleine Rose.«

Auch wenn ich selbst laufen könnte, bin ich froh, dass ich es nicht muss. Ich kann die Schmerzen, die Aaron mir innerlich zugefügt hat, deutlich spüren.

Drinnen angekommen, lässt er mich in einem riesigen Flur runter und sieht sich mit genauso großen Augen um, wie ich.

»Holy shit, als ich das letzte Mal hier war, war das alles noch eine Baustelle. Er hat wirklich keine Kosten gescheut für das neue Zuhause seiner Lady.«

Verwirrt drehe ich mich in seine Richtung.

»Neues Zuhause? Wo sind wir denn überhaupt? Er wird mich nicht zurück nach London bringen?«

»Sei doch nicht so doof, kleine Rose. Natürlich wird er das nicht. Die Gefahr, dass dein Freund überlebt hat, ist zwar gering aber besteht dennoch. Wir sind in Italien. Aaron ist auf dem Weg, mit Jake und den anderen, das Chapter von hier entweder auszulöschen oder ihnen eine Fusion vorzuschlagen. Aber so wie ich den Präsidenten von Italien kenne, wird er nicht einwilligen und muss sterben. Aaron wird sich seine Position nicht teilen. Frag mich aber nicht, wie er das vertuschen will. Er meinte, er hat einen Plan. Ich kann mir aber nicht vorstellen, dass jemand davon ausgeht, dass es die Konkurrenz war.«

Das kann ja nur nach hinten losgehen. Mein Magen beginnt wie wild zu knurren. Da ich keine Ahnung habe, wie lange wir im Flieger waren, weiß ich auch nicht, wann ich das letzte Mal etwas gegessen habe.

»Lust was zu kochen?« Ich glaube zwischen mir und Asher könnte sich wirklich eine Art Freundschaft entwickeln.

»Wenn wir etwas Essbares finden, unbedingt.«

Er drückt einen Knopf an der Wand und der Rest der dunklen Villa wird erleuchtet. Okay, also wow, das ist wirklich schön. Genau wie in Killians Penthouse, ist es auch hier völlig anders als erwartet. Der Boden besteht aus weißen Fliesen, die Wände sind in einem dezenten grau gehalten. Wir stehen in der Mitte eines Wohnbereiches.

Eine weiße Wohnlandschaft erstreckt sich, komplett auf der einen Seite und lässt auf einen riesigen Fernseher blicken. Hinter einer Trennwand führt eine Treppe nach oben, neben der eine Tür nach draußen geht.

Überall sind Türen verteilt. Soweit das Auge reicht, sind Bilder von mir und verschiedenen Bikes zu sehen. Das müssen die Bilder sein, von denen Killian geredet hat. Irgendwie ist das unheimlich, mir selbst so oft ins Gesicht zu sehen.

»Lass uns in die Küche gehen, wenn ich noch mehr Bilder von dir sehe, fange ich auch noch an von dir besessen zu werden.«

Ich schlage ihm spielerisch gegen die Schulter und laufe mit ihm durch die Gänge bis wir nach einer gefühlten Ewigkeit, endlich in einer großen, vollausgestatteten Küche stehen. Wenn ich mir das alles so anschaue, kommt es mir irgendwie bekannt vor.

Gedankenversunken setze ich mich an die Kücheninsel und schaue Asher dabei zu, wie er beginnt Sandwiches zu machen.

Ich glaub ich spinne! Ich weiß genau, woher ich das kenne!

»Verdammter Psychopath! Er hat mein Tagebuch gelesen und mein Traumhaus nachbauen lassen!«

Asher dreht sich verwirrt zu mir um und sieht mich mit einem Blick an, den ich nicht deuten kann.

Keiner, wirklich keiner, hat jemals den Inhalt meiner Tagebücher zu Gesicht bekommen. Nicht einmal mein Vater. Und dann erlaubt sich dieser widerliche Penner, so sehr in meine Privatsphäre einzudringen?

»Das war deins? Ich dachte das ist irgendein Notizheft, welches er als kleiner Junge geschrieben hat.«

»Wann war das? Also wann hat er angefangen diese Villa umzubauen?«

Asher steht gedankenversunken da und rechnet nach.

»Ich glaube es war vor ungefähr 5 Monaten. Er sagte, er hätte seine Lady gefunden und sie würde nur mit ihm gehen, wenn er ihr Traumhaus baut.«

Das kann doch wohl alles nicht wahr sein! Er hat das alles geplant. Die Übernahme des Chapters, Jake, alles. Es ging ihm immer nur darum, mich zu bekommen und er ist verdammt nochmal über Leichen gegangen.

»Hier dein Sandwich. Also pass auf, kleine Rose…«

»Wieso nennst du mich eigentlich immer so?«

Er grinst breit und beißt in sein Sandwich.

»Du bist genau so schön wie eine Rose, jedoch kann man sich verletzen, wenn man deine Dornen berührt.«

Das hat er echt schön gesagt. Ich beschließe das Thema zu beenden und wir essen stumm die besten Sandwiches, die ich jemals gegessen habe.

Nachdem wir beide satt und müde sind, bringt Asher mich ins Obergeschoss, dass genauso eingerichtet ist, wie ich es in meinen Tagebüchern beschrieben habe. Weiße Fliesen, graue Wände, die rechte Seite des Flurs voller Bücherregale und am Ende des Gangs steht ein weißer Flügel, der sogar von derselben Marke ist, wie ich es beschrieben habe.

In meinem Schlafzimmer angekommen, wundert es mich nicht, genau das zu sehen, was ich mir immer gewünscht habe. Ein Kingsize Bett, welches auf einem flauschigen rosafarbenen Teppich steht, eine kleine Sitzbank direkt unter dem Fenster, ein begehbarer Kleiderschrank und direkt gegenüber von meinem Bett, ein Fernseher. Das war das Zimmer, das ich mir als Teenager immer gewünscht habe und jetzt da ich es habe, will ich es nicht mehr. Vor allem, weil Aaron es fertig gestellt hat.

»Die Tür führt zu deinem Badezimmer. Alles ist bereits eingeräumt worden. Du hast Kleidung, Hygiene- und Kosmetikartikel, so viel du willst. Wenn du was brauchen solltest, bin ich zwei Türen von dir entfernt. Gute Nacht, kleine Rose.«

Mit diesen Worten lässt er mich allein und ich beschließe zu duschen und dann schlafen zu gehen. Flüchten kann ich auch morgen noch.

Kapitel 5

Ich werde ihn umbringen, mein Engel. Nachdem wir das gesamte Haus auf den Kopf gestellt haben, hat dein Vater einen Safe gefunden, den wir mit einem riesigen Knall aufbekommen haben. Was wir darin gefunden haben, hat mir den Boden unter den Füßen weggerissen. Jakes Vater, hatte einen Deal mit Aaron und der Preis warst du.

Aaron muss dich irgendwo zusammen mit Jake gesehen haben und hat euch seitdem nicht mehr aus den Augen gelassen. Er hat euer Leben in den letzten 5 Monaten genauestens beobachtet. Er kannte eure Tagesabläufe, eure Hobbys und Gewohnheiten, jedoch wusste er kaum etwas über dich. Ihn hat das verrückt gemacht, er hat alles Mögliche versucht, um an dich heranzukommen. Einmal hat er dir Pakete zugestellt, auf die du gewartet hast, nachdem er den eigentlichen Paketboten umgebracht hat. Er hat die Bücher in den Laden geliefert, nachdem er auch hier, den eigentlichen Boten umgebracht hat. Sogar deine Alarmanlage hat er installiert und kannte deswegen auch die Codierung und konnte unbemerkt ein und auslaufen. Er ist krank, mein Engel. Du bist der Tumor, der sich durch seinen Körper schleicht. Sein Crack, sein Antrieb. Mein Engel, ich hatte bisher wirklich Angst um dich. Doch jetzt bin ich verdammt nochmal in Panik!

Nachdem Jakes Vater herausgefunden hat, wer du bist, hat er sich an Aaron gewendet. Denn die Versuche, den spanischen Hof zu erreichen, führten ins Nichts. Sie ignorierten die Anrufe, denn es kommen täglich einige Menschen, die deinen Aufenthaltsort anscheinend kennen, jedoch nur auf den Finderlohn aus sind.

Jake bekam von seinem Vater handfeste Beweise über deine wahre Identität. Anschließend dachte er sich den klugen Plan aus, seinem Sohn jeden Kredit ablehnen zu lassen. Jake hatte nur noch eine Chance und die war Aaron. Dieser traf ihn scheinbar ganz zufällig, bei einem kleinen Marihuana-Deal und so witterte er die Chance. Er bot Jake seine Hilfe an. Aaron scheint bis jetzt nicht zu wissen, wer du bist. Jedoch denke ich, durch seinen Wahn, ist es nur noch eine Frage der Zeit. Durch Alejandros Hilfe, können wir uns ungefähr vorstellen, was Aaron vorhat und wo er dich hinbringen wird, jedoch wissen wir nicht wann.

»Killian? Hörst du mir eigentlich zu?«

Bri steht vor mir und wedelt wie verrückt mit ihrer Hand vor meinem Gesicht.

»Nein, sorry, was hast du gesagt, Zwergi?«

Sie setzt sich auf meinen Schoß und kuschelt sich an mich, so wie sie es immer macht, wenn sie Angst hat. Sie war schon immer sehr bedürftig, was Nähe anging. Ihre Schwester war immer die, die alles bekam. Bri jedoch, ging immer leer aus.

»Wir finden sie, es ist nur noch eine Frage der Zeit«, nuschelt sie an meine Brust. Wir sind in ein Hotel am Rande von England gezogen, denn so wie ich es vermutet habe, war mein gesamtes Penthouse, mit Kameras versehen. Ich habe keine Ahnung wann und wie Aaron es geschafft hat, diese anzubringen, fest steht jedoch, wir sind dort nicht mehr sicher. Dein Vater und ich waren uns einig, dass es besser wäre zusammen zu bleiben, also haben wir uns auf unbestimmte Zeit eine gesamte Suite gebucht.

Alejandro trifft sich seit zwei Tagen mit zurückgebliebenen Membern, die scheinbar nicht wissen, wo du bist. Einer kam ihm komisch vor und genau dieser eine wartet in einer Lagerhalle, auf mich und deinen Vater. Wir haben beschlossen die Zwillinge außen vor zu lassen, denn das, was wir geplant haben, müssen sie nicht mit ansehen.

Da meine Verletzungen nach fast einer Woche verheilt sind und ich mich ohne Schmerzen bewegen kann, habe ich die Erlaubnis von allen bekommen, wieder loszulegen.

Und weißt du was, mein Engel? Ich kann es kaum erwarten.

Hernan steht bereits an der Tür ihm ist die Vorfreude ins Gesicht geschrieben. Wie ich gerade merke, ist Bri in meinen Armen eingeschlafen. Ich lege sie vorsichtig auf das Sofa und wende mich an Ana.

»Du machst niemandem auf, du nimmst kein Essen vom Zimmerservice an oder gehst an dieses Telefon, wenn es klingelt. Hast du verstanden?«

»Keine Sorge, Killi-Bär, ich werde nichts tun, was uns ebenfalls in Gefahr bringen könnte.«

Ich nicke, drücke ihr einen Kuss auf den Kopf und verlasse mit deinem Vater die Suite über den Aufzug.

»Bereit, Schwiegersohn?«

»Aber sicher doch, lass uns ein paar Knochen brechen.«

• • • • •

Nach 40 Minuten, kommen wir voller Vorfreude in der Lagerhalle an, in der wir bereits mit lautem Geschrei empfangen werden.

»Rede, Pendejo, wo ist meine Cousine? Wo hat dieser Hijo de Puta sie hingebracht?«

Ich muss zugeben, mein Engel, ich mag diesen Kerl. Er redet nicht viel, sondern haut direkt drauf. Ganz nach meinem Geschmack. Es ist kaum zu übersehen, dass dasselbe Blut durch eure Adern fließt.

Als wir in den Raum kommen, den Alejandro in eine Folterkammer verwandelt hat, sitzt vor uns ein bereits blutender Typ namens Mikel. Er war vor Gail eines der obersten Mitglieder des Chapters.

»Hallo Mikel, lange nicht mehr gesehen.«

»Schatten- Killer, bitte. Ich weiß nichts! Aaron hat mir nichts gesagt. Er hat diejenigen von uns, die Familie haben zurückgelassen. Wir wurden ehrenhaft entlassen und haben eine Stange Geld bekommen, wirklich. Glaub mir.«

Er lügt. Er hat keine Angst. Wäre das so, hätte er sich längst eingepisst. Doch Mikel fühlt sich sicher. Das kann ich anhand seiner Haltung erkennen. Ich habe genug Menschen gefoltert und die waren alle bei weitem nicht so locker wie er, auch wenn er denkt, er wäre ein guter Schauspieler.

»Weißt du, Mikel, ich wäre nicht der, der ich heute bin, wenn man mich manipulieren könnte. Ich erkenne einen Lügner, genau wie eine Ratte, so wie Gail eine war. Du allerdings warst immer Aarons Schoßhündchen. Ihm immer treu ergeben, sobald er den Raum betrat, bist du ihm schwanzwedelnd entgegengekommen und das konnte jeder gesehen. Also sag mir, was hat er dir erzählt, wo hat er meinen Engel hingebracht?«

Er rührt sich nicht, keinen Millimeter. Das wird lustiger als ich dachte.

»Du hast hier drei Männer vor dir stehen, die alle kein Problem damit haben, jeden deiner Finger einzeln zu brechen, um zu erfahren, was mit unserer Kleinen passiert ist, also rede.«

Um meine Drohung zu unterstreichen, nehme ich den Hammer, den Alejandro zu den anderen Folterinstrumenten gelegt hat und zertrümmere ihm die Kniescheibe.

»AHHHHH KILLIAN ICH WEIß NICHTS! HÖR AUF DAMIT!«

Sein schmerzerfülltes Brüllen ist Musik in meinen Ohren. Dein Vater kommt auf mich zu, klopft mir auf die Schulter und nimmt mir den Hammer aus der Hand.

»Vor dir steht der Cousin, der Vater und der Mann einer Frau, die von deinem Boss entführt wurde. Ich gebe dir genau drei Sekunden mir zu sagen, wohin.«

»Eins.«

»Zwei.«

»Drei.«

Mikel sagt keinen Ton und ich kann deinem Vater ansehen, dass es gleich sehr weh tun wird. Er schnappt sich eine Gartenschere und schneidet ihm einen Finger ab, dann noch einen und noch einen. Für jede Sekunde die er gewartet hat, wie poetisch. Mikel schreit, wie am Spieß, sagt aber immer noch nichts. Jetzt ist Alejandro an der Reihe. Gott sei Dank hat er davor eine Plane auf dem Boden ausgebreitet. Ich habe das Gefühl, dass wird gleich eine riesen Sauerei.

»Wir beide hatten ja bereits das Vergnügen, also nochmal, wo ist meine Cousine?!«

Wieder sagt Mikel keinen Ton. Er ist schweißnass, blutüberströmt, dennoch hält er zu Aaron wie er es ihm gegenüber niemals getan hätte.

»Du hast es so gewollt, Amigo.«

Alejandro schnappt sich ein Skalpell, reißt Mikel den Stiefel vom Fuß und schneidet ihm die Achillessehne durch. Doch auch jetzt, außer einem Schrei ist nichts aus ihm herauszubekommen. Also kommt nun Plan B. Ich trete vor, kniee mich vor ihn und grinse ihm ins Gesicht.

»Weißt du, mein Freund, ich bin ein Mann von Ehre, was ich von ihm hier…«, ich zeige auf Alejandro, welcher sich zum Dank verbeugt, und wende mich wieder Mikel zu.

»…nicht sagen kann. Ich habe einen Kodex. Ich verletze keine Frauen. Weil ihr beide aber nach demselben Kodex lebt, weißt du ja sicher, dass er nicht davor zurückschreckt. Da wir wissen, dass du lieber Aarons Schwanz lutschen würdest, als deine Frau zu ficken, dachten wir, wir schnappen uns einfach deine Tochter. Hernan, würdest du bitte.«

Ich weiß, du würdest mich jetzt hassen, mein Engel, doch denk nicht gleich das Schlimmste. Deinem Vater und mir sind alle Mittel recht, um dich wiederzubekommen.

Er bringt die älteste Tochter herein. Die mit ihren 17 Jahren bereits drogenabhängig ist, ohne dass ihr Vater davon weiß. Mit verbundenen Augen und Oropax in den Ohren steht sie vor uns, damit sie auch ja nichts von dem Geschehen hier mitbekommt.

»NICHT! SIE IST DOCH NOCH EIN KIND IHR HURENSÖHNE!«

Na, wenn das keine Wendung ist. Er windet sich auf dem Stuhl, an den er gefesselt ist, schimpft vor sich hin und wird dann plötzlich ganz ruhig.

»Aaron hat vor Monaten eine Villa für sie gebaut. Diese liegt im Süden Italiens. Er hat vor, dort in den nächsten Tagen ein gesamtes Chapter auszulöschen, um es dann zu übernehmen. Dann will er Freya zu einem der Ältesten bringen, damit er sie offiziell zu seiner Lady machen kann. Keiner außer einer Handvoll Männern weiß den genauen Standort. Ihr könnt sie nicht finden und wenn, dann schwöre ich euch, bringt er sie eher um, als dass er sie nochmal gehen lässt. Er ist total besessen von dieser Frau. Er behauptet immer, er würde sie lieben und da sie Killian lieben kann, glaubt er, wird sie ihn ebenfalls lieben. Bitte, ich schwöre, das ist alles, was ich weiß.«

Er sagt die Wahrheit und fuck, jetzt wird es ernst. Ihr habt bereits das Land verlassen. Ich habe das dumme Gefühl, ich werde zu spät kommen. In mir flackert eine unglaubliche Flamme der Wut, die ich kaum noch kontrollieren kann.

»Bringt das Mädchen raus«, brülle ich und erschrecke mich vor meiner eigenen Stimme. Würde die Wut in mir nicht so gottlos brennen und alles verschwimmen lassen, würde ich denken mein innerer Dämon kommt an die Oberfläche.

»Killian, nicht. Wir sollten gehen. Lassen wir ihn hier zurück.«

Ich kann die Stimme und die Worte deines Vaters zwar deutlich hören, doch sie sind mir egal.

Die Konsequenzen sind mir egal. In langsamen Schritten laufe ich auf Mikel zu und verpasse ihm den ersten Fausthieb, direkt ins Gesicht. Er dreht seinen Kopf auf die Seite und spuckt 3 Zähne aus.

»Was soll das werden, Amigo? Willst du ihn zu Tode prügeln?«

Auch ihn ignoriere ich und schlage erneut auf Mikel ein. Immer und immer wieder, ich kenne kein Halten mehr.

Selbst als er bereits auf dem Boden liegt und die besten Chirurgen sein Gesicht nicht rekonstruieren könnten, fliegen meine Fäuste nur so auf ihn ein. Das Gefühl seiner brechenden Knochen ist das schönste seit langem.

»ES REICHT JETZT KILLIAN! ER IST TOT!«

Ich werde von deinem Vater grob in den Stand gezogen und gegen die Wand geschleudert. Er baut sich vor mir auf und sieht mich mit einem schon fast bemitleidenden Blick an.

»Das wird uns Esperanza nicht schneller zurückbringen. Ich kann deine Wut verstehen, mein Freund, glaub mir, das kann ich. Aber wir sollten damit nicht unsere Zeit verschwenden. Lass uns die Zwillinge holen und dann ab nach Italien.«

Er hat Recht, das weiß ich. Allerdings zieht es mich geradezu magisch an, weiteren Bastards das Leben aus dem Leib zu prügeln. Mein Blick schweift zu Alejandro, der hebt die Arme in die Luft und entfernt sich einige Meter.

»Ich bin einer von euch, Killian, ich bin der Gute.«

Auch er hat Recht. Ich nicke deinem Vater zu, worauf er mich endlich loslässt. Wir packen unsere Werkzeuge ein und lassen Mikel dort zum Verrotten zurück. Falls ihn jemand finden sollte, wissen sie direkt, wer es war.

Der Schatten-Killer ist nicht tot, er wird kommen und euch alle vernichten. Einen nach dem anderen.

Aber lass mich dir eine Sache sagen, mein Engel. Kein Mann der Welt wird dich jemals so lieben, wie ich dich liebe und deswegen werde ich, wenn es sein muss das ganze verdammte Universum in Brand setzen und mit dir gemeinsam unseren letzten Gang durch die Flammen gehen.

• • • • •

Esperanza

»Guten Morgen, kleine Rose, Zeit zum Aufstehen«, reißen mich Ashers Worte unerwartet aus dem Schlaf.

»Los, raus aus den Federn, wir haben nicht viel Zeit. Du musst es irgendwie bis morgen schaffen, mit einem Messer und einer Waffe umzugehen.«

Was labert er denn da? Ich bin noch nicht mal richtig wach und er faselt was von Messern und Waffen?

»Freya, ich kann dir nicht die Tür offenlassen, um dir die Flucht zu ermöglichen. Jedoch kann ich dir, immer wenn sich die Möglichkeit ergibt und wir allein sind, beibringen, wie du es irgendwann anders rausschaffen könntest.«

Jetzt verstehe ich, was er meint. Er ist wirklich auf meiner Seite und ich sollte seine Hilfe annehmen.

»Darf ich vorher etwas essen, Boss?«

»Frühstück steht auf dem Tisch, kleine Rose. Los, Bewegung!« Asher zieht mir die Decke vom Körper und öffnet die Vorhänge. Gott, ist das hell draußen.

»Wie lange habe ich geschlafen?«

»Keine Ahnung. Ich glaube 15 Stunden oder so, ich habe immer mal wieder nach dir gesehen, aus Angst du wärst tot.«

Lachend stehe ich auf und folge ihm aus dem Zimmer, nach unten in die Küche. Bereits auf der Treppe empfängt mich der Geruch von Pancakes und Kakao. Ich fühle mich direkt ein wenig wie zuhause.

»Da heute Silvester ist, wird keiner hören, wenn wir, wie die Wilden, durch die Gegend ballern. Bedeutet, wir fangen mit Messertechniken an, gehen zu Kampfkunst über und heute Abend, ganz romantisch beim großen Feuerwerk, versuchen wir uns, nicht gegenseitig die Birne wegzuballern.«

Ich setze mich an die Kücheninsel und genieße das leckere Frühstück. Asher zieht sein Handy aus der Hosentasche und verdreht die Augen.

»Juhu, der Lord der Bastarde«, er nimmt den Anruf genervt entgegen und stellt auf Lautsprecher.

»Hallo Boss, was gibt's.«

»Hey, was macht sie? Hat sie es gemerkt?«

Ein Zittern durchfährt meinen Körper, als ich Aarons Stimme höre.

»Du meinst, ob deine Lady versucht hat, mich auszuschalten, um abzuhauen, nachdem sie gemerkt hat, dass du ihr Tagebuch geklaut hast und ihr Traumhaus nachgebaut hast? Nein, sie ist brav, isst, trinkt, sagt Bitte und Danke und verkriecht sich in ihrem Zimmer.«

Lachend schüttle ich den Kopf und warte gespannt auf Aarons Reaktion.

»Ich hoffe sie wird dir keine Probleme machen, sie ist sehr, naja wie soll ich sagen...temperamentvoll? Wie auch immer, wenn sie Lust hat, ein wenig spazieren zu gehen, begleite sie.

Das Grundstück ist so weitläufig. Sie würde es niemals schaffen zu entkommen, ohne dass einer der Männer, die ich um das Gelände herum bezahlt habe, sie erwischt. Ach, Asher, pass auf sie auf.«

Ich lehne mich nach vorn und drücke auf die Stummtaste.

»Frag ihn, wieso ihm so viel an meiner Sicherheit liegt.«

Ich muss wissen, ob er weiß, wer ich bin.

»Boss, eine Frage. Ich weiß ja, dass sie deine Lady werden soll und so, aber was ist an ihr so besonders. Es gibt so viele Frauen auf der Welt, vielleicht ist eine davon sogar so verwirrt, dass sie freiwillig bei dir bleibt.«

Jetzt bin ich gespannt. Wenn er wissen sollte, wer ich bin, wird es für mich fast unmöglich einen Weg raus zu finden. Er wird mich besser bewachen lassen, als der spanische Hof.

»Ganz ehrlich, mein Freund, bereits, als ich sie das erste Mal gesehen habe, wollte ich sie. Sie hat etwas, dass keine Andere hat und das ist mein bereits gestorbenes Herz. Nenn es wie du willst, ich für meinen Teil, sage ich liebe sie.«

Ach du heilige Scheiße! Asher sieht genauso überrascht aus wie ich. Ich überdenke meine vorherige Theorie, selbst wenn er wüsste, wer ich bin, wäre das nicht so schlimm wie die Tatsache, dass er denkt mich zu lieben. Ich bin geliefert.

»Krass. Ich habe nicht gedacht, dass du jemand anderen lieben könntest, als dich selbst. Wie auch immer, ich bringe der Dame mal ihr Frühstück. Bis Morgen.«

Ohne zu antworten, beendet Aaron das Gespräch.

»Du bist geliefert, Kleines, ich hoffe das weißt du? Wie auch immer, los geht's. Lass uns in den Trainigskeller gehen. Wir haben einiges vor.«

Kapitel 6

Esperanza

Drei Stunden später, bin ich vollkommen K.O. Asher hat mir, an einer Puppe, gezeigt wie ich mein Gegenüber lebensgefährlich verletzen oder gar töten kann. Anders als erwartet, habe ich das ziemlich schnell, relativ gut hinbekommen. Jedoch war ich eine totale Niete, was die Selbstverteidigung angeht. Ich habe mehr Zeit auf dem Boden verbracht, als ich Schläge verteilt habe. Mittlerweile bin ich geduscht und liege im Wohnzimmer auf der großen Couch, während Asher in einem Sessel sitzt und wir gemeinsam einen Film ansehen, von dem ich aber nur die Hälfte mitbekomme. Meine Gedanken wandern immer wieder zu Killian. Lebt er noch? Und wenn ja, sucht er nach mir? Wie geht es meinem Dad? Gott, ich vermisse sie so sehr.

»Was ist los, kleine Rose? Wieso weinst du?«

Verwirrt streiche ich mir über die Wangen und merke, dass ich wirklich in Tränen ausgebrochen bin.

»Ich… ich will hier weg, Asher. Ich will zurück zu dem Mann, den ich liebe, zurück zu meinem Vater. Ich will nicht Aarons Lady werden. Ich kann das alles nicht.«

Er scheint nicht mit meinem Ausbruch gerechnet zu haben, denn er steht auf, fährt sich durch die mitternachtschwarzen Haare und läuft wie ein Irrer im Kreis.

»Auch wenn ich weiß, dass uns das unsere Köpfe kosten wird, falls das jemand mitbekommt: hier. Ich mag dich, kleine Rose, wirklich. Du erinnerst mich so an meine Schwester, genauso sehe ich dich auch. Also nimm, versteck dich in deinem Zimmer und für den Fall, dass doch jemand früher da sein sollte: Ich bin im Wald und suche mein Handy, dass mir aus der Hose gefallen ist, als wir spazieren waren.«

Ich glaube es nicht! Er reicht mir sein Handy, öffnet eine der Schubladen im Wohnzimmer, nimmt sich eine Taschenlampe heraus und verlässt mit schnellen Schritten das Haus und verschwindet in der Dunkelheit.

Ich renne die Treppen nach oben, stelle meinen Schminktisch vor die Tür, um diese zu verbarrikadieren und setze mich nervös aufs Bett.

Die einzige Nummer, die ich auswendig kenne, ist die meines Vaters, also tippe ich sie ein und hoffe das er ran geht. Diese Chance bekomme ich nie wieder.

Nachdem ich denke, auf der Mailbox zu landen, wird der Anruf angenommen.

»Hallo, wer ist da?«

Ich kann mein Glück kaum fassen, seine Stimme hat mir so gefehlt.

»Papsi…«, ich schaffe es nicht weiterzureden und breche vollkommen zusammen.

»Pumpkin? Bist du das wirklich? KILLIAN, ALEJANDRO, KAMPFZWERGE, KOMMT SOFORT HER!«

Er lebt! Killian lebt! Wenn ich bis jetzt dachte mein Herz würde vor Freude platzen, dann kann ich das Gefühl, welches in diesem Moment durch meinen Körper fließt, nicht mehr beschreiben.

»Mein kleines Mädchen, wo bist du, Pumpkin? Geht es dir gut?«

Ich kann vor lauter weinen kaum atmen. Ihnen geht es gut, sie sind alle wohlauf! Es gibt noch eine Chance hier weg zu kommen, ich muss nur versuchen ihnen mitzuteilen, wo ich bin. Auf der anderen Seite der Leitung beginnt es zu rascheln, ich kann vage Stimmen wahrnehmen, die sich zu streiten scheinen, aber ich verstehe kein Wort.

»Mein Engel? Hörst du mich? Geht es dir gut?«

Ich sterbe, mein Herz zerspringt und fügt sich selbst wieder zusammen. Egal wie sehr ich versuche mein Schluchzen unter Kontrolle zu halten, es gelingt mir nicht.

»Killian… du lebst, du... dir geht es gut…«

»Schhh ganz ruhig, mein Engel. Mir geht es gut, wir sind alle auf der Suche nach dir. Gott, ich habe dich so vermisst.«

Kein Mensch der Welt kann sich vorstellen, wie schnell mein Herz bei seinen Worten rast. Ich hätte Jake früher verlassen sollen, und Killian früher eine Chance geben müssen, um mehr Zeit mit ihm zu haben.

»Killian, es tut mir so leid. Ich musste es tun, Aaron hat mir keine Wahl gelassen…«

»Hey, mein Engel, hör auf. Entschuldige dich nicht für etwas, für das du nichts kannst. Ich werde sie alle bluten lassen. Jeden einzelnen von ihnen!«

»Asher nicht, er ist auf meiner Seite. Er hat mir sein Handy gegeben, um euch zu kontaktieren.«

Ich höre ihn genervt ausatmen. Er ist eifersüchtig.

»Pumpkin, denkst du, du kannst den Anruf etwa noch 10 Minuten aufrechthalten? Alejandro versucht dich zu orten.«

Verwirrt schüttle ich den Kopf.

»Wer ist denn Alejandro? Wo seid ihr, geht es den Zwillingen gut?«

»Hola, mi princesa, ich bin Alejandro. Dein Cousin, freut mich dich wenigstens telefonisch kennenzulernen.«

Okay, jetzt verstehe ich überhaupt nichts mehr. Das Handy wird erneut weiter gereicht, doch plötzlich werde ich von einem Licht geblendet, welches durch mein Fenster scheint. Ich stehe auf, gehe auf das Fenster zu und sehe Asher wie er, wild winkt und mir versucht irgendwas zu sagen. Ich brauche ihn nicht hören, um zu wissen, dass ich am Arsch bin.

»Oh nein. Leute, ich glaub ich muss auflegen, ich glaube Aaron…«

Jemand versucht mit voller Kraft meine Tür zu öffnen.

»Freya, mach sofort die Tür auf. Ich schwöre dir, das wird dir leid tun!«

»Mein Engel, versteck dich SOFORT«

»Ich kann mich nicht verstecken, Killian. Das wars…«. Mein Schminktisch wird umgeworfen, die Tür aufgerissen und vor mir zeigt sich ein wutentbrannter Aaron.

»LEG SOFORT DAS HANDY WEG! FREYA DAS WIRST DU SOWAS VON BEREUEN!«

»Ich liebe dich, Killian. Auf Ewig.«

»Ich werde dich finden, mein Engel, ich liebe…«

Das Handy fliegt mir aus der Hand, als Aaron mit voller Wucht seine Faust in mein Gesicht fliegen lässt.

»ICH HABE DIR GESAGT DU GEHÖRST MIR! ICH HABE DIR GESAGT DU SOLLST SEINEN NAMEN NICHT MEHR ERWÄHNEN! DU WIRST IHN NIE WIEDER SEHEN! ICH BRING DICH UM!«

Aaron zieht den Gürtel aus den Schlaufen, fesselt mich mit den Armen ans Bett. Danach holt er sein Messer hervor und schneidet mir die Klamotten auf.

»Ich habe dir gesagt, ich werde dich so lange ficken, bis du ihn vergisst, bis du nur noch nach meinem Schwanz betteln wirst. Ich werde dir diesen Dämon aus dem Kopf ficken, meine Schöne!«

Wie schon die letzten Male, spuckt er sich auf die Hand, schmiert mir seinen Speichel an den Eingang und dringt gewaltvoll in mich ein.

»Aaron, nicht, es tut mir leid, ich werde es nicht mehr tun, wirklich. Bitte geh runter von mir. Du tust mir so weh.«

»Du bist die, die mich verletzt hat. Du hast hinter meinem Rücken mit ihm geredet. Aber keine Sorge. Er wird nicht mehr lange leben, ich habe noch Freunde in London.«

Wieder dringt er in mich ein, drückt mir die Kehle mit beiden Händen zu und lässt sich von meinen würgenden Geräuschen nicht abbringen.

»Du hast mich zutiefst verletzt, Freya. Ich habe dir dein Traumhaus gebaut. Ich habe ein ganzes Chapter getötet, nur um mit dir zusammen zu sein und du, was machst du? Du rammst mir ein Messer in den Rücken, merkst du denn nicht wie sehr ich dich liebe?«

Ich habe das Gefühl zu ersticken. Meine Lungen pumpen kaum noch Sauerstoff.

»Aaron…«

Er muss aufhören, er wird mich umbringen.

»Du wirst nie wieder einen anderen haben, nie wieder verdammt! Ich liebe dich, Freya, genau wie du mich lieben wirst oder wir sterben beide.«

Er hat vollkommen den Verstand verloren.

Gerade als ich denke, er zeigt Erbarmen, weil er die provisorischen Fesseln löst, zeigt er mir nur wieder, was für ein widerliches Arschloch er ist.

»Ich teile dein Herz nicht mit ihm, jedoch hat mir die Szene im Flugzeug gefallen. Mach schön den Mund auf.«

Er dreht mich auf den Bauch und da erkenne ich Jake, wie er mit Ashers Handy in der Hand vor uns steht und das ganze Szenario in einem Video Anruf Killian mitansehen lässt.

»Mund auf Baby, ist ja nichts neues für dich. Du hast meinen Schwanz immer geliebt.«

Er kommt mit seinem Schwanz in der Hand auf mich zu, und schiebt sich mit so einer Wucht in meinen Rachen, dass er mich auf Aarons Schwanz aufspießt.

Ich schreie, weine, winde mich, jedoch interessiert das beide nicht. Ich kann am Rande wahrnehmen, wie Killian sich die Seele aus dem Leib brüllt, die Zwillinge weinen und plötzlich ein anderes Geräusch meine Aufmerksamkeit auf sich zieht.

»LASST SIE IN RUHE!«

Die beiden lassen sich von Asher und dessen Waffe nicht aus der Ruhe bringen.

»Zu dir kommen wir gleich, mein Freund, lauf, solange du noch kannst.«

Ich kann Aarons Klinge deutlich an meinem Rücken spüren, ich hoffe nur dass…

»Sie gehört mir, Killian, nur mir, hier hast du den Beweis.«

Er ritzt mir ein großes Zeichen in den Rücken. Vor lauter Schmerz beiße ich Jake in seinen Schwanz.

»Du verdammte Hure!«, er schlägt mir so stark ins Gesicht, dass ich deutlich spüre, wie sich Blut in meinem Mund sammelt. Jake taumelt zurück und hält sich den blutenden Schritt.

Aaron hingegen stößt immer wieder in mich, bis er mit seinem Kunstwerk fertig ist und mir anschließend das tropfende Blut vom Körper leckt.

»Ich liebe es so sehr, wie du für mich blutest, meine Schöne. Er muss es auch verstanden haben, denn so feige wie er war, hat er den Anruf beendet. Ich liebe dich, Freya, sag mir, dass du mich auch liebst.«

Niemals! Ich werde diese Worte nie wieder aussprechen, wenn mein Gegenüber nicht Killian ist.

»Bring es einfach zu Ende Aaron. Fick mich und verpiss dich.«

Er zieht mich so grob an den Haaren nach hinten, dass mir fast die Kopfhaut aufreißt.

»Du wirst es bald merken. Dein Herz, dein Körper, deine Seele, alles gehört mir, meine Schöne. Alles«, er rammt sich noch mit einigen Stößen in mich und ergießt sich auf meinem blutenden Rücken. Erschöpft sackt er auf mir zusammen, sein Reißverschluss reißt mir den Rücken noch mehr auf. Aaron vergräbt seine Nase in meinem Haar und atmet tief meinen Duft ein.

»Wieso musst du nur so dumm sein, meine Schöne? Ich will dir das alles nicht antun müssen, wirklich. Aber du zwingst mich dazu, jedes Mal aufs Neue. Du darfst mir dafür nicht die Schuld geben. Weißt du, es ist deine eigene…«, mit diesen Worten richtet er sich auf, verlässt das Bett und wendet sich an Jake.

»Alles noch dran Kumpel?«

»Ja, ich bin das gewohnt, wir hatten immer derart wilden Sex, Bro.«

Verdammter Lügner.

»Wenn du meinst, such Asher und bring ihn in den Wald. Ich werde ihm eine Kugel verpassen, für die Aktion mit dem Handy.«

Auch wenn ich vor lauter Schmerzen kaum einen Ton heraus bekomme, schaffe ich es doch.

»Aaron warte, ihn…Asher, ihn trifft keine Schuld.«

Verwirrt sieht er mich an und kratzt sich im Nacken.

»Wie bist du denn sonst an sein Handy gekommen?«

Ich erinnere mich noch daran, dass Asher mir für alle Fälle eine Geschichte vorbereitet hat, jedoch fällt es mir schwer zu sprechen.

»Wasser…«, Aaron nickt und lässt mich mit Jake zurück.

»Ich dachte schon ich bin ein Monster, wenn es um dich geht. Mein Beileid, Baby, er ist schlimmer. Und auch wenn es mir das Herz bricht, ich werde dich vergessen müssen. Entweder du gehörst mir und ich sterbe bei dem Versuch, dich mit mir zu nehmen, oder er stirbt und alle anderen die dich mir wegnehmen wollen.«

Bevor ich Jake antworten kann, kommt Aaron mit einem Glas Wasser zurück. Ich will gerade etwas trinken, als draußen ein Feuerwerk gezündet wird.

Happy New Year, Esperanza! Willkommen in deiner persönlichen Hölle.

»Frohes neues Jahr, Baby«, Jake kommt auf mich zu und nimmt mich in den Arm.

»Wenn ich aber so darüber nachdenke, werde ich dich niemals wirklich freigeben. Wenn er wegsieht, gehörst du mir, Baby. Wir wollen doch nicht, dass er erfährt, wer du wirklich bist, nicht wahr, Prinzessin?«, er spricht so leise, dass Aaron nichts von seinen Worten mitbekommt. Jake löst sich von mir und übergibt mich an Aaron.

»Happy New Year, mein Herz. Ich hoffe, du kommst bald zur Vernunft. Glaub mir du wirst mir niemals entkommen, meine Schöne. Ich liebe dich.«

Er drückt seinen Mund auf meinen und schiebt direkt seine Zunge zwischen meine Lippen. Widerwillig gebe ich ihm, was er verlangt, um schlimmeres zu vermeiden.

»Also, meine Schöne, wieso soll ich Asher verschonen?«

»Ich habe ihm das Handy geklaut, als wir gemeinsam spazieren waren. Er hatte es in seine Hose gesteckt, aber nicht gemerkt, als es ihm rausgefallen ist. Ich habe es aufgehoben und als er es bemerkte, ist er den Weg nochmal zurück gegangen um danach zu suchen«, lüge ich. Aaron betrachtet jeden Millimeter meines Gesichts, sieht danach zu Jake und dieser nickt.

»Sie sagt die Wahrheit. Ich würde sofort erkennen, wenn sie lügt.«

Aaron zieht mich an sich und gibt mir einen flüchtigen Kuss auf die Lippen.

»Ich bin eigentlich nur zurückgekommen, um meine Sehnsucht nach dir zu stillen, wir sind wieder einige Tage weg, wie viele es sein werden, weiß ich noch nicht. Ich werde stündlich bei Asher anrufen, um mit dir zu sprechen. Wenn du einmal nicht erreichbar sein solltest, werde ich sofort zurückkommen und deinem Kumpel das Hirn wegpusten, hast du verstanden?«

Ich nicke ihm zu und wende mich an Jake.

»Als du alle meine Sachen von zuhause mitgenommen hast, war da auch meine Medizinkoffer dabei?«

Er nickt und verschwindet im Badezimmer. Im nächsten Moment öffnet sich meine Tür wieder und Asher kommt herein.

»Euer Taxi ist da.«

»Du hast nichts zu befürchten, mein Freund. Meine Lady hat mir ihr Wort gegeben, dass du dein Handy verloren hast und sie es geklaut hat. Achte darauf das, dass nicht nochmal vorkommt.«

Ich habe mich inzwischen zurück auf das Bett gesetzt und bedecke meinen Körper. Dafür, dass Aaron mich ja so sehr liebt, ist es ihm ziemlich gleichgültig, dass mich andere nackt sehen.

»Es wird nicht mehr vorkommen. Braucht ihr mich, oder soll ich bei ihr bleiben?«

Jake kommt mit meinem Medizinkoffer zurück und legt ihn vor mir ab.

»Wir sollten los, bevor die uns die Bude einrennen«, meint Jake und klopft Aaron auf die Schulter. Die beiden drehen sich nochmal in meine Richtung, kommen beide auf mich zu und drücken mir einen Kuss auf die Lippen.

»Was wird das Jake?«, will Aaron von ihm wissen.

»Sie ist immer noch meine Verlobte. Ich habe einer Auflösung nie eingewilligt, selbst wenn sie den Ring nicht mehr trägt.«

»Rede dir das ruhig weiter ein. Los, komm jetzt!«

Die beiden verlassen das Zimmer. Ich halte die Luft so lange an, bis ich die Eingangstür ins Schloss fallen höre und breche in dem Moment vollkommen zusammen.

»Hey, Schhh, kleine Rose, alles wird gut. Ich bin ja da, sie sind weg.«

Ich kuschle mich an Ashers Brust und weine, weine bis, nach gefühlten Stunden, keine einzige Träne mehr aus meinen Augen kommt.

»Es tut mir leid, ich hätte wissen müssen das so etwas passiert. Ich bin so ein Idiot«, nuschelt Asher in mein Haar.

»Nein, das stimmt nicht. Dank dir habe ich einen Grund zu kämpfen. Denn ich weiß, irgendwo da draußen wartet mein Mann auf mich. Danke, für alles, Asher. Kann ich dich vielleicht trotzdem um einen Gefallen bitten? Das mag vielleicht komisch sein aber…«, die Scham in meiner Stimme und meine glühend roten Wangen lassen Asher meinen Satz unterbrechen.

»Lass uns ins Bad gehen, ich helfe dir, kleine Rose. Und keine Sorge. Ich bin schwul.«

WAS? NIEMALS!

»Was? Sehe ich etwa nicht schwul genug für dich aus? Glaub mir, wenn ich es nicht wäre, würde ich mich auch um dich reißen. Du bist wunderschön, kleine Rose. Los komm.«

Ich stehe langsam auf, breche aber direkt wieder zusammen. Asher reagiert blitzschnell, nimmt mich hoch und trägt mich ins Bad.

Dort angekommen, lässt er die Badewanne mit lauwarmem Wasser ein. Während sich die Wanne füllt, holt er meinen Medizinkoffer.

»Komm, steh auf, halte dich aber lieber am Waschbecken fest. Ich werde die Wunde säubern und dich danach waschen.«

Wäre er nicht schwul, könnte er der Traummann jeder Geisel sein. Vorsichtig säubert er meine Wunden und versucht mir so wenig wie möglich weh zu tun.

»Geht es so? Es ist zum Glück nicht sehr tief und wird wahrscheinlich keine Narbe hinterlassen. Noch nicht zumindest. Wir müssen dich schnell wieder fit bekommen. Ich weiß nicht, ob ich es nochmal zulassen kann, dass so etwas passiert. Beim nächsten Mal werde ich dazwischen gehen müssen und dann werden wir vermutlich alle sterben, das verspreche ich dir.«

Ich bin nicht im Stande zu antworten, nicke nur und lasse mich dann von ihm in der Wanne waschen. Auch hier geht er verdammt behutsam vor. Killian würde ihn bestimmt mögen, wenn er wüsste, wie er mit mir umgeht. Ich hoffe wirklich sehr, dass die beiden sich irgendwann kennenlernen.

Kapitel 7

Noch nie in meinem Leben habe ich derartige Schmerzen gespürt. Der Tod von Kayla und meiner Mutter hat mir nicht so einen Stich versetzt, wie das, was ich mitansehen musste. Ich fühle mich, als wäre ich gestorben. Alles in mir wurde zu Eis. Es war so schrecklich. Dein Gesicht wird mich bis in den Tod verfolgen. Deine weinenden Augen, deine von Schmerz erfüllte Stimme. Gott, mein Engel, ich werde ihnen die Haut abziehen, ich werde... ich..

Ich kann meine Übelkeit nicht länger ignorieren, renne zum nächsten Mülleimer und übergebe mich.

»Mierda, ich kann mir nicht vorstellen wie die beiden sich fühlen«, höre ich deinen Cousin sagen und er hat Recht. Keiner kann sich vorstellen, wie es sich anfühlt, dabei zusehen zu müssen, wie die Frau die man liebt von gleich 2 Männern vergewaltigt und verstümmelt wird. Ich konnte dein hilfloses Wimmern nicht mehr ertragen und habe den Anruf beenden. Sofort waren wir auf dem Weg zum Flughafen. Ich werde das gesamte Land niedermetzeln, um dich zu finden. Ich schwöre mein Engel, auch wenn ich dir versprochen habe das Töten zu lassen, werde ich jeden Einzelnen, der an deiner Entführung beteiligt war, mit bloßen Händen in die Hölle verfrachten.

»Der Flieger geht gleich, mein Junge. Lass uns gehen.«

Das sind die ersten Worte, die dein Vater seit deinem Anruf gesagt hat. Ich werde einen Haufen Geld bezahlen müssen, um den Schaden, den er in seinem Wutausbruch angerichtet hat, zu begleichen. Gemeinsam laufen wir zu den anderen, die bereits vor dem Gate stehen für den Flieger, den wir in letzter Minute bekommen haben.

Ich liebe die Zwillinge und ihre Kontakte. Binnen Minuten haben sie mit ihren Hackerfreunden unsere Namen auf die Passagierliste gesetzt.

Der Einzige Flug, der uns in deine Nähe bringt, ist der nach Palermo. Wie sagt man so schön, man soll nehmen, was man kriegen kann. Wir nehmen unsere Plätze ein und sofort überkommt mich wieder diese Übelkeit. Du kannst dir nicht vorstellen, was ich für eine Angst habe meine Augen zu schließen.

Du warst der Grund, dass meine Albträume weg waren, doch nun spielst du die neue Hauptrolle darin.

»Meine Damen und Herren, bitte schnallen sie sich an, sobald wir unsere Flughöhe erreicht haben können sie die Gurte wieder lösen«, ertönt die Stimme der Flugbegleiterin. Benommen folge ich ihren Anweisungen und starre aus dem Fenster.

Ich komme, mein Engel, nicht mehr lange und ich habe dich wieder bei mir und ich schwöre dir, ich werde dich nicht eine Sekunde wieder loslassen.

Nach unendlichen fünfeinhalb Stunden landen wir in Italien. Nachdem ich Diskussionen von schwitzenden Passagieren lauschen durfte, die sich darum stritten, das Palermo nicht zu Italien, sondern zu Sizilien gehört und dort die Pizza ihren Ursprung hat und wieder andere meinten, dass hier die Seide erfunden wurde und Italien diese nur gestohlen hatte, bin ich zu dem Entschluss gekommen,

ich brauche dringend einen Antiaggressionskurs.

Nicht mehr viel und ich hätte sie alle erschossen oder mich selbst aus dem fliegenden Flugzeug geschmissen. Es gibt Menschen auf der Welt, die wirkliche Probleme haben und sich nicht wegen so einer Scheiße an die Gurgel gehen.

Durch die Herkunft deines Vaters, spricht dieser fließend italienisch. Wusstest du das, mein Engel? Deswegen kümmert er sich um die Unterkunft, die wir dringend nötig haben. Ich brauche eine Dusche und ein verdammtes Bett. Ich kann unmöglich so unkonzentriert sein, wenn ich auf der wichtigsten Mission meines Lebens bin. Ich muss dich finden, mein Engel. Ich muss dich endlich wieder in meiner Nähe wissen und wenn ich jeden Stein umdrehen muss, dann werde ich das verdammt nochmal tun!

»Also, dank deiner wundervollen Kreditkarte, haben wir alle ein Dach über dem Kopf, essen zu jeder Tageszeit und ein Auto wird uns in den nächsten Stunden noch bereitgestellt. Lasst uns rein gehen, wir sollten schlafen«, beschließt dein Vater. Stumm betreten wir das Motel und jeder geht in sein Zimmer. Ich muss zugeben, ich bin heilfroh, endlich allein zu sein. Wenn es nach mir gehen würde, hätte ich direkt ein kleines Haus gekauft, nur hat dein Vater es nicht erlaubt. Warum auch immer, am Geld fehlt es mir sicher nicht.

Dein Cousin hat während der gesamten Fahrt zum Hotel versucht zu erfahren, wo dieses Chapter sich befindet, dass von Aaron ausgelöscht wurde, so könnten wir dich sofort finden. Nur weiß niemand was. Ich habe keine Ahnung wie Aaron das gemacht hat, aber er war verdammt gründlich.

Gerade als ich fertig geduscht bin und im Bett liege, klopft es an der Tür.

»Ich habe keinen Zimmerservice bestellt.«

»Killi-Bär, darf ich reinkommen?«, als ich die weinerliche Stimme von Bri erkenne, eile ich zur Tür und lasse sie rein.

»Was ist denn los, Zwergi?«, sie läuft an mir vorbei und setzt sich aufs Bett. Ihr Gesicht ist voll mit verschmierter Schminke, sie muss also schon eine Weile weinen.

»Wie schafft sie das? Wie kann sie dabei so stark bleiben, wenn sie derartige Schmerzen erleiden muss?«, sofort beginnt sie wieder zu schluchzen. Ich knie mich vor sie hin und nehme ihre Hände in meine.

»Glaub mir, Zwergi, diese Frage stelle ich mir schon lange. Sie musste bereits vor ihrer Entführung schreckliche Dinge erleben, aber dass was wir gesehen haben übertrifft alles. Und ich hoffe – ich hoffe wirklich, wir finden sie, bevor sie vollkommen zerbricht.«

Sie schaut mich mit ihren verweinten Augen an, in denen plötzlich etwas funkelt, etwas dass ich schon lange nicht mehr gesehen habe.

Die Lust zu töten.

»Ich hatte nicht das Vergnügen, die Frau kennenzulernen, die meinem Cousin das Herz gestohlen hat, aber ich schwöre dir, bei meinem Leben, sie werden alle bluten. Für sie, für euch. Wir für immer, weißt du doch.«

»Genau, Zwergi, wir für immer.«

Ich ziehe sie in den Stand und nehme sie in die Arme. Auch wenn ich mein Leben lang der Außenseiter der Familie war und ich diese Sippschaft deswegen hasse, könnte ich nicht glücklicher über diese zwei Damen sein.

»Los, zisch ab jetzt, wir müssen fit sein für morgen, Zwergi.« Ich drücke ihr einen Kuss auf den Kopf und begleite sie zur Tür.

»Ich liebe dich, Killi-Bär, wir sehen uns morgen.«

Zur Erwiderung drücke ich ihr noch einen Kuss auf den Kopf, warte anschließend, bis sie den Flur entlang gelaufen ist und begebe mich dann endlich wieder ins Bett.

Auch wenn ich weiß, dass ich kaum schlafen werde, sollte ich es trotzdem versuchen.

•••••

Esperanza

Seit dem Vorfall mit Aaron und Jake sind 5 Tage vergangen. Kurz waren sie zwischendurch da, haben sich ein paar Klamotten geholt und sind wortlos wieder verschwunden. Asher meinte, heute sei ihre Rückkehr, doch es wird nicht lange dauern, dann werden sie wieder aufbrechen, um das neue Clubhaus umzubauen. In den letzten Tagen haben Asher und ich viel Zeit damit verbracht, uns besser kennenzulernen.

Er hat mir viel über seine Arbeit im Boxclub und seine Schwester erzählt. Wenn wir nicht gerade geredet oder einen Film gesehen haben, trainierten wir, als würden wir an einer Olympiade teilnehmen. Er hat mich fertig gemacht, jedes Mal aufs Neue, genau wie jetzt. Wir sind seit 3 Stunden im Garten und ich bin vollkommen außer Atem, aber Asher hört nicht auf mich weiter anzutreiben. Als wir das mit dem Schießen abbrechen mussten, weil ich ihm einen Streifschuss verpasste, konzentrieren wir uns auf die Messertechniken. Ich weiß genau, wie ich zustechen muss, um jemanden so zu verletzen, dass er außer Gefecht ist, jedoch nicht stirbt.

»Na los, komm, bevor die Herren des Hauses wiederkommen, sollten wir unsere Spuren beseitigen«, schlägt Asher vor, nachdem ich mich gerade schweißnass ins kalte Gras geworfen habe. Er hält mir seine Hand hin und zieht mich nach oben.

»Irgendwann wird der Tag kommen, an dem ich dich genauso fertig mache, wie du mich.«

Lachend laufen wir gemeinsam zurück zur Villa, als wir die Motorräder hören können.

»Scheiße, geh, kleine Rose, spring unter die Dusche so schnell du kannst. Ich kümmere mich um das Chaos. LOS!«

Ich sprinte die rutschige Wiese entlang und begebe mich in das obere Stockwerk, hier renne ich direkt in mein Badezimmer.

Gerade als ich es geschafft habe, mich aus den Klamotten zu befreien und unter die Dusche zu gehen, öffnet sich die Tür. Ich kann nicht sehen, wer es ist, aber ich kann seine dunkle und gefährliche Präsenz wahrnehmen. Sofort bekomme ich es mit der Angst zu tun und beschließe so zu tun, als hätte ich nicht gemerkt, dass sich jemand Zutritt verschafft hat. Immer noch keimt Hoffnung in mir auf, dass er geht, doch da höre ich es.

Das Öffnen einer Gürtelschnalle, Klamotten die auf dem Boden landen. Oh nein, bitte nicht!

Die Duschkabine wird geöffnet und starke Arme umschließen mich von hinten.

»Hallo, meine Schöne, ich habe dich so sehr vermisst.«

Allein der Klang von Aarons Stimme bereitet mir eine Gänsehaut. Ich habe wie verrückt versucht Asher dazu zu bringen mit mir abzuhauen, aber er hat sich wegen der Sicherheit seiner Schwester geweigert.

»Woran denkst du? Begrüßt eine Lady so ihren Lord?«

Schnell drehe ich mich zu ihm um und werde sofort von dem Sturm, der in seinen Augen tobt mitgerissen.

»Es tut mir leid, ich... Es ist schön, dass du da bist«, lüge ich, er scheint es mir abzukaufen, denn er nimmt mein Gesicht in seine Hände und küsst mich. Irgendwas ist anders als sonst. Sein Kuss ist vorsichtig, voller Liebe und Zuneigung. Wäre er nicht er, würde ich diesen Kuss wirklich genießen.

»Ich möchte dir nicht wehtun müssen, meine Schöne, wirklich nicht, aber kannst du mich denn nicht auch verstehen? Weißt du wie es mir das Herz zerrissen hat, als ich hören musste, wie du ihm sagst, dass du ihn liebst? Dein Platz ist hier, in deinem Haus, mit mir.«

Erneut drückt er seine Lippen auf die meinen und zieht mich näher an sich heran. Immer wieder schwirren Ashers Worte durch meinen Kopf. Gib dich ihm hin, er muss denken, dass du ihn auch willst, und dann wird der Tag kommen. Der Tag, an dem du dich von ihm befreien kannst, aber du musst es versuchen, erobere nicht nur sein Herz, sondern auch sein Vertrauen.

Er hat Recht! Ich kann das schaffen, nicht nur für mich, sondern auch für Killian. Ich schlinge meine Arme um Aarons Nacken und kann deutlich spüren, wie er für einige Sekunden seinen ganzen Körper anspannt. Egal, ich muss das durchziehen.

Meine Zunge bittet um Einlass, den er mir zögerlich gewährt aber sich doch sofort wieder die Kontrolle des Kusses unter den Nagel reißt. Er packt mich am Hintern, hebt mich hoch und drückt mich mit dem Rücken gegen die Wand.

»Genau so, mein Herz, lass es zu. Du merkst selbst, dass du mich lieben musst, oder? Sag mir das du es merkst!«

Es wird nicht lange dauern und dann werden Ashers Worte wahr. Ich werde ihn töten, sobald ich die Gelegenheit dazu habe. Ich kann das! Ich schaffe das, verdammt!

»Vielleicht hast du recht, Aaron. Vielleicht muss ich dich lieben, gib mir bitte nur ein bisschen Zeit.«

Meine Antwort scheint ihm zu gefallen, denn immer mehr spüre ich seine Erektion an meinem Hintern.

»Du bist mein. Ich liebe dich, Freya«, mit diesen Worten nimmt er seinen Schwanz in die Hand und platziert ihn an meinem Eingang.

»Sag es, Freya, bitte sag es«, er klingt so verzweifelt, dass er mir fast schon leidtut.

»Ich werde dich lieben, Aaron, ganz sicher.«

Ich sehe ihm so tief in die Augen, dass er gar nicht anders kann, als mir zu glauben und wie erwartet schiebt er sich vorsichtig in mich. Diese neue Seite an ihm ist so seltsam, dass ich Angst habe einen Fehler zu begehen und ihn wieder so wütend zu machen, dass er mir wehtut, also mache ich das gleiche wie bei Jake. Ich spiele.

»Oh Gott, Aaron…«

»Fuck, ich liebe es, wenn du meinen Namen sagst.«

Vorsichtig, voller Gefühl, fickt er mich gegen die kalten Fliesen.

»Lass es uns richtig machen, mein Herz«, flüstert er an meine Lippen und trägt mich aus der Dusche. Ohne sich mir zu entziehen, legt er mich aufs Bett. Erneut küsst und vögelt er mich gefühlvoll weiter. Sein Atem kommt immer abgehackter, sein Schwanz beginnt in mir immer wieder zu zucken, was bedeutet, er braucht nicht mehr lange, also helfe ich nach.

»Fuck… Aaron, ja bitte…Gott du... Ahhhh.« Wie auch bei Jake, lasse ich meinen Körper beben und spiele einen Orgasmus vor.

»Scheiße, Freya, Gott, ich liebe deine Pussy, schrei für mich, mein Herz, lass mich hören, wie sehr du meinen Schwanz liebst…«

Ich unterbreche seinen Dirtytalk und schreie seinen Namen übertrieben laut, was ihm zu gefallen scheint, denn er wird immer schneller, härter und gröber, zieht sich dann aus mir heraus und ergießt sich auf meinem Bauch.

Außer Atem lässt er sich neben mich fallen. Er nimmt eines der T-Shirts vom Boden und beseitigt seine Spuren, um mich an sich zu ziehen.

»Das war wirklich schön, so könnte es immer sein, mein Herz, es muss nicht so eklig zwischen uns sein, ich versuche dir doch nur zu zeigen, was das richtige für dich ist.«

Das ich nicht lache!

»Wie läuft der Umbau, kommt ihr gut voran?«, frage ich ihn, mit gespieltem Interesse.

»Ja soweit läuft alles gut, nur werden wir unsere Zeremonie hier abhalten müssen, da keiner wissen darf, dass ich das eigentliche Chapter in hunderten Teilen im sizilianischen Meer versenkt habe.«

Seine Worte lassen mir einen Schauer über den Rücken laufen. Wie kann ein Mensch nur so brutal sein? Denkt er wirklich, dass ich so ein Monster jemals lieben könnte?

»Hast du Hunger? Wollen wir ein wenig in die Stadt gehen, also nur wir beide?«

Oho, ganz der Romantiker.

»Du meinst wie so ein richtiges Date? Romantischer Spaziergang und Pizza?«

Er lacht und zieht mich rittlings auf seinen Schoß. Sofort wird er wieder hart. Ich kann nicht verstehen, wieso ich so eine derartige Wirkung auf ihn habe. Und noch weniger verstehe ich, wieso er plötzlich so nett ist. Da muss etwas anderes dahinterstecken, doch bevor ich ihn fragen kann, redet er weiter.

»Wenn du ein Date willst, bekommst du eins. Willst du ein neues Haus, bekommst du es. Du musst es nur sagen und ich gebe dir alles. Alles und noch mehr. Doch eine Sache bekommst du nicht.«

Verwundert schaue ich zu ihm hinunter.

»Und was wäre diese eine Sache?«, er schaut verträumt durch das Zimmer, bis er mit dem Finger über die restlichen Spuren seines Namens streicht, den er mir über die Brust geritzt hat.

»Deine Freiheit. Ich werde dich niemals gehen lassen. Ich kann den Gedanken nicht ertragen, jemand anderen an deiner Seite zu wissen. Bevor das passiert, jage ich erst dir und dann mir selbst eine Kugel in den Kopf. Wir beide, mein Herz, wir werden auf Ewig vereint sein.«

Seine Worte lösen so ein ungutes Gefühl in mir aus, dass sich über meinen gesamten Körper eine Gänsehaut bildet.

»Komm, zieh dich an, bevor ich dich wieder ficken muss, weil mein Schwanz jetzt schon an einem Entzug leidet.«

Er hebt mich hoch, als würde ich nichts wiegen und setzt mich vor dem Schrank wieder ab.

»Komm dann einfach zu mir rüber, ich werde mich auch anziehen.«

Er beugt sich zu mir runter, küsst mich und verlässt nackt mein Zimmer.

Kurz danach öffnet sich meine Tür wieder, Jake kommt rein, verriegelt die Tür und zieht mich mit sich zum Bett.

»Verdammt, lass mich los, Jake!« Er ignoriert meine Worte, greift nach meinen Armen und zieht sie mir über den Kopf.

»Du schreist seinen Namen, Freya? Nach dem, was er dir angetan hat? Willst du mich verarschen? Das gefällt mir nicht! Fuck, ich habe gedacht ich schaffe das, wirklich, ich dachte ich kann einfach dabei zusehen, wie er dich mir ebenfalls wegnimmt aber ich kann nicht. Ich liebe dich einfach zu sehr, Baby. Fuck, bitte lass uns abhauen, nur wir beide, Freya, bitte.«

Drehen eigentlich in diesem Haus alle durch? Merkt denn keiner von ihnen, dass ich Killian liebe?

»Jake, nicht, bitte, ich… ich muss gehen, bitte mach die Tür auf.«

Sein Griff um meine Arme wird immer stärker, wenn er nicht gleich aufhört, werde ich schreien.

»Freya, hör auf! Wir wissen beide, dass du nur zu diesem Killian gegangen bist, weil wir Probleme hatten, ganz tief im Inneren liebst du mich noch immer, es muss so sein. Verdammt du wolltest mich heiraten!«

Ohne mich zu Wort kommen zu lassen, küsst er mich, genauso wie er es früher getan hat. Ich kann seine Liebe fühlen, in jeder Zelle meines Körpers, jedoch empfinde ich nichts, überhaupt nichts. Ich versuche ihn mit aller Kraft von mir zu stoßen, nur wird er dadurch noch gröber.

»Nein du wirst jetzt nicht aus diesem Zimmer gehen! Du wirst mir jetzt sagen, dass du mich liebst, oder ich erzähle Aaron wer du bist. Glaub mir, dann wird er dich soweit von der Zivilisation fernhalten, wie es nur geht. Er wird es nicht zulassen, dass du zu deinen Eltern zurückkehrst. Niemals.«

Gott sei Dank, weiß er nicht, dass der König nicht mein Vater ist, wer weiß was er mit diesem Wissen anstellen würde.

»Sag es, Freya, ich will es hören. Ich muss wissen, dass die Frau, für die ich alles aufgegeben habe, mich immer noch genau so liebt, wie sie es einst getan hat.«

»Jake, bitte, ich will das alles nicht. Lass es gut sein.«

»SAG ES!«

Was soll ich nur tun? Wenn Aaron uns so vorfindet, wird er mich sicher wieder schlagen oder mir diesmal seinen Namen auf die Stirn ritzen. Kann ich es wirklich schaffen, ihnen beiden etwas vorzuspielen? Fuck, ja! Ich kann und ich werde.

»Ich liebe dich, Jake, das habe ich immer und das werde ich immer, aber du musst warten. Warte, bis er mir soweit vertraut, dass wir unbemerkt verschwinden können.«

Sein Griff wird lockerer, sein Blick weicher. Ich hab ihn!

»Ich will das du es mir beweist, Baby. Komm heute Nacht zu mir, sowie morgen Nacht und die darauffolgenden auch, ich will dich in meiner Nähe haben, nur ein bisschen. Nur wir beide.«

Ich nicke und richte mich etwas auf, um ihn zu küssen, als ich Aaron rufen höre.

»Bist du fertig, mein Herz?«

Jake scheint sich genauso erschreckt zu haben wie ich, denn er entfernt sich von mir, eilt zur Tür, dreht den Schlüssel und versteckt sich im Bad.

Ich ziehe mir schnell ein Höschen an, schnappe mir irgendeine Hose und beim Oberteil mache ich es genauso. Gerade als ich fertig angezogen bin und in Richtung Tür gehe, wird diese von Aaron geöffnet.

»Sorry, ich wollte dich nicht warten lassen, aber ich habe nichts zum Anziehen gefunden.«

Er zieht mich in den Arm und küsst mich auf den Kopf.

»Kein Problem, wenn du etwas neues willst, kaufen wir dir alles was dein Herz begehrt, aber erst gehen wir essen. Komm.«

Er nimmt mich an der Hand und führt mich die Treppen nach unten, wo ich von weitem schon Ashers Stimme hören kann.

»AH FUCK DU IDIOT! ICH SPIELE IN DEINEM TEAM!«, schreit er seinen Kumpel an, dessen Namen ich immer noch nicht weiß. Als er uns entdeckt, sieht er mich fragend an, ich nicke ihm kaum merkbar zu und grinse Aaron verliebt an.

»Wir gehen in die Stadt, wenn was ist, ruft mich an.«

Die beiden nicken ihm zu und widmen sich wieder ihrer Playstation, während Aaron und ich die Villa verlassen.

»Willst du auf dem Bike fahren, oder sollen wir lieber ein Auto nehmen?«

So fürsorglich finde ich ihn gar nicht so unausstehlich, nicht auszumalen, was er getan hätte, hätte er mich mit Jake gesehen.

»Nimm es mir nicht übel, aber vor diesen Killermaschinen habe ich mehr Angst als vor dir.«

Er bleibt plötzlich stehen und zieht mich direkt vor sich.

»Ich will nicht das du Angst vor mir hast, mein Herz. Ich habe mich manchmal nur nicht unter Kontrolle, aber ich will nur das Beste für dich.«

Es tut mir schon fast leid, dass ich meine Gedanken laut ausgesprochen habe, aber ich darf einfach nicht vergessen was er mir angetan hat.

»Ist schon okay, es wird langsam besser. Lass uns gehen, ich würde für eine Pizza töten.«

»Na dann los, ich will nicht das in meiner Todesanzeige steht, - Wurde von seiner Lady getötet, weil sie Pizza essen wollte«, lachend laufen wir Hand in Hand zu einem schwarzen Maserati.

Kaum habe ich mich angeschnallt, fährt er schon los.

»Also ich glaube bei deinem Fahrstil, hätten wir auch das Bike nehmen können.«

Kopfschüttelnd lacht er und fährt durch die Stadt. Ich versuche so viel wie möglich von der Umgebung zu erkennen, leider ohne Erfolg. Aaron fährt einfach viel zu schnell, als dass es mir möglich wäre, irgendeinen Hinweis auf meinen Aufenthaltsort zu finden.

Kapitel 8

Esperanza

Nach ungefähr 25 Minuten, sind wir endlich vor einer sehr noblen Pizzeria angekommen. Die Fahrt über, haben wir kaum miteinander geredet. Immer wieder erwischte ich ihn dabei, wie er mich ganz genau musterte, als würde er sich jeden Zentimeter meines Gesichts einprägen wollen, um mich ja nicht zu vergessen. Aaron steigt aus dem Wagen und öffnet mir die Tür.

»Woher kennst du diesen Laden, oder besser gesagt, wieso kennst du dich hier so gut aus?« Er ergreift meine Hand und führt mich in das Innere des Lokals. Kaum übertreten wir die Türschwelle, knurrt mein Magen. Bei dem leckeren Geruch, der in der Luft liegt, kein Wunder.

»Ciao, Aaron! Der Raum ist wie gewünscht für dich reserviert«, richtet sich ein Kellner mit schwarzem Anzug an uns und führt uns in einen abgelegenen Teil des Restaurants der einem VIP-Bereich gleicht. Ein Vorhang trennt uns von den anderen Gästen. Es ist wirklich schön hier. Der dunkelbraune Laminatboden, sowie die dunkelrote Tapete, verleihen dem Raum eine kuschelige Atmosphäre. Vor allem die schwarzen Möbel, geben einem das Gefühl, man sei in einer Hütte im Wald. Fehlt nur noch der Kamin.

»Such dir einen Platz aus, der gesamte Bereich gehört uns.«

Ich entscheide mich für den Tisch am Fenster und mache es mir auf der Bank bequem, während Aaron sich mir gegenübersetzt.

»Um deine Frage zu beantworten, meine Mutter und ich haben, nach der Trennung meiner Eltern, hier gelebt. Nach ihrem Tod bin ich zurück zu meinem Vater und habe drei Jahre später den MC übernommen.«

»Woran sind deine Eltern gestorben?«

Nervös fährt er sich durch die Haare und rutscht auf seinem Stuhl hin und her.

»Meine Mutter hatte Krebs. Ich habe sie selbst bis zu ihrem letzten Tag gepflegt und mein Vater wurde von zwei Frauen zur Strecke gebracht, nachdem ich Killians Mutter hingerichtet habe.«

Oh, jetzt wird es interessant. Ich weiß noch, was Killian mir über den tragischen Tod seiner Schwester erzählte. Er sagte etwas von einem Brief, den sie in der Hand hielt. Vielleicht erfahre ich ja jetzt, was darin stand.

Er sagt wirklich die Wahrheit, also damit hätte ich nicht gerechnet. Gerade als er noch etwas hinzufügen wollte, kommt der Kellner mit zwei Speisekarten zu uns.

»Ich werde einfach in 10 Minuten wiederkommen, vielleicht wisst ihr ja dann bereits was ihr essen wollt…«

»Ich nehme eine Pizza Salami und eine Cola«, unterbreche ich ihn. Aaron lacht und bestellt dasselbe wie ich und der Kellner lässt uns allein. Auch wenn ich Angst habe nachzufragen, tu ich es dennoch.

»Wieso hast du Killians Mutter erschossen?«

Aaron atmet tief durch und fährt sich dabei durch die schwarzen Haare. Er holt seine Brieftasche heraus und reicht mir einen Brief.

»Was ist das?«

»Das, mein Herz, ist der Grund wieso ich seine Mutter erschossen habe. Killian weiß nichts darüber und ich will das es so bleibt, denn wenn man es genauer betrachtet, habe ich ihm dadurch einen Gefallen getan.«

Ich nehme den Brief vollkommen verblüfft entgegen und öffne ihn.

Aaron mein Schatz,

Ich hoffe du kannst mir verzeihen, dass ich dir so etwas antun muss. Ich kann es nicht länger mit meinem Gewissen vereinbaren. Killian hatte Recht, der Tod meines Vaters war kein Unfall. Meine Mutter hat vor Monaten bereits eine Affäre mit deinem Vater angefangen, und gemeinsam haben sie ihn ausgenommen wie eine Weihnachtsgans. Die beiden haben all sein Geld gestohlen, es in Drogen investiert und diese teurer weiterverkauft. Nachdem sein ganzes Geld aufgebraucht war, haben sie beschlossen, ihn zu beseitigen. Das wir beide uns in einander verliebten, war für die beiden perfekt. Meine Mutter sah die Gelegenheit uns Schutz zu verschaffen und entschied über meinen Kopf hinweg. Ich sollte dich heiraten um abgesichert zu sein, falls eines Tages rauskommt, dass sie meinen Vater gemeinsam mit deinem ermordet hat.

Killian wäre der Erste, der sie umgebracht hätte, deswegen versuchte sie alles, um ihn von uns fernzuhalten. Sie haben das so von Anfang an geplant Aaron. Auch unser Treffen wurde von ihnen eingefädelt. Bitte denke nicht, dass ich dich nicht liebe, denn das tue ich wirklich, aus tiefstem Herzen. Ich kann einfach meinem Bruder nicht mehr in die Augen blicken, ohne meinen Verrat in ihnen zu sehen. Ich hätte es ihm sagen sollen, ich hätte ehrlich sein sollen. Ich war aber zu feige, weil ich wusste, er liebt mich so sehr, dass er mir auch das Verzeihen würde, so wie er es immer getan hat. Bitte, egal wie es zwischen dir und Killian wird, zeig ihm niemals diesen Brief. Ich wünsche mir, dass er mich liebt, wenn ich gehe, nicht dass er mich hasst. So kann meine Seele wenigstens in Frieden ruhen.

Nun zu dir mein Liebling, es tut mir so schrecklich leid. Ich habe diesen Druck nicht mehr ausgehalten, ich konnte es nicht mehr ertragen, zu sehen wie du zu dem Mann aufsiehst, der mir das Wichtigste genommen hat, was ich jemals hatte. Ich wurde das Versuchskaninchen unserer Eltern! Ich musste ihre gestreckten Drogen testen, damit sie sehen, wie diese wirken. Deswegen bin ich auch so seltsam geworden. Das Teufelszeug hat mich verändert, es kommt mir vor, als würde nur noch Gift durch meine Adern fließen. Aaron, bitte, verzeih mir den Anblick, den ich dir hinterlassen werde. Bitte versprich mir, dass du glücklich wirst, versprich mir, dass du eine Frau findest, die du noch mehr liebst als mich. Versprich mir, meinen Tod zu rächen, auch wenn ich ihn selbst verursacht habe. Versprich mir, mir irgendwann zu verzeihen. Ich liebe dich mehr als alles andere.

Deine Kayla.

Oh Wow. Ich habe mit allem gerechnet, nur nicht damit. Wie kann eine Mutter ihrem Kind so etwas antun? Wieso musste sie ihre Kinder mit in ihre Verdammnis ziehen? Hätte sie nicht einfach allein gehen können? Killian hätte seine Schwester mit seinem Leben beschützt!

»Jetzt kennst du die Wahrheit. Ich habe es ihr versprochen, mein Herz. Sie wollte, dass ich liebe, mehr als ich sie geliebt habe, und das tue ich. Wenn ich dich ansehe, vergesse ich alles um mich herum, das ist genau das, was sie wollte.«

Oh mein Gott, ich befinde mich in einer schlimmeren Lage als ich dachte. Er denkt wirklich Kayla hätte genau das für ihn gewollt, was er mir antut.

»Ich verstehe, es tut mir leid, dass du das erleben musstest. Wirklich.«

Er lächelt verlegen, doch zum Glück, kommt in diesem Moment der Kellner mit der Bestellung und wir müssen das Thema nicht weiter vertiefen. Ich habe dieses unbeschwerte Gefühl, welches sich in mir breitmacht, total vermisst. Ich fühle mich nicht mehr so, als wäre ich eine Gefangene, aber wenn ich an Jake denke, wird das ganz schnell wieder anders. Ich habe schon überlegt, ob ich Aaron nicht lieber etwas davon erzählen soll, habe aber Angst, wie er reagiert, wenn er erfährt, dass ich ihn nicht gleich gerufen habe.

»Woran denkst du, mein Herz?«, reißt mich Aaron aus meinen Gedanken.

»Ah nichts, ich finde es so schön hier. Ich war noch nie in einer so gemütlichen Pizzeria und die Pizza schmeckt auch sehr gut«, lüge ich, in der Hoffnung das er mir glaubt. Wieder nickt er nur und isst seinen Teller leer. Nach einigen stummen Minuten kommt der Kellner wieder, räumt den Tisch ab und bringt uns, auf Aarons Wunsch hin, die Rechnung.

»Komm, lass uns einkaufen gehen, dann fahren wir nach Hause. Ich muss morgen wieder für einige Tage weg, aber dann gehört meine ganze Zeit nur noch dir.«

Juhu, ich springe gleich vor Freude in die Luft. Ich versuche mir das beste Lächeln, das ich auf Lager habe, ins Gesicht zu zimmern und folge ihm zurück zum Wagen. Auf weitere Stunden mit einem schizophrenen Aaron, der plötzlich der netteste und zuvorkommenste Mann des Universums geworden ist.

Vier Stunden haben wir mit Shoppen verbracht. Aaron musste mehrere Male ins Auto um die Taschen, die er durch die Gegend getragen hat, zu verstauen. Er hat wirklich keine Kosten gescheut. Egal was ich wollte, egal was ich mir angesehen habe, er hat mir alles gekauft. Von Klamotten, über Hygieneartikel, bis hin zu Schuhen war alles dabei. Sogar einen Lebensmittelladen hat er halb leer gekauft, nur damit ich, laut seiner Aussage, alles habe, was ich brauche, wenn er nicht da ist.

Ich konnte zumindest herausfinden, wo wir uns befinden. In einem kleinen Dorf in der Nähe von Palermo, Sizilien. Würde ich doch nur nochmal an Ashers Handy gelangen und meinem Vater meinen Standort übermitteln können. Aber seit ich weiß wie krankhaft Aarons Liebe mir gegenüber ist, habe ich beschlossen meine Flucht ohne ihre Hilfe durchzuziehen. Niemals könnte ich mir verzeihen, wenn ihnen etwas passiert, nur weil sie mich aus seinen Fängen befreien wollen. Aber so wie ich sie kenne, sind sie allesamt bereits hier.

Zuhause angekommen verdonnert Aaron seine Jungs dazu, die Tüten alle in mein Zimmer zu bringen. Als ich mich ebenfalls auf den Weg dorthin machen will, hält er mich an der Hand zurück.

»Komm mit und schlaf heute Nacht bei mir, ich will dich in meiner Nähe wissen, mein Herz. Ich muss eine Woche ohne dich sein, das halte ich nicht aus, wenn wir uns jetzt wieder trennen müssen.«

Auch das noch! Ich muss doch zu Jake, wie soll ich das denn machen? Ich sollte mit Asher reden. Und ich weiß auch schon, wie ich das anstelle. Und genau in diesem Moment, kommt er mit Jake die Treppe herunter.

»Ich bin abends immer zusammen mit Asher durch den Wald gejoggt. Würde es dich stören, wenn wir dieses Ritual heute auch abhalten? Es lässt mich besser schlafen.« Ich stelle mich auf die Zehenspitzen um ihm meine Arme um den Nacken zu legen, in der Hoffnung ihn damit etwas zu besänftigen.

»Alles, was du willst, mein Herz. Ich habe es dir doch gesagt, du musst mich nur danach fragen. Geh dich umziehen, mach was auch immer du willst und komm dann zu mir, ich warte auf dich.« Er zieht mich an sich, gibt mir einen Kuss und wendet sich an Asher.

»Pass auf meine Lady auf, Kumpel und danke, dass du ihr ein guter Freund bist.«

Asher sieht mich verwirrt an, versteht jedoch und nickt Aaron zu, während ich mich an ihnen vorbeidränge, um mir irgendwas joggingtaugliches anzuziehen.

Fünf Minuten später bin ich wieder unten und warte auf Asher, der endlich aus der Küche kommt mich aber immer noch skeptisch ansieht.

»Ich habe sowas von keinen Bock joggen zu gehen, kleine Rose, ich hoffe du hast einen guten Grund, für diese Farce.« Ich ziehe ihn an der Hand mit mir in den Garten, weit weg von der Villa und beschließe kurzer Hand ihm die ganze Wahrheit zu erzählen.

»Ich bin nicht die, für die Aaron mich hält. Jake weiß es und versucht mich jetzt damit zu erpressen. Hast du jemals etwas davon gehört, dass vor 21 Jahren die spanische Königstochter entführt wurde?«

Immer noch ist sein Blick verwirrt, jedoch nickt er.

»Sie steht vor dir. Ich bin Esperanza- Gabriela Garcia, die Prinzessin von Spanien.«

»Nicht dein scheiß Ernst?! Meine beste Freundin ist eine verfickte Prinzessin?«, lachend nicke ich zur

Bestätigung und erzähle ihm alles, was in den letzten Wochen vor meiner Entführung passiert ist. Von dem heutigen Zusammentreffen mit Jake, seiner Drohung und meinem Plan, der sich um meine Flucht dreht.

»Kleine Rose, ich bin bei allem, was du vorhast dabei, jetzt da ich weiß wer du bist, könnte ich das ein wenig ausnutzen und für die Sicherheit meiner Schwester sorgen. Natürlich nur wenn es für dich in Ordnung ist, meine Hoheit.«

Ich stoße ihn gegen die Schulter, was ihn laut auflachen lässt.

»Was Jake angeht, werde ich versuchen dir den Rücken zu decken, wenn Aaron merkt, dass du weg bist. Ich behaupte du seist bereits öfter schlafgewandelt und ich habe es ihm vergessen zu berichten. Wir bekommen das alles hin, versprochen, kleine Rose.«

Dankbar werfe ich mich ihm an den Hals und dann rennen wir gemeinsam um die Wette zurück zur Villa.

»Ich habe gewonnen! Du lässt nach, alter Mann.«, necke ich ihn, als ich geradewegs gegen Aaron pralle.

»Oh mein Gott, es tut mir leid. Ich habe dich gar nicht gesehen!« Er zieht mich an seine Seite und legt einen Arm um meine Schulter.

»Schon okay. Asher, lässt du dich wirklich von meiner Lady fertig machen?«, lachend betreten wir den Essbereich und erst jetzt fällt mir auf, dass Aaron ganz anders aussieht. Er trägt eine tiefsitzende graue Jogginghose und ein weißes eng anliegendes Shirt, dass seine Muskeln sehr betont. Ihn so zu sehen, macht das alles irgendwie offiziell. Es ist genauso sein Zuhause, wie es meins sein sollte.

»Was soll ich sagen, ich bin es eben nicht gewohnt, dass mir jemand, in Punkto Schnelligkeit, das Wasser reichen kann.«

Aaron zieht mich immer enger an sich, was Asher wohl signalisieren soll, dass ich ihm gehöre. Dieser versteht den Wink und reißt mich Aaron aus dem Arm.

»Kumpel, dieses Mädel hier, ist zwar wunderschön, das kann ich nicht leugnen, jedoch solltest du nicht vergessen, dass ich schwuler nicht sein könnte«, ich kuschle mich an die Brust meines mittlerweile besten Freundes und beobachte mit einem Lächeln Aarons verhärtete Gesichtszüge.

»Er hat Recht. Und außerdem will ich nichts anderes, als dich irgendwann zu lieben, weißt du noch?«

BOOM! Die hat gesessen, selbst Asher verspannt sich neben mir, als er diese Worte aus meinem Mund hört. Ich scheine das manipulative, naive Mädchen wirklich gut zu spielen.

»Stimmt, das wirst du, mein Herz, es ist nur noch eine Frage der Zeit. Komm lass uns nach oben gehen.«

Ich verabschiede mich von Asher, blicke kurz in Jakes Richtung, der das Szenario aus der Ferne beobachtet hat und laufe gemeinsam Hand in Hand mit Aaron zu seinem Schlafzimmer.

»Ich würde gerne noch schnell duschen gehen, ist das in Ordnung?«

Er öffnet die Tür und zieht mich hinter sich her in sein Zimmer.

»Ja natürlich, hier bitte…«, er nimmt ein Shirt aus seinem Schrank und reicht es mir.

»Ich war so frei und habe deine Hygieneartikel geholt, als du joggen warst. Ein Höschen liegt im Bad, etwas anderes solltest du nicht brauchen.«

Er drückt mir einen Kuss auf den Mund und macht es sich bereits im Bett bequem. Ich lasse einen kurzen Blick durch sein Zimmer schweifen, es sieht fast so aus wie meins, nur das seine Möbel dunkel gehalten sind.

Schnell verschwinde ich in seinem Badezimmer und stelle mich unter die Dusche.

Ich lasse den gesamten Tag Revue passieren. Alles an Aaron scheint verändert zu sein. Wie gern würde ich wissen, was genau sich in seinem Kopf abspielt, woher der plötzliche Sinneswandel kommt?

Wieso benimmt er sich auf einmal so seltsam, ist er so krank im Kopf, dass er denkt, dass ich ihn wirklich jemals lieben könnte? Und dann ist da noch Jake, nur wegen ihm bin ich überhaupt in dieser Lage. Ich kann nicht verstehen, wie er von mir verlangen kann, so ein gefährliches Spiel zu spielen. Niemals würde ich Aarons Zorn überleben, wenn er mich nachts bei Jake findet.

Er weiß doch am besten, wie grausam Aaron sein kann, er war verdammt nochmal dabei, als er mich verstümmelt hat! Wie können diese beiden Idioten da von Liebe reden? Hinter dieses Rätsel werde ich wohl niemals kommen können. Schnell wasche ich mir die Haare aus, steige aus der Dusche, trockne mich ab und ziehe das Shirt an, welches Aaron mir zuvor gegeben hat, genau wie das Höschen. Mit meinen Haaren in ein Handtuch gewickelt, verlasse ich das Bad und sehe Aaron wie er am Fenster lässig in einem Sessel sitzt und raucht.

»Komm her, mein Herz«, sagt Aaron und klopft auf seinen Schoß. Ich folge seiner Anweisung und setze mich auf sein Bein.

»Ich mag es, dich in meiner Kleidung zu sehen. So wirkst du gleich noch mehr wie meine Lady.«

Lächelnd beobachte ich ihn dabei, wie er an seiner Zigarette zieht, den Rauch einatmet und ihn zum Fenster hinaus bläst. Ich muss zugeben, Aaron ist ein verdammt hübscher Mann. Ich kann verstehen wieso

Killians Schwester ihn so sehr geliebt hat. Seine blauen Augen sind wirklich besonders, sie strahlen gleichzeitig eine Kälte, sowie pure Wärme aus. Ich denke, wenn wir uns in einem anderen Leben getroffen hätten, er nicht solche Dinge getan hätte, wäre unsere Chance auf eine Zukunft, so wie er sie sich vorstellt, gar nicht so abwegig.

»Wieso siehst du mich so an, mein Herz? Stimmt irgendetwas nicht?«

Die richtige Frage wäre, was stimmt nicht mit ihm, verdammt!

»Ich verstehe dich nicht, Aaron. Erst bist du so grausam zu mir und dann plötzlich der liebe, nette zuvorkommende Mann, den ich in einem Café kennengelernt habe und der mir nach fünf Dates die Sterne vom Himmel holt. Was bezweckst du damit?«

Er schnippt die Zigarette aus dem Fenster, zieht mich rittlings auf seinen Schoß und nimmt mein Gesicht in seine Hände.

»Freya, denkst du wirklich, ich wollte das alles? Denkst du wirklich, ich wollte dich derart verletzten? Ich liebe dich und ich wollte dir zeigen, wie es sein kann, wenn du Killian nicht aus deinem Kopf verbannst. Wir scheinen aber auf dem richtigen Weg zu sein. Wieso also sollte ich dir dann nicht ein guter Mann, Lord, Freund, nenn es wie du willst- sein? Du verdienst das Beste, mein Herz und für dich, bin das ich.«

Es ist also offiziell, er sollte dringend einen Psychiater aufsuchen, der Typ hat sie wirklich nicht mehr alle.

»Ich weiß, dass meine Methoden fragwürdig sind, aber bitte versteh mich doch auch. Ich musste dich mit zwei Männern teilen, obwohl du nicht einmal etwas über meine Existenz wusstest. Weißt du, wie das einem das Herz brechen kann? Weißt du, wie sehr ich dadurch gelitten habe? Zu sehen wie du in Jakes Armen schläfst, ihn küsst oder dich Killian hingibst? Es hat mir das Herz zerschmettert!«, scheiße er wird sauer, das erkenne ich anhand seiner lauter werdenden Stimme, seiner Zornesfalte auf der Stirn und durch das dunkler werden seiner Augen. Ich muss handeln, bevor er wieder zu dem Monster wird, gegen das ich keine Chance habe. Schnell befreie ich mein Gesicht aus seinen Händen, ziehe ihn am Kragen zu mir und küsse ihn. Ich stecke so viel Gefühl und Leidenschaft in diesen Kuss, dass ich an seiner Stelle selbst glauben würde, ich wäre dabei mich in ihn zu verlieben.

»Es tut mir leid. Hätte ich davon gewusst, wäre es niemals passiert«, flüstere ich an seinen Lippen, mehr zu mir selbst als zu ihm. Mein Herz schmerzt so sehr, mit jedem Kuss, dem ich ihm schenke. Jeder Kuss ist ein Betrug an Killian. Der Mann, der krank sein wird vor Sorge, während ich mit dem Feind schlafe. Wird er es verstehen? Würde er mich deswegen verlassen? Diese Gedanken lassen mir Tränen aus den Augen kullern, die ich selbst mit der größten Beherrschung nicht aufhalten kann. Aaron scheint es zu merken, denn er löst sich von mir und wischt mir die Tränen, mit dem Daumen aus dem Gesicht.

»Nicht weinen, mein Herz, es ist okay. Du wusstest es nicht. Jetzt wirst du es nicht mehr tun. Jetzt wirst du mich lieben, ich spüre es.« So wie ich auf seinem Schoß sitze, hebt er mich hoch und trägt mich zum Bett, dort lässt mich runter und legt sich zu mir.

»Ich weiß, dass wir einen schweren Start hatten, aber das ist vorbei, mein Herz. Sobald ich dir zu 100% vertrauen kann, wirst du jede Freiheit haben, die du willst, jedoch unter der Voraussetzung, dass du wieder zu mir zurückkommst.«

»Das werde ich, Aaron, versprochen.«

Nicht, nein, auf keinen Fall! Er macht es sich bequem, zieht mich zu sich, sodass ich mit dem Kopf auf seiner Brust liege und drückt einen Knopf am Bett. Verwirrt hebe ich den Kopf und schaue dabei zu, wie aus seinem Bett ein Fernseher fährt.

»Wow, das ist ja cool«, gestehe ich, was ihm ein Lachen entlockt.

»Wenn du willst, lasse ich dein Bett genauso umbauen, mein Herz.«

»Ach was, nicht nötig, du hast schon so viel Geld für mich ausgegeben. Ich habe doch bereits einen Fernseher im Zimmer.«

»Geld spielt keine Rolle. Du wirst nächste Woche sowieso deine eigene limitlose Kreditkarte bekommen, auf die nur du Zugriff hast. Also sehe ich nicht wofür du das Geld ausgibst, falls du mal vorhast, mich mit schöner Unterwäsche zu überraschen oder so.«, ich stoße ihm in die Seite, was ihn noch lauter lachen lässt als zuvor.

»Das musst du nicht tun, Aaron. Ich brauche kein Geld.«

»Ich will aber das du welches hast. Ich habe mein Vermögen durch drei geteilt. Für dich, für mich und für Rücklagen. Du wirst es annehmen und damit machen was du willst. Willst du ein Auto, kauf dir eins. Willst du ein neues Haus, kauf dir eins. Aber komm, egal was du kaufst, wieder zurück zu mir nach Hause.«

Um den Ernst seiner Worte zu unterstreichen, drückt er mich fester in seinen Armen und küsst mich auf den Kopf. Er nimmt sein Handy, öffnet ein

Programm und stellt irgendeinen Film ein. Ich liege weiterhin auf seiner Brust, lausche seinem Herzschlag und bemerke nach etwa einer Stunde, dass seine Atmung immer gleichmäßiger wird. Vorsichtig befreie ich mich aus seiner Umklammerung und schnappe mir sein Handy. Es ist kurz nach ein Uhr in der Nacht. Ich bin mir sicher, Jake wartet bereits auf mich. Stumm, ohne einen einzigen Laut von mir zu geben, ohne auch nur ein Geräusch zu erzeugen, steige ich aus dem Bett und warte auf seine Reaktion. Nichts, er scheint tief und fest zu schlafen. Schnell schlüpfe ich durch die Zimmertür und stoße mit Asher zusammen.

»Sag mal, spinnst du? Ich habe gerade fast vor Schreck gebrüllt!«

»Es tut mir leid, ich wollte nur da sein, falls er merkt das du weg bist, los verschwinde! Ich werde dir den Rücken freihalten, kleine Rose.«

Ich stelle mich auf die Zehenspitzen, küsse ihn auf die Wange und mache mich auf den Weg in Jakes Zimmer. Ich öffne die Tür ohne zu klopfen und finde ihn auf dem Bett sitzend, mit einem Fotoalbum vor sich.

Sofort erkenne ich, um welches Album es sich handelt. Er rührt sich nicht, als hätte er mich nicht gehört. Wie gebannt starrt er auf die Bilder, die die Seiten zieren.

»Jake? Ist alles in Ordnung?«, er zuckt vor Schreck zusammen und sieht mich mit weit aufgerissenen Augen an. Was zum… Er weint! Schnell eile ich zu ihm und setzte mich mit auf sein Bett.

»Was ist denn los? Ist etwas passiert?«

»Ob etwas passiert ist? Sieh dir das an!«, er packt meinen Kopf und dreht ihn grob in die Richtung der Bilder.

Sie zeigen uns in unserer glücklichsten Zeit der Beziehung. Wie wir gemeinsam essen sind, wie er mich dabei fotografiert hat als ich vertieft ins Lernen war. Lauter Selfies die zeigen, wie verliebt und glücklich wir waren.

»Das ist passiert! Sieh uns doch an, Freya! Du liegst in dem Bett eines Anderen. Du hast mich betrogen! Ich habe dich geschlagen, dich verdammt nochmal vergewaltigt und belogen!«

Er stößt mich mit so einer Wucht von sich, dass ich vom Bett fliege und mir den Kopf am Nachttisch stoße.

»Ich habe Menschen getötet, einer davon war mein eigener Cousin. Und wieso habe ich das alles getan? Für dich! Weil ich dich so verdammt krankhaft liebe, dass ich dich lieber tot sehen würde, als noch einen Tag länger mitansehen zu müssen, wie dieser Hurensohn dich als seins präsentiert. Denn das bist du nicht. Du hast immer mir gehört, das wirst du auch immer! Du wirst mich heiraten, Freya, genauso wie wir es geplant hatten, jedoch mit der kleinen Änderung, dass nur wir beide da sein werden. Nicht dein Vater, nicht meine Familie, niemand. Sollen sie denken wir sind tot, so kann keiner von ihnen versuchen uns zu trennen!«

Scheiße, was ist denn in ihn gefahren. Er verhält sich fast genauso schlimm wie Aaron. Jake kommt zu mir auf den Boden und sieht mich erschrocken an.

»Scheiße, Baby! Du blutest! Es tut mir leid, ich wollte dich nicht so stark schubsen«, flüstert er, rennt schnell ins Badezimmer und kommt binnen Sekunden mit einem nassen Lappen wieder.

»Komm her.« Jake setzt sich aufs Bett und zeigt auf seinen Schoß. Mit schmerzendem Kopf stehe ich auf und setze mich.

»Tut es sehr weh? Ist dir schwindelig, soll ich dir ein Glas Wasser holen?«, ich schüttle langsam den Kopf und merke wie mich tatsächlich der Schwindel überfällt. Während er versucht die Blutung zu stoppen, murmelt er immer wieder etwas vor sich hin, was ich nicht verstehe, als er mich plötzlich am Kinn greift und behutsam zu sich dreht.

»Bitte liebe mich wieder, Baby. Bitte, ich halte diese Leere in mir kaum aus. Scheiß auf Aarons Vertrauen, wir hauen ab. Sollte er uns finden, wird er uns beide töten, so sterben wir wenigstens zusammen. So sollte es immer sein, wir beide, bis zum Tod und darüber hinaus.«

Jetzt wo er es sagt, fällt mir auf, dass ich mir nie vorstellen konnte, jemals für ihn mein Leben zu lassen. Anders bei Killian, für ihn würde ich mich zehnmal hintereinander opfern, wenn ich ihn dadurch retten könnte. Da ist er schon wieder, dieser Schmerz in meinem Herzen, wieder kann ich die Tränen nicht aufhalten.

»Ich weiß, Baby, das ist beängstigend, aber es hat auch eine gute Seite. Wir bleiben zusammen, nur du und ich.«

Er streicht mir eine Strähne hinter mein Ohr und zieht mich langsam zu sich.

»Küss mich, Baby, zeig mir deine Liebe. Sei wieder meine Frau, meine Freya…«, gerade als er dabei ist mich zu küssen, höre ich Gebrüll aus dem oberen Stockwerk.

»Scheiße, Jake lass mich gehen. Er darf mich nicht finden, er wird mir weh tun. Jake, bitte.«

»Sag mir das du mich liebst, zeig es mir und ich lass dich gehen.«

Schnell ziehe ich ihn an mich, küsse ihn mit so viel Liebe, wie ich für sein altes Ich übrig habe und löse mich schnell von ihm.

»Ich liebe dich, Jake, das habe ich immer und werde ich immer.«

Er strahlt über das ganze Gesicht und nickt zur Tür. Ich öffne die Tür, komme gerade in der Küche an, als die Stimmen immer lauter werden.

»Wenn sie bei ihm ist, bringe ich sie beide um, Asher! Wie konntest du sie aus den Augen verlieren, du bist für ihre Sicherheit zuständig! Was ist, wenn sie abgehauen ist? Verdammt nochmal!«

Mir muss schnell etwas gutes einfallen, um mein Verschwinden zu rechtfertigen. Ich fasse mir an die schmerzende Stelle an meinem Kopf. Ich blute immer noch, jedoch nicht so stark, sollte aber reichen.

Ich schmiere das Blut von meinen Fingern, an die Kante der Kücheninsel und lasse mich fallen. Ich komme mit so einer Wucht auf dem Boden auf, dass ich merke, wie extrem dumm diese Idee war. Langsam, aber sicher, verabschiedet sich mein Bewusstsein.

»Ash…Küche..«, meine Stimme ist so leise, dass ich mir nicht sicher bin, ob er mich gehört hat. Immer mehr Sterne bilden sich vor meinen Augen. Es war so eine verdammt dumme Idee!

»Fuck, was war das? Hast du den Knall gehört?«

»Ja, er kam aus der Küche«, höre ich Aaron antworten. Mit der letzten Kraft die ich aufbringen kann, versuche ich erneut meinen besten Freund zu rufen.

»ASH..ER«, das war viel lauter als erwartet. Ich höre schnelle Schritte und merke dann wie ich hochgehoben werde.

»Fuck, kleine Rose, bitte sag mir das du das nicht mit Absicht gemacht hast.«

»Aaron sie ist verletzt!«

»Jake hat mich zuvor… gestoßen, da habe ich schon geblutet, ich hab mich fallen lassen… um unsere Geschichte..., Gott, Asher, es tut so weh.«

Wieder höre ich schnelle Schritte und erkenne Aarons Silhouette vor mir.

»Fuck, mein Herz, was ist passiert, wo war sie?«

Ich werde auf etwas Weichem abgelegt und spüre im nächsten Moment was kaltes auf meiner Stirn.

»Fuck! Asher, wir müssen einen Arzt holen! Sie hat sich an der Kante der Kücheninsel den Kopf gestoßen. Fuck, der ganze Boden ist voller Blut!«

»Gott, kleine Rose, was hast du nur getan?«, die Sorge, die sie um mich haben, ist kaum zu überhören. Die nasse kälte auf meiner Stirn lässt den Schwindel immer weiter verklingen.

»Ich hab dich lieb, Ash…«

»Hör auf, mach mir keine Angst! Aaron, ruf endlich einen scheiß Arzt«, ich versuche den Kopf zu schütteln, werde jedoch von lautem Gebrüll unterbrochen.

»KANN MAN IN DIESEM HAUS EIGENTLICH NICHT EINMAL SCHLAFEN? WAS GEHT HIER WIEDER FÜR EINE SCHEIßE!«, höre ich Jakes Stimme. Heuchler! Ohne ihn, wäre das alles nicht passiert.

»Gib mir einen Grund, um ihn nicht direkt zu töten, kleine Rose, nur einen Grund.«

»Lass mich nicht allein…«, er streichelt mir übers Gesicht und grinst mich an.

»Niemals, kleine Rose, niemals.« Asher erhebt sich und Aaron kommt an seine Stelle.

»Ich kann den Arzt leider nicht erreichen, ist dir schwindelig, mein Herz, willst du was trinken? Was wolltest du überhaupt hier unten?«, ich kann das

Misstrauen, welches sich in seinen Augen widerspiegelt deutlich erkennen.

»Ich wollte Wasser… Die Sauerei tut mir leid, ich…«

»Ist schon gut, mein Herz. Ich bin da, ich werde mich um dich kümmern. Asher, bitte hol ihr ein Glas Wasser, sowie Tabletten und Verbandszeug.«

Asher nickt und macht sich auf den Weg, Aarons Anweisung zu folgen.

»Baby, ist alles Okay? Wie ist das passiert?«, höre ich Jake als dieser sich neben Aaron auf den Boden setzt.

»Verpiss dich, Jake, ich meine es ernst.«, brummt Asher, als er mit allem was Aaron verlangte, um die Ecke kommt und mir, nachdem er die Sachen abgelegt hat, beim Aufsitzen hilft.

»Trink, kleine Rose. Am besten das ganze Glas, dann nimm die Tablette«, ich mache was er verlangt und leere das Glas in einem Zug.

»Ich schaffe den Rest allein. Asher, bring bitte eine Kiste Wasser, ein Glas und die Tabletten hoch in mein Zimmer. Und Jake, mach was Asher sagt. Verpiss dich.«

Mit diesen Worten hebt Aaron mich hoch und bringt mich zurück in sein Zimmer. Ich kann Jakes verhassten Blick auf meinem Rücken spüren, drehe mich aber nicht um. Die Schmerzen in meinem Kopf sind viel zu stark.

Oben angekommen, lässt Aaron mich auf dem Bett ab und verbindet mir vorsichtig den Kopf. Hätte ich gewusst, wie weh das tut, hätte ich mir lieber die Hand im Kühlschrank eingeklemmt.

»Hier bitte, das ist alles was du haben wolltest, Boss. Wenn du mich brauchst, ich bin vor der Tür.«

Asher kommt auf mich zu und geht vor mir auf die Knie.

»Ich hab dich übrigens auch lieb, kleine Rose, sehr sogar.« Er gibt mir einen Kuss auf den Kopf und verlässt das Zimmer. Unsicher schaue ich Aaron an, der mich mit einem so besorgten Blick ansieht, dass ich sofort anfange meine Tat zu bereuen.

»Ich hätte dich wecken sollen, es tut mir leid, ich werde das morgen alles sauber machen versprochen.«

»Einen Scheiß wirst du! Du wirst dich schonen und dich von Asher bedienen lassen bis ich wieder zurück bin. Gott ich dachte für einen Moment, du hast versucht dir etwas anzutun. Fuck ich bin gerade fast gestorben Freya.«

Aaron setzt sich aufs Bett und zieht mich vorsichtig auf seinen Schoß.

»Ich will nicht länger das du meine Lady wirst.«

Oh mein Gott ich glaube ich träume! Heißt das er lässt mich gehen? Mit Tränen in den Augen schaue ich in seine Eisblauen Augen.

»Nicht weinen mein Herz ich war noch nicht fertig. Ich will nicht länger das du meine Lady wirst, denn ich will das du mich heiratest. Gott der Gedanke dich zu verlieren bringt mich um. Ich will uns aneinander binden Freya. Du musst jetzt noch nicht antworten, ich werde dir beweisen, dass ich es wert bin.«

Okay jetzt bin ich wirklich richtig am Arsch.

Ich lächle ihn unter Tränenden Augen an und merke wie mich der Schwindel wieder überkommt.

»Aaron… ich muss...«, er versteht sofort und trägt mich ins Bad. Dort übergebe ich mich, während er meine Haare hält und mir den Rücken streichelt.

Ob diese Übelkeit davon kommt, dass ich mit hoher Wahrscheinlichkeit eine Gehirnerschütterung habe oder weil er mir gesagt hat, dass ich ihn heiraten soll weiß ich nicht. Was ich aber weiß ist, dass ich so schnell wie möglich hier weg muss. Unbedingt.

Kapitel 9

Seit verdammt nochmal 14 Tagen, rennen wir durch die Gegend, drehen jeden Stein nach dir um, durchsuchen jedes Haus, welches uns verdächtig vorkommt und nichts. Keine Spur von dir, mein Engel. Ich verliere bald den Verstand! Es ist nun schon einen Monat her, dass du mir entrissen wurdest. Und würde es hierbei nicht um dich gehen, hätte ich längst aufgegeben.

Die Zwillinge und Alejandro bekomme ich kaum noch zu Gesicht. Sie fahren von Stadt zu Stadt und befragen die verschiedenen Chapter. Gerade als dein Vater und ich zurück ins Motel fahren wollten, fällt mir ein seltsames Gebäude auf.

»Halt an! Schau mal dort drüben«, sage ich und zeige mit dem Finger in die Richtung, in der sich das fragwürdige Gebäude befindet.

»Was soll da sein, Killian? Ich glaube, du siehst langsam wirklich Gespenster, es ist nur eine Baustelle, nichts weiter.«

Er irrt sich, ich weiß es. Er scheint nicht das zu sehen, was ich sehe und trotzdem folgt er mir aus dem Wagen. Leise und unbemerkt nähern wir uns der Baustelle und siehe da, kaum blickt man um die Ecke, stehen dort ein Dutzend Motorräder.

»Das muss es sein, Hernan. Das ist das neue Clubhaus. Ich bin mir ganz sicher!«

Er sieht sich die Umgebung genauer an, jeden Millimeter der uns umgibt.

»Ich glaube du hast Recht. Siehst du die Plane über der Tür? Dort muss sich das Logo befinden. Wir sollten warten bis es dunkel wird, dann schauen wir nach. Wenn du mich fragst, ist hier gerade zu viel los.«

Kaum hat er seinen Satz beendet, öffnet sich die Tür und ich bleibe wie angewurzelt stehen.

»Das können wir uns sparen. Da ist Jake.«

Er stolziert erhobenen Hauptes durch die Tür und kommandiert die anderen herum, als wäre er der Präsident höchstpersönlich.

»Wir werden warten, bis sie weg sind, Killian. Tu nichts, was du später bereuen könntest. Wenn sie hier ihr neues Quartier haben, dann ist unser Mädchen nicht weit.«

Gott, wie gern würde ich diesen Laden, samt den Hurensöhnen die sich darin und drumherum befinden, in die Luft jagen. Aber ich muss deinem Vater Recht geben. Alles zu seiner Zeit. Zurück im Wagen, rufen wir die Zwillinge an und berichten von unserem Fund. Auch sie teilen uns mit, was sie heraus finden konnten.

Aaron scheint den Verstand verloren zu haben. Er hat sich mit dem Chapter getroffen und sie um eine Fusion gebeten. Als dieser Vorschlag aber abgelehnt wurde, muss er vollkommen durchgedreht sein. Es gibt einen einzigen Überlebenden. Ein 15-jähriges Mädchen, dass sich in einem anderen Chapter versteckt hat, aus Angst vor dem bösen Mann mit den eisblauen Augen.

Sie war stark traumatisiert, nachdem sie gesehen hat, wie Aaron all die Mitglieder mit einer Kettensäge getötet hat. Er hat sie verdammt nochmal zerstückelt!

Scheiße, mein Engel, ich muss dich so schnell wie möglich finden, bevor er dich auch so zurichtet. Das, was ich bisher gesehen habe, hat mir gereicht.

Als wir endlich an unserem Motel ankommen, kann ich die Freude die ich empfinde, kaum unterdrücken. Ich bin so nah dran, dich wieder zu bekommen. Aber willst du das überhaupt noch? Oder hat er dich schon so sehr manipuliert, wie er es auch bei meiner Schwester gemacht hat?

Liebst du mich noch so sehr, wie du es vorher getan hast, oder hast du mich schon vergessen? Fuck, die Freude verfliegt schneller als ich dachte. Kaum haben sich diese Ängste in meinen Kopf geschlichen beginnt sich das Gedankenkarussell zu drehen.

»Was ist los, mein Junge? Wieso bist du plötzlich so niedergeschlagen?«

Diesem Mann entgeht aber auch gar nichts, oder? Wie konntest du es schaffen, jemals ein Geheimnis vor deinem Vater zu haben?

Ich lasse mich in der Lobby, an der Bar, in einen Hocker fallen und vergrabe das Gesicht in meinen Händen.

»Was ist, wenn sie nicht mehr weg will? Sie ist schon so lange dort, Hernan. Was, wenn sie sie so manipuliert haben, dass sie mich nicht mehr liebt? Was ist, wenn sie sich dazu entschieden hat Aarons Lady sein zu wollen?«, spreche ich meine Ängste laut aus. Er legt mir eine Hand auf die Schulter um mich zu beruhigen und bestellt uns zwei Wasser.

»Niemals darfst du an ihrer Liebe zu dir zweifeln. Freya hat ihr Leben für deins zum Tausch angeboten. Ich habe ihren Blick gesehen, als sie dich angesehen hat. Du kannst dir sicher sein, sie kämpft für eure Liebe. Das garantiere ich dir.«

Vielleicht hat er Recht. Ich hoffe so sehr, dass du es geschafft hast stark zu bleiben.

Du musst zu mir zurückkommen, ich darf dich nicht verlieren, nicht nochmal und schon gar nicht endgültig!

Der Nachmittag verging wie im Flug, durch die Vorfreude auf unsere nächtliche Mission. Gemeinsam, in schwarzer Tarnkluft, machen wir uns auf den Weg zu dem mutmaßlichen neuen Clubhaus. Wie erwartet ist draußen keiner mehr zu sehen, genauso wenig wie drinnen jemand zu sein scheint.

»Lasst uns vor gehen. Wir sind zwei Frauen, damit rechnen sie bestimmt nicht.«

Ich nicke den Zwillingen zu und beobachte die Umgebung.

»Was glaubst du hier zu finden, Amigo? Denkst du sie haben sie hier versteckt? Ich glaube das ist zu auffällig.«

»Nein, aber vielleicht ist hier ein Hinweis auf ihren Verbleib. Los lasst uns hinterhergehen, dass dauert mir zu lange.«

Wir setzen uns in Bewegung, gerade als die Zwillinge wieder in unser Sichtfeld kommen.

»Es ist keiner hier, weit und breit keine Kameras oder sonstiges. Wir haben alles überprüft. Lasst uns rein gehen.«

Ich öffne die Tür und was sich hier vor uns erstreckt, ist alles andere als das Drecksloch, welches in London ihr Clubhaus war. In jeder Ecke ist purer Luxus zu sehen. Wir befinden uns in einer Art Eingangsbereich, in dem sich eine Bar befindet, sowie verschiedene Sitzmöglichkeiten, Darts und ein Billardtisch. Hinter der Bar verläuft ein Flur. Wir gehen diesen entlang und viele verschiedene Türen kommen zum Vorschein. Es handelt sich um Schlafzimmer, die alle ein eigenes Bad besitzen. Ein Büro und ein, naja Sexspielzimmer, in dem sich in der Mitte ein Andreaskreuz befindet.

Wir durchsuchen alles, jedoch ohne Erfolg. Kein Zeichen, kein Hinweis, nichts. Dieser Ausflug führte vollkommen ins Leere. Wie hätte es auch anders sein können.

»Gib nicht auf, Amigo, das ist erst der Anfang. Wir sind ihr so nah wie schon lange nicht mehr. Wir werden sie finden, sehr bald, ich weiß es.«

Dein Wort in Gottes Ohr, Alejandro.

•••••

Esperanza

Zwei Wochen sind nach meinem Unfall vergangen. Asher hat, genau wie Aaron es befohlen hat, mich keine Sekunde aus den Augen gelassen. Jake hat für kurze Zeit die Führung des Chapters übernommen, da Aaron kurzfristig zurück nach London musste. Das ist jetzt 8 Tage her.

In der Zeit, in der er noch hier war, kümmerte er sich rührend um mich. Er brachte mir jeden Tag essen ans Bett, half mir beim Duschen und hat mich tatsächlich in Ruhe gelassen was den Sex betrifft. Jake habe ich seit dieser Nacht nicht mehr gesehen. Er ist voll eingespannt in den Umbau des neuen Clubhauses, sodass er und der Rest der Jungs, sich dort in einem Hotel niedergelassen haben.

Laut Asher, soll Aaron morgen wieder nach Hause kommen. Er meinte zu mir, Aaron hätte irgendeine Überraschung für mich dabei.

Mittlerweile haben Asher und ich den perfekten Plan, wie und wann wir fliehen werden. Ich habe Aaron dabei beobachtet, wo er die Schlüssel der Autos, Geld und unsere neuen Pässe versteckt hat. Da wir jetzt alle Italiener sind, wird es leichter sein, hier mit diesen Identitäten einen Unterschlupf zu finden.

Wir haben beschlossen, morgen, bevor der Club eröffnet wird, die Gelegenheit der Menschenmenge zu nutzen, um uns aus dem Staub zu machen.

Der Tradition nach wird zuerst im Haus des Bosses gegessen und gefeiert, bevor sie alle gemeinsam ins Clubhaus fahren.

Seit ich nicht mehr von Kopfschmerzen geplagt bin, trainieren Asher und ich wieder regelmäßig. Ich muss zugeben, ich bin zu einer Meisterin der Messer geworden. Ich beherrsche mittlerweile auch so viele verschiedene Arten von Kampfsport, die mir dabei helfen werden, falls etwas schief gehen sollte.

Asher hat uns in einem Koffer, den er im Garten vergraben hat, Waffen versteckt, die wir ebenfalls gebrauchen können, wenn es soweit ist. Ich kann meine Freude kaum in Worte fassen, wir haben es bald geschafft! Ich und mein bester Freund fliehen gemeinsam.

»Ey, kleine Rose, wenn du weiter so abgelenkt bist, werde ich dich womöglich erstechen, lass uns für heute Schluss machen. Dein Können sollte für die Flucht auf alle Fälle reichen«, reißt mich Asher aus meinen Gedanken.

Gerade als ich ihm dabei helfen will unsere Sachen wieder zu verstauen, damit er sie in der Waffenkammer einschließen kann, ertönt ein Schuss

»WAS ZUM TEUFEL SOLL DAS WERDEN HA! WAS FÜR EINE FLUCHT?«, Ertönt die Stimme eines verdammt wütenden Aaron. Fuck, er hat uns erwischt. Hilfesuchend schaue ich zu Asher, der mir leise etwas zuflüstert. »Fuck, lauf so schnell du kannst, ich kümmere mich um ihn.«

Fast wie mechanisch, renne ich durch den Garten in die Richtung in der wir ein Loch in den Zaun geschnitten haben.

»FREYA BLEIB STEHEN, SOFORT!«, wieder ertönt ein Schuss und danach ein Schrei meines besten Freundes. Sofort bleibe ich stehen und drehe mich um.

»LAUF FREYA! BLEIB NICHT STEHEN! VERSCHWINDE!«

Asher liegt blutend am Boden. Nein, ich kann ihn so nicht zurücklassen! Nicht nach allem was er für mich getan hat. Ich renne zurück, schnappe mir eines der Messer die auf dem Boden liegen und werfe es gezielt auf Aaron. TREFFER!

Das Messer bleibt direkt in seinem Oberarm stecken.

»So dankst du mir also alles, ja? Du verbündest dich mit einem meiner Männer, lernst Kämpfen und willst mich verlassen? MICH?«

Immer langsamer kommt er auf mich zu. Ich habe mich zu Asher auf den Boden gesetzt und versuche die Blutung in seinem Bein zu stoppen.

»Geh, Freya, es ist noch nicht zu spät. Geh und kümmere dich bitte um meine Schwester. Bitte, kleine Rose.«

Ich werde grob an den Haaren gezogen und über den Boden geschleift.

»Ich hab dir vertraut! Du hast gesagt, dass du dabei bist mich zu lieben! Wie konntest du mir das antun, wie? Ich werde dich erinnern, wie es ist mich zu lieben, Freya, ich werde dich keinen Tag mehr alleine lassen.«

Aaron öffnet eine Tür und schmeißt mich die Treppen runter in einen rattenverseuchten Keller. Als er unten ankommt, zieht er mich weiter, in ein Zimmer, welches nur mit einem Stahlbett und sanitären Anlagen ausgestattet ist.

»Jetzt, mein Herz, wirst du sehen wie es sich anfühlt, wenn einem das Herz aus der Brust gerissen wird. Du wirst denselben Schmerz spüren, den ich spüre.«

Aaron zwingt mich auf die Knie und schlägt mir mit voller Kraft ins Gesicht. Sofort komme ich auf dem Boden auf und reiße mir die Wunde, die Jake mir zugefügt hat, wieder auf.

»WAS TUST DU DENN DA?!«, schreit genau der Mann, den ich noch weniger gebrauchen kann als Aaron.

»Was ich da tue? Ich habe sie erwischt, wie sie sich von Asher trainieren lässt, damit sie morgen fliehen können! Sie hat mit mir gespielt, Jake, verstehst du das? Sie hat mein verdammtes Herz zerrissen!«

»Du…Ich dachte wir wollten fliehen, Freya. Hast du nicht gesagt du liebst mich immer noch?«, diesmal ist es Jake der wutentbrannt auf mich zu rennt und mir einen tritt in die Magengrube verpasst.

»DU VERLOGENE HURE! ICH HABE DIR GEGLAUBT! ICH HABE GESCHWIEGEN! ICH HABE IHM DEIN GEHEIMNIS NICHT VERRATEN, WEIL DU SAGTEST DU LIEBST MICH!«

»Geheimnis? Welches Geheimnis?«, fragt Aaron interessiert.

»Sie ist nicht die, für die du sie hältst. Weißt du noch das Interview der Königin von Spanien? Als ich den Fernseher ausgeschaltet habe? Sie ist es, Aaron. Sie ist die Tochter des spanischen Königshauses!«

NEIN NEIN NEIN NEIN!!! Wieso, wieso hat er das getan, jetzt werde ich hier nie wieder raus kommen. Wobei ich sowieso der Meinung bin, dass Aaron mich nicht am Leben lassen wird.

»Meine zukünftige Frau ist eine Prinzessin? Du hast mich belogen, Freya. Du hast mich mit Jake betrogen, du hast uns beiden etwas vorgespielt. Weißt du was das für dich heißt?«

Aaron kniet sich zu mir und grinst über das ganze Gesicht.

»Nein…Aaron bitte, tu mir nichts. Ich liebe Jake nicht, wirklich ich schwöre es. Ich hatte Angst das er mit seinen Lügen unsere Beziehung zerstört. Ich versuche es, ich versuche dich zu lieben, merkst du das denn nicht, Baby?«

Bitte lass es ziehen, bitte lieber Gott, ich ertrage keine Schmerzen mehr.

»Das weiß ich, mein Herz. Doch trotzdem hast du mich verraten, hast mir das Herz gebrochen. Das kann ich dir nicht einfach verzeihen. Ich weiß, dass du mich liebst und jetzt wirst du es auch beweisen.«

Er öffnet seinen Gürtel, reißt mir die Hose von den Beinen und platziert seinen Schwanz direkt an meinem Eingang und spuckt sich in die Hand.

»Sieh mir in die Augen, sag mir das du mich liebst und schenke mir einen Sohn. Jetzt!«, geschockt von seinen Worten bleibt mir stumm der Mund offen stehen. Als ich nicht reagiere, rammt er sich so brutal in mich, ich spüre, wie er mich innerlich verletzt. Er fickt mich so brutal, dass ich das Gefühl habe zu sterben.

»Sag es, Freya. Sag mir das du mich liebst, mich heiraten wirst und mir einen Nachfolger schenkst. Fuck, mein Herz, sag es, damit ich dir verzeihen kann.«

Seine Stöße werden immer gröber und weil ich immer noch nichts sage, winkt er Jake zu uns her.

»Wenn sie ihren Mund nicht öffnen will, werden wir nachhelfen. Fick sie in ihren kleinen verlogenen Mund.«

Gerade als Jake dabei ist, seine Hose zu öffnen, ertönt ein Knall. Er landet neben mir auf dem Boden und aus seinem Oberschenkel spritzt sein Blut nur so heraus.

Ein Blick in die Richtung, aus der der Schuss ertönte, reicht um zu sehen, dass Asher mit einer Waffe in der Hand dort steht und ein Messer in meine Richtung wirft. Ich reagiere schneller als Aaron, der immer noch dabei ist mich brutal zu vergewaltigen. Ich ergreife das Messer, sehe ihm tief in die Augen und steche es ihm zwischen die Rippen. Durch das wackeln seiner Stöße, verfehle ich sein Herz um ein paar Millimeter, doch dieser Stich reicht aus, um ihn von mir zu stoßen und loszurennen.

»VERLASS MICH JETZT NICHT FREYA! ICH BRING DICH UM, WENN DU GEHST! ICH WERDE DICH ÜBERALL FINDEN, AHHHH TU UNS BEIDEN DEN GEFALLEN UND HILF MIR! ICH WERDE DIR VERZEIHEN! FREYA BITTE GEH NICHT!«

»Ich hasse dich, Aaron! Das habe ich schon immer, daran wird sich auch nichts ändern, egal wie sehr du versuchst dich zu verbiegen und wie oft du mich vergewaltigst! Ich werde niemals aufhören Killian zu lieben!«

Dann renne ich die Treppe hoch, nehme Ashers Hand die er mir hinhält und verlasse gemeinsam mit ihm den Keller. Zur Sicherheit schließen wir diesen noch ab.

»Wir müssen uns beeilen, wenn die anderen seine Schreie hören, haben sie uns schneller als wir gucken können.«

Ich schnappe mir einen der Schlüssel aus der Schublade und laufe in den Garten, während Asher an der Kücheninsel sitzt und seine Wunde abschnürt.

Schnell buddle ich den Koffer aus, renne zurück zu Asher und helfe ihm aus dem Haus.

»Ich habe keine Ahnung wie ich es geschafft habe euch in den Keller zu folgen, aber bei Gott, ich liebe dich, kleine Rose, wirklich. Du bist die einzige Familie die ich habe. Niemals hätte ich dich im Stich lassen können.«

Mein Herz schwillt an bei seinen schönen Worten, niemals hätte ich gedacht, dass ich ihn so lieb gewinnen würde.

»Ich liebe dich auch, Asher. Du bist der Bruder, den ich nie hatte und jetzt lass uns gehen.«

Draußen angekommen, drücke ich den Schlüssel und hoffe das einer der Wagen sich damit öffnen lässt. Bingo! Ein schwarzer Mercedes reagiert auf den Schlüssel und so schnell es geht, rennen wir zu dem Auto.

Ich helfe Asher auf den Beifahrersitz und steige anschließend selber ein.

»Kannst du Auto fahren, kleine Rose? So wie du das Schlüsselloch suchst, bezweifle ich das. Du musst den Knopf drücken, schau hier«, er drückt den Knopf und das Auto springt an. Ich befolge Ashers Anweisungen und rase wie eine Verrückte durch die Straßen.

Wir sind ungefähr eine Stunde unterwegs, als ich ein abgelegenes Motel entdecke.

»Ich werde hier halten, vielleicht finden wir drinnen etwas um deine Wunde zu sterilisieren, bevor sie sich entzündet, dann sollten wir vielleicht weiter fahren, für den Fall das er den Wagen orten kann.«

Als Asher mir nicht antwortet, bekomme ich Panik. Ich parke den Wagen, steige aus und schlage ihm immer wieder ins Gesicht.

»Ash, bitte nicht, verlass mich nicht. Wach auf bitte, ich brauche dich, ich schaffe das nicht ohne dich, bitte«, mein Schluchzen wird immer schlimmer, als er erst nicht reagiert.

»Ich bin wach, kleine Rose, keine Sorge. Aber ich bin müde, so unglaublich müde.«

Ich ziehe ihn aus dem Wagen, lege seinen Arm um meine Schulter und ziehe ihn, so gut ich kann, auf die Veranda des Motels.

»Ich setze dich hier ab, nur eine Sekunde, ich hole Hilfe. Bitte bleib wach. Tu es für mich, du hast versprochen mich nicht im Stich zu lassen. Halte dich daran!« Vollkommen verheult, öffne ich die Tür, die in das Motel führt und renne gerade auf einen Mann zu.

»Es tut mir leid, ich.. mein bester Freund… Er ist..«

»Dios Mío, Princesa?« Der Fremde sieht mich mit leuchtenden Augen an, als würde er sich freuen mich zu sehen.

»Mierda!! Wo kommt das ganze Blut her? KILLIAN, HERNAN, BABYS! SIE IST HIER!!!«

Ich traue meinen Ohren kaum. Wer ist dieser Mann und wieso ruft er genau nach den Menschen, die ich gerade am meisten brauche? Es dauert nur einige Sekunden und es kommen zwei Frauen um die Ecke, die auf jeden Fall Zwillinge sein müssen. Moment, sind das etwa?

»Oh mein Gott! Du bist es wirklich«, murmeln sie synchron und ziehen mich in eine Umarmung.

»Bitte geht vor die Tür, mein bester Freund, er wird sterben. Er verliert so viel Blut..«

»Mach dir keine Gedanken, wir kümmern uns um ihn«, sagt eine der Zwillinge und zu dritt gehen sie nach draußen.

»Was redet ihr denn da verdammt nochmal! Wer ist wo?«, ertönt die Stimme die mein Herz in tausend Teile springen lässt und es direkt wieder zusammensetzt.

»Killian…Du bist hier… Ich«, ich schaffe es nicht, einen vollständigen Satz zu sagen, renne auf ihn zu und falle ihm endlich in die Arme.

»Mein Engel! Oh Fuck, endlich hab ich dich wieder. Es tut mir so leid, ich hätte dich besser beschützen müssen, ich hätte… Gott, ich liebe dich so unendlich. Fuck, Esperanza, bitte verlass mich nicht, nie wieder!«

»Mein Junge, ich weiß ja wie sehr du sie vermisst hast, aber jetzt mach nen Abgang und übergib mir meine Tochter.«

Mein Vater ist auch hier? Ich kann mein Glück kaum fassen, jedoch fällt mir gerade wieder Asher ein, sofort löse ich mich von Killian.

»Ihr müsst mir helfen, er ist verletzt! Ich will ihn nicht verlieren. Bitte, Papsi, hilf ihm, sonst stirbt er.«

Mein Vater kommt auf mich zu und zieht mich in seine Arme.

»Von wem sprichst du? Wen willst du nicht verlieren, mein Kind? Wir sind doch alle hier.«

Hinter mir höre ich etwas brechen, erschrocken fahre ich herum und sehe wie Killian den Spiegel zerschlagen hat, der an der Wand neben der Bar hängt.

»ICH WUSSTE ES! ICH HABE ES DIR GESAGT HERNAN! SIE HABEN SIE MANIPULIERT! EINER VON IHNEN IST VERLETZT UND EGAL WIE SEHR ICH SIE LIEBE ICH WERDE SEIN LEBEN BEENDEN!!«

Er rennt in Richtung Tür. Schnell befreie ich mich aus der Umarmung meines Vaters und eile ihm hinterher.

»Was redest du denn da? Wieso sollte mich jemand manipuliert haben?«, verwirrt und mit Tränen in den Augen, schaue ich den Mann an, der mir die Kraft gab, all das was ich erlebt habe, zu überleben.

»Killian, bitte, du musst ihm helfen. Asher ist verletzt, ich will nicht das er stirbt.«

»Asher? Wer zum… Warte mal, du hast dir einen Biker genommen, bist mit ihm abgehauen und jetzt soll ich ihm helfen, nachdem ich die Zeit ohne dich kaum überlebt habe? Ist das dein Ernst?«

Gerade als ich ihm antworten will, öffnet sich die Tür.

»Ich nehme an, Princesa, das ist der Mann nach dem wir schauen sollten? Er brauch dringend einen …«, Killian stürmt auf Asher zu, der benommen zwischen dem Fremden und einer der Zwillinge hängt.

»KILLIAN DU EIFERSÜCHTIGER ESEL! WENN DU JETZT NICHT SOFORT ZU MIR KOMMST UND MICH KÜSST DREHE ICH DIR DEN HALS UM UND DAS NOCH BEVOR DU ES GESCHAFFT HAST, MEINEM SCHWULEN BESTEN FREUND ETWAS ANZUTUN.«

Sofort bleibt er stehen, dreht sich zu mir und schaut verwirrt zwischen mir und Asher hin und her.

»Los jetzt du verrückter Kerl, küss sie endlich… Ich… Ich selbst habe angefangen… dich zu vermissen, so wie sie immer von dir geredet hat«, bringt Asher gequält hervor. Ich sehe Killian immer noch an. Noch nie habe ich ihn so fertig gesehen, genau wie meinen Vater. Sie haben beide tiefe schwarze Ringe unter den Augen, haben abgenommen und sehen aus, als würden sie jeden Moment zusammenbrechen. Das alles wegen mir.

»Gott, es tut mir leid, fuck, mein Engel, ich dachte… ich dachte…«, ich lasse ihn seinen Satz nicht beenden, springe ihm erneut in die Arme und klammere mich an ihm fest.

»Ich werde niemals aufhören dich zu lieben, Killian. Du hast mich vollkommen in deinen Bann gezogen. Der Gedanke an dich hat mich das alles überleben lassen. Ich liebe dich unendlich. Auf ewig.«

»Auf ewig, mein Engel, und darüber hinaus«, mit diesen Worten küsst er mich. Endlich. Ich habe ihn endlich wieder!

Die Tränen, die eine nasse Spur auf unseren Gesichtern hinterlassen, hindern uns nicht daran, wie zwei wilde Teenager rumzuknutschen, als uns ein Räuspern wieder ins hier und jetzt holt. Widerwillig löse ich mich von ihm und schaue in das grinsende Gesicht meines Vaters.

»Ich möchte euch wirklich nicht stören, aber während ihr hier rummacht wie die Wilden, verliert dein Freund dort das Bewusstsein. Lasst uns nach oben gehen.« Ohne mich runter zu lassen, läuft Killian mit mir auf dem Arm die Treppe hoch.

»Das können wir gerne immer so machen. So kann ich dich wenigstens nicht nochmal verlieren.«

Kichernd, vergrabe ich meinen Kopf in seiner Halsbeuge und atme seinen bekannten Duft ein.

»Ich habe dich so vermisst, Killian. Bitte, du darfst mich nicht verlassen, okay? Ich habe das alles nicht gewollt, aber ich musste es tun, ich… ich wollte dich nicht betrügen. Gott, bitte verzeih mir.«

Vor einer großen braunen Tür lässt er mich runter und öffnet diese. Im gleichen Moment geht der Fahrstuhl auf und mein Vater kommt gemeinsam mit dem Fremden, den Zwillingen und Asher auf uns zu.

»Bri, besorg mir Blut, er wird eine Transfusion brauchen. Ana, du holst mir kochendes Wasser, Handtücher und meinen Koffer aus dem Wagen. Ale, du bleibst und hilfst mir. Killian, du gehst mit Esperanza auf dein Zimmer, ich rufe dich an, wenn wir fertig sind.«

Mein Vater kommt auf mich zu, nimmt mein Gesicht in die Hände und küsst mich auf die Stirn.

»Endlich habe ich dich wieder, Pumpkin. Te quiero, Hija.«

Ihn spanisch reden zu hören, ist total seltsam, doch es löst Erinnerungen in mir aus. Er hat das schon früher getan, als ich noch jünger war. Ich kann mich genau daran erinnern.

»Ich liebe dich auch, Papsi.« Er blinzelt sich die Tränen aus den Augen und verschwindet mit den anderen im Zimmer. Killian trägt mich den Gang entlang, öffnet eine Tür und betritt mit mir das riesige Zimmer.

»Hast du Hunger, mein Engel?«, fragt er während er mich auf dem weichen Bett absetzt.

»Nein, ich will duschen und dann reden und hoffen, dass du mich nicht verlässt.«

Verwirrt sieht er mich an und geht vor mir auf die Knie.

»Warum denkst du, ich würde dich verlassen? Was ist passiert, mein Engel?«

Ich kann die Angst, die er vor meinen Worten hat, in seinen Augen sehen.

Wie soll ich ihm denn alles erzählen, in der Hoffnung, dass er mich nicht anders sehen wird als jetzt?

»Rede mit mir, Esperanza. Ich bin immer noch ich. Stalker-Boy, weißt du noch?«

Die Erinnerung, die er auslöst, bringt mich eher zum Weinen als zum Lachen. Ich werde ihn verlieren, ganz sicher. Wenn ich jetzt so zurückdenke, habe ich mich verhalten wie eine Hure. Gott, was habe ich getan?

»Ich bin nicht mehr dein Engel, Killian. Nicht nachdem was ich getan habe. Ich…«

Noch nie in meinem Leben habe ich so geweint wie jetzt. Mein Herz zerbricht, ich bekomme keine Luft mehr. Ich glaube, ich bekomme eine Panikattacke und genau wie beim ersten Mal, ist er da und nimmt mich in die Arme.

»Du musstest überleben! Nichts, was du getan hast, wird etwas zwischen uns ändern. Ich verspreche es dir.«

Ich glaube ihm, genau wie damals. Ich nehme all meinen Mut zusammen, setze mich im Schneidersitz auf das Bett und ziehe ihn zu mir, sodass er sich mir gegenübersetzen kann.

»Killian, ich will das du weißt, das ich dich unglaublich liebe. Das habe ich schon an dem Tag als du mich das erste Mal geküsst hast. Deine Augen verfolgten mich im Schlaf, seit unserem ersten Treffen. Bitte behalte das im Hinterkopf.«

Ich greife nach seiner Hand und ziehe sie in meinen Schoß.

»Aaron hat mich gezwungen, ihn vor seinen Kumpels zu ficken. Als er merkte, dass ich nicht bei der Sache war, drohte er mir und Jake kam ihm zur Hilfe, küsste mich so wie er es immer getan hatte und machte mir die ganze Sache leichter.

Immer wieder ist Aaron gewalttätig geworden, hat mich vergewaltigt, mich geschlagen. Er hat mir seinen Namen über die Brust geritzt, um mich zu markieren. Und auch als Strafe, weil ich ihm gesagt habe, dass ich niemals aufhören werde dich zu lieben. Er und Jake verschwanden immer wieder und so blieb ich mit Asher alleine. Dadurch entwickelte sich unsere tiefe Freundschaft. Er war immer da, er hat sich um mich gekümmert, meine Wunden versorgt oder mich trainiert. An dem Tag, an dem ich euch angerufen habe, sagte er mir das er schwul ist, weil ich seine Hilfe beim Waschen brauchte, mich aber geschämt habe, weil er ein Mann ist. Er versorgte die Wunde auf meinem Rücken so gut, dass sie kaum noch sichtbar ist.«

Ich ziehe mein Shirt aus und entblöße meinen Oberkörper vor ihm. Als er Aarons Namen über meiner Brust sieht, zieht sich sein Gesicht voller Schmerz zusammen. Schnell drehe ich ihm den Rücken zu und er fährt mit dem Finger leicht über die wenigen Narben, die übrig geblieben sind.

»Mein Gott, wie konnte er nur…«

Killian steht auf, öffnet den Schrank und zieht eines seiner Shirts heraus.

»Kann ich vielleicht das haben, dass du anhast? Ich würde gerne nach dir riechen, ich halte ihren Gestank nicht mehr aus.«

Ohne etwas zu sagen, zieht er es sich über den Kopf, und ersetzt es durch das andere dann hilft er mir beim Anziehen und setzt sich wieder. Diesmal ist er es, der meine Hand zu sich zieht.

»Nachdem Aaron und Jake einige Tage weg waren, hatten sie mich und Asher fast beim Trainieren erwischt. Ich rannte unter die Dusche und wurde dort von Aaron aufgesucht.

Er umarmte mich, küsste mich und verlangte von mir, ihm zu schwören, ihn zu lieben. Ich tat es. Ich tat alles, um ihn in dem Glauben zu lassen, dass ich es wirklich versuche. An einem Tag bat er mich um ein Date. Und gerade als ich mich fertig machte, kam Jake herein und drohte mir, er würde mein Geheimnis verraten, wenn ich ihn nachts nicht besuchen komme. Ein Scheiß folgte dem nächsten. Als ich Jake das erste und letzte Mal besuchte, schubste er mich und ich stieß mir den Kopf. Asher hat, so gut wie möglich, dafür gesorgt, dass Aaron mich dort nicht findet und ich musste improvisieren. Ich schwor Jake meine Liebe, verließ den Raum und ließ mich auf den Boden fallen. Aaron wurde immer netter und fürsorglicher. Er verwöhnte mich nur noch. Asher und ich schmiedeten einen Plan. Weil Aaron mir vertraute, wusste ich wo er die Schlüssel zu den Autos versteckte, genau wie Geld und unsere neuen Pässe. Es wäre alles gutgegangen, wäre er nicht zu früh zurück gewesen. Er hat uns beim Trainieren erwischt und gehört das wir fliehen wollen. Er schoss Asher ins Bein und warf mich in den Keller in dem er mich vergewaltigte, damit ich ihm einen Sohn schenke. Asher kam an gehumpelt, schoss Jake an und warf mir ein Messer zu, mit dem ich Aaron schwer verletzt habe. Killian, er ist krank. Er wird nicht ruhen, bis er mich gefunden hat und dann wird er mich umbringen, bevor er sich selbst das Leben nimmt und…«, Killian unterbricht meine Beichte, in dem er mich an sich zieht und mich liebevoll küsst.

»Du hast nichts Falsches gemacht, mein Engel. Du musstest überleben. Du hast gekämpft und hast es geschafft. Du hast mich gefunden, bevor ich dich gefunden habe.«

»Killian, ich habe dich betrogen, er hat mich nicht immer dazu gezwungen, ich habe es auch freiwillig getan.«

Er ignoriert meine Worte, hebt mich hoch und trägt mich ins angrenzende Badezimmer.

»Es gibt keinen Grund für mich, dich zu verlassen. Ich liebe dich, mein Engel.«

Er lässt die Wanne mit Wasser vollaufen, zieht uns beide aus und steigt gemeinsam mit mir in das heiße Wasser. Sofort entfährt mir ein schmerzerfülltes Wimmern.

»Was hast du, mein Engel? Hat er dich verletzt?«, weinend nicke ich und setze mich rittlings auf seinen Schoß.

»Es hat so wehgetan, Killian. Es hat mich fast zerrissen. Er…Gott, ich kann es kaum glauben, dass ich dich wieder habe.«

Ich schmiege mich an ihn, während er anfängt mich zu waschen, bis ein Klopfen an der Badezimmertür mich zusammenzucken lässt. Egal wie taff ich mich bei Aaron gegeben habe, überkommt mich jetzt die ganze Angst, die ich unterdrückt hatte, wie eine Lawine.

»Killi-Bär, versteck deinen Pillermann. Ich komme jetzt rein.«

Ohne auf eine Antwort zu warten, öffnen die Zwillinge die Tür und treten ein. Jetzt erst fällt mir auf, wie schön die beiden sind und wie verdammt ähnlich die drei sich sehen.

»Deinem Freund geht es gut, Liebes. Er wurde zusammengeflickt, die Kugel wurde entfernt und er schläft jetzt. Wir wollten nur nach euch sehen und dir diese Nachricht persönlich übermitteln.«

»Danke euch, wirklich, ich hätte es nicht verkraftet, wenn er meinetwegen gestorben wäre.«

Die beiden lehnen sich an das Waschbecken und sehen uns genaustens an.

»Was starrt ihr denn so? Wir sind nackt. Meine Frau sitzt auf meinem Schoß und ihr habt nichts Besseres zu tun, als hier zu stehen und uns anzuschauen. Geht lieber los und besorgt ihr Kleidung!«

Die beiden kichern gleichzeitig, rühren sich aber nicht von der Stelle.

»LOS JETZT IHR PERVERSEN SCHWEINE! GEHT UND VÖGELT ALE ABER LASST UNS ALLEIN!«, immer noch kichernd verlassen sie das Badezimmer und wir sind wieder allein.

»Es ist kaum zu übersehen, dass ihr…«, jetzt wo ich es laut aussprechen will, fällt mir der Brief wieder ein.

»Gott, wie konnte ich das nur vergessen«, ich rutsche an das andere Ende der Wanne.

»Kayla, deine Schwester. Killian, sie hat Aaron geliebt…«

Ich erzähle ihm alles was ich in dem Brief gelesen habe und was Aaron mir erzählt hat, bis Killian unbeeindruckt aus der Wanne steigt.

»Ich habe den Brief gelesen, mein Engel. Deswegen habe ich auch nichts unternommen, als er meine Mutter erschossen hat. Er hat den Brief unterwegs fallen lassen, ich habe ihn an mich genommen und ihn danach wieder Aaron vor die Füße geworfen, bevor die Zwillinge alles in die Luft gejagt haben.«

Wieso hat er mir das bisher nicht gesagt? Irgendwas scheint verändert an ihm. Ich erhebe mich und erstarre als ich sehe, wie Killian meinen Körper anschaut.

»Mein Engel, hast du keine Schmerzen?«

»Wovon redest du?«

Ich folge seinem Blick und mit einem Mal ist meine innere Mauer gefallen, der Schmerz zurück und dieser lässt mich fast umkippen.

Ich habe einen riesigen Bluterguss in der Magengegend, genau wie Handabdrücke an den Oberschenkeln. Ich freute mich so sehr, Killian und die anderen endlich wiederzusehen, dass ich gar nicht bemerkte, wie ich den Schmerz verdrängt habe.

»BRI! ANA! HOLT ALE UND HERNAN HER!«

Killian hebt mich aus dem Wasser und trägt mich zurück ins Zimmer.

»Was ist los, mein Junge?«

»Sie war so voller Adrenalin, dass sie das Ausmaß ihrer Verletzungen überspielt haben muss. Schau sie dir an!«, Killian hat sich mittlerweile eine Jogginghose angezogen. Ich hingegen liege nackt, vor aller Augen, auf dem Bett.

»Wie willst du herausfinden ob sie innere Blutungen hat?«, will Killian von meinem Vater wissen. Dieser setzt sich aufs Bett, bedeckt meinen Intimbereich und beginnt mich abzutasten.

»Tut das sehr weh, Pumpkin?«, ich schüttel den Kopf und konzentriere mich während der gesamten Untersuchung auf den Fremden, der mir so verdammt bekannt vorkommt.

»Keine inneren Blutungen. Es wird ne Weile wehtun aber es wird vorbei gehen.«

Mein Vater steht auf, mein Blick haftet immer noch an dem Mann.

»Entschuldigung, aber wer bist du und wieso erinnerst du mich an jemanden?«

Ich ziehe mir die Bettdecke bis zum Hals, während er sich zu mir setzt.

»Es tut mir leid, meine Kleine. Wir hatten noch nicht die Gelegenheit uns bekannt zu machen. Ich bin Alejandro, dein Cousin. Der Bastard des Königs.«

Verwirrt schaue ich meinen Vater an, der mir, zur Bestätigung, zunickt.

»Ich dachte er sei tot, sonst wärt ihr zusammen aufgewachsen. Es war purer Zufall, dass wir uns wieder gefunden haben.«

Die beiden erzählen mir ihre Geschichte, während ich mich immer mehr an Killian kuschle.

»Ich habe also wirklich noch ein Familienmitglied. Ich würde dich ja in den Arm nehmen, aber ich will Killian nicht loslassen.«

»Musst du auch nicht, wir verschieben das alles auf morgen. Gute Nacht, Princesa.«

Mein Cousin und mein Vater drücken mir nacheinander einen Kuss auf den Kopf und verlassen zusammen mit Bri und Ana den Raum.

Endlich sind wir allein. Killian fährt mit dem Finger über die Stelle, an der die Narben von Aaron noch deutlich zu erkennen sind, als mir eine Idee kommt.

»Baby?«

»Mhmm?«, antwortet er verschlafen. Ich befreie mich aus seiner Umarmung und setze mich auf.

»Hast du eine Tattoomaschine?«, verwirrt setzt auch Killian sich auf und fährt sich über sein müdes Gesicht.

»Ja ich glaube irgendwo schon, ich habe die Sachen aus dem Penthouse hierher liefern lassen, wieso?«

»Ich will das du mir seinen Namen überstichst. Ich will, dass du ihn durch deinen ersetzt.«

»Du willst das ich dir meinen Namen tätowiere? Bist du dir da wirklich sicher, mein Engel?«

Ich nicke eifrig.

»Ich will nichts, was mich an ihn erinnert. Ich will dich, Killian. Überall. Und somit auch unter meiner Haut. Würdest du das für mich tun?«

»Wenn es das ist, was du willst, mein Engel.« Er kann die Freude über diese Geste kaum verbergen, egal wie sehr er es auch versucht. Er steht auf und kramt in den ganzen Taschen, die überall herumstehen, bis er endlich das findet, wonach er gesucht hat.

»Du bist dir wirklich sicher? Das bleibt für immer unter deiner Haut, mein Engel.«

Er setzt sich vor mich und breitet seine Utensilien auf dem Bett aus.

»Ich bin mir sicher und ich weiß, dass es für immer bleibt. Ich hoffe du wirst es auch«, grinsend nickt er und bereitet die Maschine vor.

»Ich wollte schon immer mal ein Autogramm auf einer Brust hinterlassen.«

»Killian!«, er beginnt lauthals zu lachen. Da ist er wieder, der Mann in den ich mich so sehr verliebt habe. Der Mann, der mich nicht verlässt obwohl ich ihn ungewollt betrogen habe. Ich kann mein Glück kaum fassen.

Killian taucht die Nadel in die Tinte und sieht mich nochmal intensiv an. Er ist sich unsicher, das verrät mir der Blick mit dem er mich ansieht. Ich nehme seine Hand und führe sie an meine Brust.

»Tu es, Killian. Verbinde uns miteinander. Verewige dich auf meiner Haut, so, wie du mich auf deiner verewigt hast.«

Er setzt die Nadel an und ich kann den Schmerz, den ich empfinde, kaum in Worte fassen.

»Wie hast du es geschafft deinen gesamten Körper zu tätowieren, ohne zu sterben?«

»Man gewöhnt sich daran. Irgendwann will man immer und immer mehr. Ich kann mir vorstellen, dass es dir mehr wehtut, weil das Narbengewebe noch frisch ist.«

Ich habe nicht die Kraft zu antworten und lasse ihn sein Werk vollbringen.

Ein paar Minuten später ist er fertig und hilft mir zum Spiegel.

»Wow, es ist wunderschön. Ich liebe es. Danke, Killian«, sage ich und drehe mich zu ihm.

»Ich danke dir, für diesen unglaublichen Beweis deiner Liebe, mein Engel. Du kannst dir nicht vorstellen wie viel mir das bedeutet.«

Ich stelle mich auf Zehenspitzen und ziehe ihn zu einem Kuss heran.

»Lass uns schlafen gehen. Ich kann es kaum erwarten endlich wieder mit dir, in meinen Armen, einzuschlafen.«

Gemeinsam gehen wir zurück ins Bett. Ich mache es mir schonmal bequem, als Killian mit einer Folie kommt, die er über das Tattoo klebt, die Stelle küsst und sich neben mich legt.

Endlich bin ich wieder genau da wo ich hingehöre. Es dauert nicht lange und ich falle in einen tiefen und ruhigen Schlaf.

Kapitel 10

Sie ist weg! Meine Lady, die Frau die ich mehr liebe als mich selbst ist weg! Sie hat mich verraten, mit mir gespielt, mich verdammt nochmal betrogen und anstatt mit mir zu reden, mich um Verzeihung zu bitten, verschwindet sie!

Ich kann den Schmerz den ich empfinde, nicht in Worte fassen, nicht mal nach Kaylas tot habe ich so gelitten. FUCK! Ich habe ihr doch alles gegeben, mein Vertrauen, meine Liebe. Ich habe ihr ein verdammtes Haus gebaut und sie verpisst sich einfach? Das werde ich nicht akzeptieren! Auf gar keinen Fall.

Nachdem Jake und ich fast krepiert sind, bis einer der anderen uns schreien gehört hat, sitzen wir jetzt zusammen verarztet und am Tropf hängend, im Esszimmer und planen.

»Ich denke, wenn wir sie finden, sollten wir zuerst ihrem Helfer eine Kugel in den Kopf jagen! Er hat uns verraten, Aaron, er hat jeden einzelnen Kodex gebrochen!«, ertönt die Stimme einer meiner Männer. Als wenn ich darauf noch nicht selbst gekommen wäre.

»Hast du versucht den Wagen zu finden oder Ashers GPS, den er in seinem Schuh hatte?«

Mein bester Hacker schüttelt den Kopf.

»Sie hat genau den Wagen erwischt, den wir noch nicht verwanzt haben. Es war das neue Auto, dass du ihr schenken wolltest. Bedeutet, wir können es nicht mal als gestohlen melden, da du es auf ihren Namen angemeldet hast. Was Asher angeht, er hat den Tracker aus seinem Schuh geholt, bevor sie gegangen sind.«

Verdammte Scheiße, ich bin so sauer! Das kann doch alles nicht wahr sein! Wieso nur? Wieso hat sie das getan?

»Wir werden sie finden, Aaron. Sie kann nicht weit gekommen sein, vor allem kann sie nicht Auto fahren und Asher war dazu nicht mehr in der Lage.«

Jake hängt in dem Stuhl neben mir, vollgepumpt mit Schmerzmitteln, als hätte er nicht zu ihrer Flucht beigetragen! Er hat mich genauso belogen und hintergangen wie dieses Miststück.

»HALT DEIN DUMMES MAUL JAKE! SIE HAT ANGEFANGEN MICH ZU LIEBEN UND DU KLEINER UNDANKBARER WICHSER HAST SIE VON MIR WEG GETRIEBEN!«

Verängstigt rückt er auf seinem Stuhl zurück. Er hat wohl vergessen, wer von uns hier der Boss ist.

»Ich habe… du… Du weißt genau, wie es ist sie zu lieben. Du weißt wie viel es bedeutet, von ihr geliebt zu werden. Was hätte ich tun sollen? Ich wollte sie heiraten, Aaron. Nur ihretwegen bin ich überhaupt hier. Ich wollte das Geld für ihren Schutz, nicht weil ich gerne ein Teil von euch bin. Und was hat es mir gebracht? Sie ist weg! Wahrscheinlich liegt sie in Killians Armen und…«

»HALT DIE FRESSE! DU ERWÄHNST SEINEN NAMEN NICHT IN MEINEM HAUS!«

Meine Wut wächst immer mehr und mehr, wie kann er es wagen! Ich hätte zurückgehen sollen. Ich hätte sichergehen sollen, dass er tot ist. Wieso habe ich Idiot ihn nicht persönlich erschossen?

»Aaron, ich würde vorschlagen, wir warten bis ihr beide wieder fit seid und machen uns dann auf die Suche nach ihr«, schlägt Grayson vor. Aber sieht er denn den Ernst der Lage nicht?

»Das dauert zu lange. Ihr fahrt los und dreht jeden Stein um, durchsucht jedes Haus! Jedes billige Motel, so viel Geld kann Asher nicht haben, um sie länger als einen oder zwei Tage zu verstecken! Los bewegt euch!«

Sofort setzen sie sich in Bewegung und tun, was ich verlange. Wieso konnte sie nicht auch so gehorsam sein? Wir hätten so glücklich werden können, wir hätten uns so sehr lieben können und sie musste es zerstören.

Sollte ich sie nicht bald wieder haben und sie sich nicht entschuldigen, bin ich gezwungen sie auf andere Weise für immer an mich zu binden. Ich werde uns beide auf ewig vereinen und was könnte da die bessere Methode sein, als der Tod?

· · · · ·

Esperanza

Bereits 4 Tage sind vergangen, seit Asher und mir die Flucht gelungen ist. Er ist mittlerweile wieder wach und befindet sich auf dem Weg der Besserung.

Killian hat sich mit seinen Kontakten aus London daran gemacht, dass wir neue Identitäten bekommen, um das Land verlassen zu können, ohne bemerkt zu werden.

Alejandro wurde von seinem Präsidenten damit beauftragt, die verschwundene Lady eines Bosses zu finden, die anscheinend von einem abtrünnigen Member entführt wurde und hat zur Hilfestellung Bilder von mir und Asher geschickt bekommen. Aaron zieht alle Register um mich wiederzubekommen. Er hat den gesamtem MC losgeschickt um uns wieder zu ihm zu bringen. Diese Tatsache macht eine Flucht fast unmöglich! Sie sind auf der gesamten Welt verteilt, ich könnte mich nirgendwo verstecken. Wieso kann er es nicht einfach akzeptieren? Wieso muss er mich denn unbedingt haben? Ich kann sein krankes Denken einfach nicht verstehen.

»Guten Morgen, mein Engel«, murmelt Killian verschlafen und kuschelt sich näher an mich.

»Guten Morgen, Baby. Hast du gut geschlafen?«

»Die Frage sollte ich wohl eher dir stellen, wieso bist du denn schon wach?«

Er setzt sich auf und zieht mich auf seinen Schoß.

»Ich hab Angst, Killian. Was soll ich tun, wenn er mich findet? Er wird euch alle umbringen, nur um an mich heran zu kommen und dann werde ich die letzte Überlebende sein, gemeinsam mit ihm.«

Er lehnt seine Stirn an meine und schaut mir tief in die Augen.

»Diesmal werde ich schneller sein, mein Engel. Ich werde dich nicht nochmal verlieren, nie wieder. Ich verspreche es dir.«

»Ich liebe dich, Killian.«

»Und ich liebe dich, Esperanza.«

Er drückt mir einen kurzen Kuss auf die Lippen und löst sich wieder von mir. Seit ich wieder zurück bin, tut er das immer wieder, nie lässt er es weitergehen als einen kurzen Kuss. Dabei brauche ich ihn so sehr. Er hat mich schon das letzte Mal geheilt. Wieso wehrt er sich jetzt so dagegen?

»Killian, schlaf mit mir«, flehe ich an seinen Lippen und ziehe ihn an seinem Nacken wieder zurück zu mir.

»Nein, das werde ich nicht. Du musstest so viele Dinge tun, die du nicht wolltest, ich…«

»Verdammt aber das hier will ich! Ich will dich, genau wie vor der ganzen Scheiße. Ich brauche dich. Bitte tu das nicht, du brauchst mich nicht mit Samthandschuhen anfassen, ich werde unter dir nicht zerbrechen, sondern durch dich wieder zu einem Ganzen.«

Erneut ziehe ich ihn an mich und diesmal lässt er es zu. Er küsst mich so voller Liebe und Begierde, dass ich die Laute die mir entweichen nicht zurückhalten kann. Auch wenn ich ihn wieder habe, hat es sich anders angefühlt als sonst. So fremd. Doch jetzt ist er wieder er selbst. Wie ein ausgehungerter Löwe fällt er über mich her und beugt sich über mich.

»Bist du dir sicher?«

»Liebe mich…«, bevor ich den Satz beenden kann, zieht er mich an die Kante des Bettes, kniet sich zwischen meine Beine und beginnt mich von den Füßen hinauf bis zur Innenseite meines Oberschenkels zu küssen. Gott sei Dank sind wir gestern nackt schlafen gegangen, das erleichtert das Szenario.

Immer wieder, wenn ich denke er küsst mich endlich dort wo ich ihn brauche, lässt er von mir ab und beginnt seine Spur von küssen erneut.

»Killian, bitte quäl mich nicht so sehr.« Ich kann ihn lachen hören und dann endlich, seine Küsse wandern direkt zu meiner bereits nassen Mitte.

»Gott, wie ich deinen Geschmack vermisst habe.«

129

Immer wieder umkreist er mit seiner Zunge meine Klit, taucht in mich ein und beginnt dieses Spiel der Qual von vorn.

Ich vergrabe meine Hand in seinen Haaren, dränge ihm mein Becken entgegen, als er gleich mit zwei Fingern in mich eindringt.

»Ahhhh Gott…Mehr…Bitte, Killian.«

Er versteht meine wirren Worte, legt sich auf mich und küsst mich. Ich kann mich selbst auf seiner Zunge schmecken und empfinde direkt noch mehr Lust. Ich schiebe meine Hand zwischen uns, greife nach seiner Erektion und führe diese an meine nach mehr schreiende Pussy.

»So ungeduldig, mein Engel«, raunt er an meinen Lippen und dringt ohne Vorwarnung hart und tief in mich ein.

»Oh Gott, endlich…«, mein Stöhnen muss im gesamten Motel zu hören sein, so sehr zergehe ich vor Lust. Ich schlinge meine Arme um seinen Nacken, meine Beine um seine Taille und drücke ihn immer fester an mich. Killian verharrt einige Sekunden in mir um mich an die Breite seines Schwanzes zu gewöhnen. Egal wie gut bestückt Aaron oder Jake auch sein mögen. Killian übertrifft sie alle.

»Scheiße, mein Engel, du bist so verdammt eng.«

Voller Leidenschaft beginnen wir uns zu küssen, während er immer wieder langsam aus mir heraus gleitet und sich dann mit voller Kraft in mich rammt.

Die Intensität seiner Stöße und die seiner Küsse bringen mich an den Rand der Verzweiflung. Ich will mehr, noch so viel mehr, doch will ich den Moment zwischen uns nicht zerstören. Wir mussten so lange aufeinander verzichten, dass es für mich gerade kein schöneres

Gefühl geben könnte, als dieses hier. Nur wir zwei, unsere Liebe und unsere Lust.

»Ich liebe dich so sehr, Killian. Ich will nie wieder einen anderen Mann an meiner Seite«, stöhne ich lustvoll an seine Lippen, was ihn dazu verleitet, seine Bewegungen zu beschleunigen.

»Das wirst du auch nicht, denn du gehörst verflucht nochmal nur mir! Du…«, er dreht mich auf den Bauch, zieht meinen Hintern in die Höhe und greift grob in meine Haare.

»Du.«

Stoß.

»Gehörst.«

Stoß.

»Nur mir.«

Stoß.

Ich habe seine dominante und gleichzeitig liebevolle Art so unendlich vermisst, dass ich gar nicht anders kann als meinen Tränen freien Lauf zu lassen. Killian zieht mich an den Haaren zu sich hoch und vereint unsere Lippen, während er mich so animalisch fickt, wie noch nie zuvor. Meine Lust läuft mir an den Schenkeln herunter und muss schon eine Pfütze unter uns bilden, so verdammt erotisch sind die Laute die wir von uns geben.

Unser Stöhnen wird immer lauter und unser Atem immer schneller. Wir brauchen beide nicht mehr lang, wollen aber noch nicht zum Ende kommen, so sehr verzehren sich unsere Körper nach einander. Meine Beine beginnen bereits zu zittern und mein Verlangen ist so groß, dass ich merke wie sich eine Ohnmacht anbahnt.

»Killian, ich… ich kann nicht mehr…«, stöhne ich. Er versteht sofort, legt wieder an Tempo zu und nimmt seine Finger zur Hilfe.

Er reizt meinen geschwollenen Kitzler so sehr, dass wir beide laut schreiend den Höhepunkt erreichen. Erschöpft fallen wir in die weichen Kissen und lauschen stumm dem Atem des anderen. Nach einer Weile, zieht Killian mich in seine Arme und sieht mich mit verletztem Gesichtsausdruck an.

»Es tut mir so leid, mein Engel. Ich konnte nicht aufhören, ich habe dich so vermisst, dass ich deine Tränen erst bemerkt habe, als es vorbei war.«

»Oh nein, Baby, das waren Tränen der Freude. Ich habe dich genauso vermisst und alles brach über mir zusammen. Das war mit Abstand der schönste Sex, den wir je hatten und wie du selbst am besten weißt, hatten wir nicht wenig davon.«

Lächelnd klettere ich über Killian und lege mich ausgestreckt auf ihn.

»Ich liebe es dir zu gehören, Killian Janson.«

»Ich liebe es auch dir zu gehören. Und noch mehr liebe ich es zu hören das du mir gehörst, Prinzessin Esperanza- Gabriela Garcia Janson.«

Was? Wie? Er beginnt aus vollem Halse zu lachen, als er meinen geschockten Gesichtsausdruck bemerkt.

»Ich hab den Segen deines Vaters. Fehlt nur noch der der Königin und selbst wenn ich diesen nicht bekommen sollte, wirst du meine Frau werden. Ich hoffe das ist dir klar. Es gibt kein Zurück mehr, mein Engel. Nie wieder.«

Auch wenn Jake und Aaron dieselben Worte verwendet haben, bringen sie aus Killians Mund mein Herz dazu, wie wild gegen meinen Brustkorb zu hämmern.

»Falls dass ein Antrag werden sollte, musst du das auf jeden Fall nochmal üben. Aber ja, ich werde deine Frau, Killian, egal wer etwas dagegen hat.«

Er strahlt übers ganze Gesicht, will mich gerade küssen, als wir laute Motorengeräusche hören. Sofort springen wir auf und ziehen uns an.

»Fuck, wieso gerade jetzt, wo ich dabei war mich zu verloben?«, schimpft Killian und schnappt sich die beiden Taschen, die er mit den wichtigsten Sachen, für so einen Fall vorbereitet hat.

Das Hämmern gegen unsere Tür versetzt mich in eine Art Schockstarre. Ich kann mich keinen Millimeter bewegen.

»Wir sollten gehen! Beeilt euch!«, ertönt die Stimme meines Cousins.

»Hey, mein Engel, komm zurück zu mir. Es war nur Ale, lass uns abhauen.«

Er drückt mir einen Kuss auf die Stirn und zieht mich mit sich zur Tür. Im Flur warten bereits die Zwillinge, zusammen mit meinem Vater und Asher, den ich, die letzten Tage kaum gesehen habe.

»Hey, kleine Rose, bereit dein Können unter Beweis zu stellen?«

Er kommt auf mich zu, drückt mir einen Kuss auf den Kopf und reicht mir mein Lieblingsmesser.

»Lasst uns den Pennern den Arsch versohlen. Papsi, verzeih mir die Frage, aber kannst du überhaupt kämpfen?«

Alle außer mir und Asher lachen aus tiefster Seele.

»Mein Engel, dein Vater ist ein psychopatischer Killer, um ihn brauchst du dir keine Sorgen machen.« Mein Vater zuckt lachend mit den Schultern und kommt auf mich zu.

»Wir haben noch genug Zeit um uns neu kennenzulernen, Pumpkin, jetzt sollten wir aber los. Zeig mir was dieser verrückte Typ dir beigebracht hat.«

Vollbewaffnet und mit Gepäck machen wir uns auf den Weg nach draußen, wo wir bereits von Grayson und anderen Bikern erwartet werden. Ein Blick durch die Menge lässt mich erleichtert ausatmen. Kein Aaron und kein Jake.

»Schatten- Killer, tu dir selber einen Gefallen und gib uns die Lady des Bosses, zusammen mit dem Verräter. Du willst doch nicht das wir böse werden oder?«

Bevor Killian etwas sagen kann, melde ich mich selbst zu Wort. Die Tatsache, dass Aaron und Jake nicht da sind, lässt mich weniger Angst verspüren.

»Die Lady hat einen Namen, Grayson, und ich werde nirgendwo hingehen. Ich bleibe hier, bei meiner Familie und meinem Verlobten. Wenn du jetzt aus dem Weg gehen würdest, müsste ich dich auch nicht verletzen.«

Die Meute der Biker beginnt zu lachen, perfekt. Ich drehe mich zu Asher der, wie es scheint, meine Gedanken lesen kann. Ich habe das was ich vorhabe, zuvor nur an Übungspuppen getan, aber Können ist Können, oder?

»Egal was du glaubst tun zu wollen, lass es bleiben, Pumpkin!«

Ich ignoriere die Worte meines Vaters, schnappe mir mein Messer und werfe es Grayson direkt in den Kehlkopf.

Treffer Nummer 1.

Ich drehe mich zu Asher, der aus seinem Stiefel zwei Messer zieht und sie mir in Sekundenschnelle zuwirft. Sofort visiere ich an, werfe und treffe erneut zwei von ihnen direkt ins Herz. Drei Biker liegen am Boden, der Rest von ihnen zieht seine Waffen und zielt auf mich. Das hat sich aber auch schnell wieder erledigt. Asher,

Killian und die Zwillinge beginnen einen Kampf, während mein Vater mich zu einem der Wagen bringt.

»Dios mío, Esperanza, du warst der Wahnsinn! Ich bin so unendlich stolz auf dich.«

Ich falle ihm in die Arme und weine vor Freude. Auch wenn ich gerade drei Menschen getötet habe, fühlte ich mich nie freier. So schräg es auch klingen mag, dieses Gefühl ist grandios.

»Verstärkung ist im Anmarsch. 15 weitere Bastards sind gerade in die Straße gefahren. Wir müssen gehen und das schnell«, berichten die Zwillinge außer Atem. Killian zieht mich an sich und steigt mit mir auf die Rückbank. Mein Vater startet den Motor, während Bri mit einer Waffe aus dem offenen Fenster lehnt und ihre Schwester im Kofferraum Platz nimmt.

»Eh Ana? Wieso sitzt du im Kofferraum?«

Killian lacht und zieht sein Handy aus der Tasche.

»Sie hält uns die Kugeln vom Arsch. Asher hat vorgeschlagen Löcher in das Blech zu schneiden und durch diese Kugeln abzufeuern.«

Mein bester Freund ist wirklich verdammt clever.

»Also los geht's«, Bri klatscht in die Hände und mein Vater startet den Motor.

Asher und Alejandro fahren mit ihren Bikes vor uns und schießen den Weg frei.

»Killian, wo gehen wir hin?«

»Lass dich überraschen, mein Engel.«

Mein Vater fährt wie ein professioneller Rennfahrer durch die Straßen. Da ich mich nicht auskenne, habe ich keinen blassen Schimmer, wo er uns hinbringt.

Plötzlich werden wir eingekesselt, vor uns halten mehrere Motorräder.

»Haltet euch fest!«, brüllt mein Vater.

Killian zieht mich an sich und bevor ich realisiere was passiert, fährt mein Vater die Biker einfach über den Haufen.

»Heilige Scheiße, Papsi, du bist wirklich krank!«, schreie ich lachend und kuschle mich an Killian.

Hinter uns ertönen Schüsse. Killian drückt meinen Kopf nach unten und beugt seinen Körper schützend über mich.

»Ana, geht's dir gut?«, fragt Bri von vorne.

»Ja alles gut. konzentriert euch auf euch. ICH BRING EUCH UM IHR DRECKIGEN KÖTER!«

Wir fahren mitten durch einen Kugelhagel direkt auf eine neue Meute von Bikern zu.

»Papsi, pass auf!!«

Jetzt da wir näherkommen, erkenne ich, dass es Aaron und Jake sind. Sie stehen vor uns und ziehen plötzlich Schrotflinten!

»GEBT MIR MEINE LADY! ODER ICH BALLER EUCH WEG!«, brüllt Aaron.

»Papsi, bitte überfahr diese Wichser.«

Alle im Wagen beginnen zu lachen und mein Vater drückt aufs Gas. Aaron bewegt sich keinen Millimeter, erst als er merkt, dass mein Vater nicht vom Gas geht, springt er vom Motorrad und landet auf dem Boden.

»Wir müssen uns beeilen. Der Typ ist nicht abzuwimmeln, er steigt schon auf sein Bike! HERNAN, DRÜCK AUF DIE TUBE, LOS!«

»Warte, wo sind Asher und Ale?«, hysterisch wende ich mich in Killians Griff hin und her.

»Mein Engel, bleib ruhig. Sie haben eine Abzweigung genommen und bereiten alles vor.«

Kaum hat er seinen Satz beendet, ertönt ein extremer Knall, dass der Boden anfängt zu beben und einige Meter vor uns irgendetwas explodiert.

Mein Vater verliert die Kontrolle über den Wagen und fährt direkt in die Mitte eines Feldes.

»MIERDA! GEHT ES ALLEN GUT?«

Wir antworten alle gleichzeitig und verlassen den Wagen, der bereits anfängt zu qualmen.

»Sie müssen einen Granatenwerfer oder ähnliches haben. Diese Bombe war für uns bestimmt. Wir sollten uns beeilen, bis zum Landeplatz sind es nur noch wenige Meter. Lasst uns durch das Feld gehen«, weist Killian an und zieht mich mit sich, während die anderen sich unsere Taschen schnappen. Das Geräusch der Motorräder wird immer lauter. Scheiße! Wenn es so weiter geht, haben sie uns gleich eingeholt.

Das Feld endet und wir stehen direkt auf einer Landebahn, auf der bereits Asher und Ale auf uns warten. Ich entziehe mich Killian und renne meinem besten Freund in die Arme.

»Ich hatte so eine Angst um dich. Wurdest du getroffen?«

»Mir geht's gut, kleine Rose, mach dir keine Sorgen. Du…«

»Nimm sofort die Finger von meiner Frau, du Verräter! Mein Herz, komm mit mir, lass uns nach Hause gehen.«

Mein Blut gefriert zu Eis. Er hat uns gefunden. Ich drehe mich in die Richtung aus der seine Stimme ertönt und erstarre vor Angst. Aaron kommt zusammen mit Jake auf uns zugeschlendert. Killian zieht mich zu sich und schiebt sich vor mich, während sich die anderen vor uns aufbauen. Wie eine Mauer, die nur gebaut wurde, um mich zu schützen.

»Hört auf mit dem Scheiß, Leute. Es muss hier und heute keiner sterben. Lasst sie gehen. Seht ihr denn nicht, wie sehr sie leidet? Wie sehr sie zu mir zurück will? Mein Herz, sag es ihnen. Sag ihnen, dass du mich liebst und komm wieder nach Hause. Es wird nichts passieren. Ich verzeihe dir.«

Er hört sich noch verrückter an als zuvor, er glaubt wirklich ich würde ihn lieben. Ich klammere mich an meinen Verlobten und beginne am ganzen Körper zu zittern.

»Ich werde dich ganz leise mit mir ziehen, mein Engel. Sei still und versuch keinen Mucks von dir zu geben, okay? Spiel jetzt nicht die Heldin, ich warne dich«, flüstert Killian mir zu. Er traut mir mehr zu als ich mir selbst. Niemals würde ich etwas sagen, dass Aaron jetzt sauer machen könnte, wenn er vollbewaffnet vor den Menschen steht, die meine Familie sind. Killian zieht mich geräuschlos von den anderen weg und schiebt mich immer weiter in Richtung des Jets, der auf uns wartet. Er drückt einen kleinen Knopf an seiner Uhr und flüstert in diese hinein. Ich kann keines der Worte verstehen, jedoch scheinen seine Worte ohnehin nicht für mich bestimmt zu sein, denn ich sehe wie die anderen immer weiter einen Schritt zurück machen.

»Was ist, worauf wartet ihr? Übergebt mir meine Frau, bevor ich ungemütlich werde!«

»Killian, er wird gleich etwas unüberlegtes tun, bitte lass nicht zu, dass er ihnen weh tut. Und wo zum Teufel steckt Ale?«, flüstere ich und rege mich unglaublich über meinen Cousin auf. Er ist wie ein Magier. In der einen Sekunde ist er mitten im Geschehen und in der nächsten wie vom Erdboden verschluckt.

»Baby, komm schon. Aaron und ich haben uns vertragen und haben uns darauf geeinigt, dass du und ich uns nicht trennen müssen. Wir wissen das du uns liebst, wir lieben dich auch, so so sehr, Baby. Bitte, wir wollen dir nicht weh tun.«

Die beiden sind so darauf konzentriert mich irgendwie zu Gesicht zu bekommen, und merken deshalb gar nicht, dass ich längst in die Maschine gestiegen bin.

»Die beiden scheinen vollkommen den Verstand verloren zu haben. Wie können sie nur so besessen von mir sein und sich einreden, ich würde etwas für sie beide empfinden und dann auch noch so dämlich sein, eine Dreiecksbeziehung mit ihnen einzugehen?«

»Ich bin mindestens genauso besessen von dir, mein Engel, das weißt du hoffentlich.«

Killian nimmt neben mir Platz und hält meine Hand in seiner.

»Der Unterschied ist aber, dass ich dich liebe und ich auch genauso besessen von dir bin, Killian.«

Ich drehe meinen Kopf zu ihm, um ihn zu küssen, als Aarons brüllen mich wieder zurück aus dem Fenster sehen lässt.

»ICH GEBE DIR DREI SEKUNDEN! WENN DU DANN NICHT HIER BIST, DURCHLÖCHERE ICH SIE ALLE UND DANN NEHME ICH MIR DEN MANN VOR, DER VERSUCHT DIR SEINE LIEBE AUFZUZWINGEN! KEINER LIEBT DICH WIE ICH ES TUE..«, bevor er weiter brüllen kann, wird er von etwas Großem am Kopf getroffen. Aaron geht zu Boden und Asher nutzt diese Gelegenheit um sich auf Jake zu werfen.

»VERSCHWINDET!«, schreit er, während er wie ein Verrückter auf Jake einprügelt. Die Maschine wird gestartet. Panik durchflutet mich plötzlich mit einer gewaltigen Wucht.

»ASHER!«, ich stehe auf und renne zur Tür.

»NEIN!!!«, brüllt Killian, was Ash in unsere Richtung blicken lässt. Er erhebt sich, tritt beiden am Boden liegenden Männern noch einmal ins Gesicht und springt mit an Bord. Ich fühle mich wie in einem verdammten Actionfilm!

»Du Idiot, was fällt dir ein? Wir hätten dich fast zurück gelassen!«

Er zieht mich in die Arme und streichelt mir behutsam über den Rücken.

»Ich habe dir doch versprochen dich nicht im Stich zu lassen, aber wenn du mich fragst, werde ich nicht mehr lange leben. Sieh dir mal den Blick deines Mannes an.«

Ich drehe mich zu Killian und schaue in ein wütendes Gesicht.

»Oh Oh. Ich glaube, ich sollte mich wohl mal um ihn kümmern.«

Asher setzt sich neben meinen Vater und ich gehe zurück zu Killian.

»Es tut mir leid, ich wollte mich nicht in Gefahr begeben. Ich konnte ihn einfach nicht zurücklassen. Er hat so viel für mich getan und…«

»Darum geht es nicht, es geht darum was für eine Angst du um ihn hast. Esperanza, bitte sei ehrlich, hast du Gefühle für ihn?«

Es ist so seltsam mit diesem Namen angesprochen zu werden, vor allem von Killian. Wir haben uns mittlerweile wieder hingesetzt und befinden uns schon in der Luft, aber statt einem befreienden Gefühl, schießt ein unangenehmes durch meinen Körper. Wie kann er so etwas nur denken? Ich habe mir seinen Namen tätowiert und jetzt zweifelt er an meiner Liebe, nur weil ich den Mann nicht verlieren will, der mir in der schlimmsten Zeit meines Lebens zur Seite stand?

Ich drehe mich auf dem Sitz zu ihm, nehme seine Hand und lege sie auf meine Brust direkt über mein Herz und die knisternde Folie meines Tattoos.

»Fühlst du das? Es ist genau wie damals bei dir, mein Herz rast unkontrolliert in deiner Nähe. Ich liebe Asher, ja, aber als einen Bruder. Killian, wäre er nicht gewesen, hätte ich keine drei Tage überlebt. Entweder hätte Aaron mich getötet oder ich hätte mir das Leben genommen. Ich liebe dich, nur dich. Bitte glaub mir.«

Das Funkeln in seinen Augen ist zurück und er zieht mich für einen liebevollen Kuss an sich.

»Ich bin ein Arsch, ich weiß. Es tut mir leid, mein Engel«, murmelt er an meine Lippen und zieht mich an seine Brust. Ich lausche den beruhigenden Klängen seines Herzschlages, bis eine mir mittlerweile bekannte Stimme über den Lautsprecher ertönt.

»Meine liebe Familie, wie ihr gemerkt habt, befinden wir uns bereits in der Luft. Der Flug dauert ungefähr drei Stunden, genug Zeit, um sich zu entspannen. Das ganze Chaos fängt gerade erst an.«

»Wollt ihr mir gerade ernsthaft weiß machen, dass Alejandro der Pilot dieser Maschine ist?«, werfe ich in die Runde.

»Er hat viele Talente, auf allen möglichen Gebieten, glaub mir, Espe, er ist…«, Killian unterbricht die Schwärmerei seiner Cousine Ana und wirft ihr einen Plastikbecher an den Kopf.

»Halt. Die. Klappe!«, knurrt er, was den Zwillingen ein lautes Lachen entlockt.

»Wohin fliegen wir überhaupt?«

Mein Vater dreht grinsend den Kopf in meine Richtung.

»Nach Hause, Hija, wir fliegen nach Spanien.«

Glücklich über diese Tatsache, kuschle ich mich an Killian und schlafe direkt ein.

Kapitel 11

Esperanza

Ein heftiges Rütteln reißt mich aus meinem friedlichen Schlaf. Ich öffne die Augen und schaue zu Killian, auch er ist gerade erst aufgewacht.

»Sorry Leute, war keine Absicht. Wir sind da«, ertönt Ale's Stimme über den Lautsprecher.

»Irgendwann, kommt der Tag an dem ich diesem Tollpatsch den Hals umdrehe«, murmelt Killian verschlafen.

Er streckt sich und zieht mich zu sich.

»Bist du bereit dein neues Zuhause zu sehen, mein Engel?

Ich nicke ihm zu und ziehe ihn in den Stand.

»Will ich wissen, wie es sein kann, dass wir gerade erst landen und bereits einen Ort haben, der unser Zuhause sein wird?«

»Das geht auf meine Kappe, Pumpkin. Ich habe damals ein großes Grundstück mitten im Wald gekauft. Dort habe ich über all die Jahre, für den Fall unserer Rückkehr, eine Villa bauen lassen, bis mir das Geld ausging. Killian war so nett und hat den Rest übernommen.«

Ich wende mich an den Mann der gerade dabei ist, sein ganzes Leben aufzugeben, nur um mit mir zusammen zu sein.

»Du meinst es also wirklich ernst, ja? Du willst alles aufgeben um mit mir einen Neuanfang zu wagen?«

»Was wäre es für ein Neuanfang, wenn wir nicht zusammen sind? Komm lass uns nach Hause gehen, mein Engel.«

Ich ergreife seine Hand und folge ihm aus dem Flugzeug.

»Ich muss los, ich melde mich bei meinem El Presidente und erkläre ihm alles. Wir werden unter dem Schutz des Chapters stehen. Wir können ihnen vertrauen.«

Alejandro verabschiedet sich von seinen naja, ich glaube sie sind beide seine Freundinnen und geht mit Asher auf einen schwarzen Geländewagen zu.

»Wohin gehst du, Ash?«

»Ale wird für mich bei seinem El Presidente bürgen, ich brauche das Geld, kleine Rose. Mach dir keine Sorgen, wir sehen uns heute Abend.«

Ohne auf meine Antwort zu warten, steigt er ein und Ale fährt los.

»Wir sind dann auch mal weg, wir haben noch einen Auftrag in der Nähe, sind aber pünktlich zum Essen wieder da. Killi-Bär, lass dir was leckeres für uns einfallen.«

Jetzt sind auch die Zwillinge weg und mein Vater steuert den letzten Wagen an. Wortlos und immer noch müde folgen Killian und ich ihm. Kaum sind wir eingestiegen, rast er durch die Stadt.

40 Minuten später kommen wir in einem dichten Wald an. Weit und breit gibt es nichts anderes zu sehen als Bäume. Mein Vater fährt den zugeschneiten Weg entlang und kommt nach einigen Minuten vor einem unglaublich schönen Haus zum Stehen. Die Fassade ist aus hellbraunem Holz und überall sind große Fenster eingebaut worden, genauso wie ich es liebe. Das Haus

besitzt eine Veranda, die man über eine Steintreppe erreicht.

Der zweite Stock wird komplett von einem Balkon umrandet. Bereits auf den ersten Blick fühle ich mich wie Zuhause.

»Gefällt es dir, mein Engel?«

Die Blicke von Killian und meinem Vater sind voller Aufregung.

»Ich liebe es. Wirklich, es sieht so schön aus.«

Ich kann deutlich sehen, wie sie erleichtert ausatmen und mich zum Haus führen.

»Warte nur auf das Innere. Dein Mann hat keine Kosten gescheut, um seinem Engel ein Zuhause zu erschaffen.«

»Wir waren das beide zusammen, Hernan. Mach dich nicht kleiner als du bist«, antwortet Killian und bekommt einen Klaps auf den Hinterkopf.

»Vorsicht, mein Junge, auch wenn ich kleiner bin als du, kann ich dich in null Komma nichts auf den Boden befördern.«

Die beiden so unbeschwert miteinander zu sehen, erwärmt mein Herz. So etwas habe ich mir immer gewünscht. Mein Vater und der Mann an meiner Seite verstehen sich, als wären sie beste Freunde.

Meine Gedanken werden unterbrochen, als Killian mich hochhebt und wie eine Braut auf seinen Armen hält.

»Was tust du denn da?«

»Na was wohl? Ich trage meine Verlobte über die Türschwelle.«

Lachend laufen wir hinter meinem Vater ins Haus.

»Wow, das ist.. also wow«, plappere ich vor mich hin, während Killian mich runterlässt. Ich kann gar nicht beschreiben was ich auf den ersten Blick alles sehe. Wir befinden uns in einem Eingangsbereich, mit Garderobe und Schuhregalen.

Ich laufe durch den Türbogen und stehe direkt in einem Flur. Rechts von mir befindet sich eine wunderschöne beigefarbene Küche, mit einem offenen Essbereich, der an ein riesiges Wohnzimmer angrenzt, welches sich links von mir befindet. Alles ist einheitlich eingerichtet. Der dunkle Parkettboden, die hellen Wände und die farblich passenden Möbel, verleihen dem, von außen eher altmodischen Haus eine unglaublich gemütliche Atmosphäre, dass man gar nicht anders kann, als sich direkt wohlzufühlen. Ich schlendere verträumt durch die Küche, in der sich sogar eine große Bar befindet! Im Essbereich entdecke ich eine Tür, die nach draußen in einen wunderschönen eingeschneiten Garten führt. Im Wohnzimmer angekommen, komme ich aus dem Staunen nicht mehr raus. Es sieht fast so aus, wie Killians Penthouse in London. Es ist beige und grau eingerichtet.

Die Sitzlandschaft, erstreckt sich beinahe durch den ganzen Raum, genauso wie der Fernseher der einen Großteil der Wand einnimmt.

Ich drehe mich einmal um die eigene Achse, um auch jedes Detail aufzunehmen, als mir in der Ecke des Raumes etwas ins Auge sticht. Ein Kamin, über dem ein Bild von meinen Eltern hängt, als diese noch jung waren.

»Du hast es aufgehängt? Ich dachte es wäre mit den anderen Sachen im Keller gelandet.« ertönt die Stimme meines Vaters.

»Weißt du, Hernan, du bist ein guter Freund und gleichzeitig der Vater meiner Frau. Trotzdem würde ich nicht alles tun, was du verlangst. Ich habe dir den gesamten unteren Bereich ausgebaut, genauso wie du ihn damals haben wolltest. Ich habe auch drei weitere Wohneinheiten, weiter hinten auf dem Grundstück, bauen lassen. Als hätte ich gewusst, dass Asher auch dabei ist.

Eigentlich sollte das nur ein Rückzugsort für eine der Zwillinge sein, aber dann müssen die eben miteinander auskommen. Du hast ein Grundstück erworben, dass so groß ist wie sechs Fußballfelder. Wieso also nicht daran arbeiten, wenn man die Finanziellen Mittel hat?«

Killian zuckt mit den Schultern, als hätte er nicht Millionen in das Anwesen gesteckt und das mal eben während meiner Gefangenschaft.

»Sag mal, Baby? Geht dir das Geld eigentlich jemals aus?«, frage ich vollkommen ernst. Dieser Mann scheint mehr Geld zu haben, als manch anderer Verstand.

»Ich glaube nicht das es uns jemals ausgehen wird, nein. Wieso fehlt dir etwas, mein Engel?«

Verwirrt schüttle ich den Kopf und kuschle mich an seine Seite.

»Es ist perfekt. Danke, für dieses wundervolle Zuhause. Danke, an euch beide!«

»Ich gehe mal mein Reich bewundern. Danke, mein Junge, von ganzem Herzen.«

Mein Vater nimmt Killian in den Arm und drückt mir einen Kuss auf den Kopf.

»Komm lass uns nach oben gehen, mein Engel, es gibt noch viel zu sehen.«

Gemeinsam steigen wir die Treppe nach oben und stehen wieder in der Mitte eines Flurs. Überall verteilt befinden sich Türen.

»Ich habe dir dein Geschenk herbringen lassen«, sagt Killian und öffnet direkt die erste Tür. Er hat es wirklich getan. Exakt dasselbe Bücherzimmer, dass er mir in London bereits geschenkt hat, sehe ich vor mir. Nur etwas größer und kuschliger eingerichtet, denn auch hier befindet sich wieder ein Kamin.

»Wow, das ist der Wahnsinn. Ich weiß gar nicht was ich sagen soll.«

»Mir würde ein ich liebe dich vollkommen reichen, mein Engel.«

Ich drehe mich zu ihm, schlinge meine Arme um seinen Nacken und drücke ihm einen kurzen Kuss auf die Lippen.

»Ich liebe dich.«

»Ich liebe dich auch.«

Wir verlassen meine Bücheroase und Killian zeigt mir den Rest des Stockwerks. Wie auch in London, befindet sich hier ein Büro, ein Fitnessraum und ein gigantisches Badezimmer, dass wieder nur mir gehört. Er erklärt mir, dass er die obere Etage, so gut er konnte, identisch zu seinem Penthouse hat einrichten lassen, da es uns beiden sehr gefallen hat. Im Schlafzimmer angekommen, hängt auch wieder das Bild von mir direkt über dem Bett.

»Du hast es wirklich herbringen lassen, ich glaubs nicht.«

Auch das Schlafzimmer ähnelt unserem alten sehr, bis auf das, dass unser neues größer ist. Ich werfe mich aufs Bett und beobachte Killian dabei, wie er im Ankleidezimmer verschwindet und sich frische Sachen holt.

»Ich geh duschen, mein Engel. Schlaf ein wenig.«

Er drückt mir einen Kuss auf die Stirn und verschwindet im Badezimmer. Ich kann es einfach nicht glauben. Er hat sein gesamtes Leben hinter sich gelassen, nur um mich hierher zu begleiten und mir ein neues Zuhause zu schenken. Ich kann mir gar nicht vorstellen wo ich jetzt wäre, wenn ich ihn damals nicht im Park getroffen hätte. Es scheint mir, als wäre es Jahre her. Ich kann mir das Ausmaß seiner Liebe zu mir kaum vorstellen.

Ohne darüber nachzudenken, ziehe ich mich aus und folge ihm ins Bad. Killian steht mit dem Rücken zu mir und widmet sich seiner Körperhygiene.

Bei dem Anblick der sich mir bietet, beginnt es in meinem ganzen Körper zu kribbeln. Niemals werde ich mich an seinem nackten Körper satt sehen können. Er ist so unendlich heiß, dass ich das Gefühl bekomme in Flammen zu stehen.

Langsam nähere ich mich der Duschkabine, öffne diese und umarme ihn von hinten. Sofort dreht er sich zu mir und küsst mich.

»Ich werde nie genug von dir bekommen, mein Engel«, raunt er an meine Lippen. Bevor er den Kuss fortsetzen kann, sinke ich vor ihm auf die Knie.

»Du musst das nicht tun, du…Fuck, ja..«

Ohne ihn ausreden zu lassen, nehme ich seinen halb erigierten Schwanz komplett in den Mund, beginne seine Eichel mit meiner Zunge zu umkreisen und mit einer Hand knete ich seine Hoden. Ich habe keine Ahnung wo diese unendliche Lust gerade herkommt, jedoch will ich sie voll und ganz ausleben. Immer fester sauge ich an ihm, lasse meine Zunge über seine Erektion gleiten, genau wie über seine Hoden.

»Fuck, was…heilige Scheiße, ist das geil.« Ein Blick nach oben zeigt mir wie Killian den Kopf in den Nacken gelegt hat und sich mit einer Hand an der Duschstange festhält. Zu sehen, wie sehr ihm gefällt was ich tue, lässt mich nur noch selbstbewusster werden. Ich nehme seine Länge so tief in den Mund, dass ich

Würgegeräusche von mir gebe, es scheint ihn nur noch heißer zu machen. Immer wieder wiederhole ich dieses Manöver, bis er mich an den Haaren packt und mit ein paar harten Stößen so tief in den Mund fickt, dass mir die Luft wegbleibt.

»Jetzt bist du fällig, mein Engel.«

Er zieht mich in den Stand, hebt mich hoch, setzt mich auf seine Hüften und dringt von ganz allein in mich ein, während er mich zum Bett trägt.

»So nass. Fuck, mein Engel, du tropfst.«

Er legt mich auf dem Bett ab und platziert sich über mir.

»Schau nach oben, mein Engel. Sieh zu, wie ich dich in den Himmel ficke.« Etwas verwirrt von seinen Worten, schaue ich nach oben und entdecke den Spiegel, der sich über uns befindet. Wir geben ein unendlich erotisches Bild ab. Ich empfinde eine enorme Lust, dass ich meine Beine um seine Hüften schlinge und ihn in mich schiebe.

»Ich liebe es…ich…Ahhhh.« Ich schaffe es nicht auch nur einen vernünftigen Satz zustande zu bringen, als Killian mich anfängt wie wild zu vögeln. Und wieder ist es nicht genug.

»Härter, Killian…ich...will...mehr…«, mein Stöhnen verwandelt sich in einen lustvollen Schrei, als er sich hart in mich stößt, sehe ich Sterne vor meinen Augen tanzen. Immer wieder gleitet er aus mir heraus, nur um mit voller Kraft wieder in mich zu stoßen.

Ich kann meine Emotionen kaum unter Kontrolle halten, ich beiße ihm in den Oberarm, in die Schulter und in den Hals, was ihn dazu bringt noch wilder zu werden. Die klatschenden Geräusche werden noch schneller, unser Atem abgehackter und unser Stöhnen immer lauter. Immer und immer wieder trifft er diesen einen Punkt, der mich an den Rand der Verzweiflung bringt. Ich will schreien, will ihn küssen und ihn gleichzeitig noch intensiver spüren. Er schiebt eine Hand zwischen uns und fängt an, mit meinem völlig überreizten Kitzler zu spielen.

»Gott, Killian, du…«

Er beginnt in mir zu zucken während er mit der Zunge über meine extrem harten Brustwarzen kreist. Diese ganzen Empfindungen lassen mich auf der Stelle explodieren. Ich kralle mich an seinem Rücken fest und kratze ihm diesen dabei komplett auf, während er knurrend in mir kommt und so in meinen Höhepunkt mit einstimmt. Schweißnass und außer Atem liegen wir nebeneinander.

Einige Minuten bleiben wir stumm, bis Killian das Schweigen bricht.

»Ich habe das Gefühl, unser Sex wird von Mal zu Mal intensiver und wilder. Ich hab Angst dir irgendwann wehzutun. Ich weiß nicht wie lange ich es schaffe mich zu kontrollieren, mein Engel. Vor allem wenn du aus heiterem Himmel vor mir auf die Knie gehst.«

»Was meinst du? Wieso hälst du dich denn zurück? Killian, ich liebe unseren Sex und du weißt genau das ich es härter mag. Wovor hast du Angst?«

Er setzt sich an die Bettkante und dreht mir den Rücken zu.

»Ich habe Angst, dass es dir zu viel werden könnte, mein Engel.«

Ich schlinge meine Arme von hinten um ihn und schmiege mein Gesicht an seinen muskulösen Rücken.

»Ich will mehr, Killian. Und ich vertraue dir. Halte dich nicht mehr zurück, bitte.«

Ein Klopfen ertönt und reißt uns aus unserem Gespräch. Schnell ziehe ich mir die Decke bis unters Kinn, während Killian in eine Jogginghose schlüpft. Die Tür öffnet sich und Asher kommt rein.

»Holy Moly, ich verstehe wieso du ihn so heiß findest, kleine Rose.«

Killian verdreht die Augen als Asher sich zu mir setzt.

»Ich wollte euch nur Bescheid sagen, dass wir für alle Essen geholt haben. Wir wussten mit was ihr euch die Zeit vertreibt und dass es bestimmt nicht kochen ist. Kommt runter.«

Er drückt mir einen Kuss auf die Schulter und verlässt wieder den Raum.

»Hat er gerade gesagt das ich heiß bin?« Killian sieht so verwirrt aus, dass ich gar nicht anders kann, als lauthals loszulachen.

»Er hat ja recht damit, Baby. Komm, lass uns essen gehen.«

Er steht immer noch total verwirrt da und schüttelt den Kopf.

»Ich bin nur von Verrückten umgeben. Mein Schwiegervater ist mein bester Freund und eine Killermaschine, meine Frau ist eine Prinzessin und zu alle dem kommen noch ein Schwuler, der mich heiß findet, Zwillinge die sich einen Mann teilen und Psychos, die meinen Engel wollen. Habe ich etwas vergessen?«

Ich krümme mich vor Lachen und kann ihn gar nicht mehr ernst nehmen. Wenn man es aus dieser Perspektive betrachtet, sind wir wirklich ein vollkommen chaotischer Haufen.

»Ja du hast tatsächlich etwas vergessen. Einer dieser Verrückten ist der Schatten-Killer und dieser mein Liebster, bist du.«

Jetzt lacht auch er, reicht mir eines seiner Shirts und eine kurze Hose.

»Ich liebe dich Prinzessin.«

»Ich liebe dich Schatten-Killer.« Gemeinsam verlassen wir den Raum und gehen nach unten wo wir schon die Stimmen der anderen hören können. Unten angekommen, schaue ich mir diesen Haufen genauer an. Wenn man uns von außen betrachtet, würde man niemals denken, dass wir alle so viel durchgemacht haben die letzten Wochen. Alle Lachen, machen Witze und sind glücklich. Genau wie ich, denn ich bin das erste Mal seit London wieder richtig glücklich.

Kapitel 12

Esperanza

Bereits drei Wochen sind seit dem letzten Treffen mit Aaron und Jake vergangen. Die Tage vergingen wie im Flug. Da Killian sich sicher war, dass der Tag irgendwann kommen würde, dass Aaron mich selbst hier finden kann, trainierte ich nicht nur mit Asher, sondern auch mit meinem Vater, Killian und Ale. Die Zwillinge waren aufgebrochen um sicher zu gehen, dass Aaron und Jake immer noch in Palermo sind, jedoch fehlte von ihnen jede Spur. Sie haben das Haus das Aaron für mich gebaut hat, so wie das neue Clubhaus niedergebrannt. Wie immer führte keine einzige Spur zu ihnen. Das Verhältnis zwischen Killian und Asher ist sehr gut geworden, nach dem mein bester Freund ihm versicherte, dass er absolut nicht der Typ Mann ist, den er abschleppen würde, egal wie heiß er ist.

Mein Vater und ich sind gerade dabei uns neu kennenzulernen. Er ist zwar immer noch der, der mich 21 Jahre lang großgezogen hat, dennoch ist er ein vollkommen anderer. Er ist endlich er selbst. Jeden Abend setzen wir uns zusammen in seine Wohnung im Keller und lernen meine Muttersprache. Wie ich schnell merke, konnte ich sie als Kind schon, jedoch habe ich sie mit den Jahren vergessen. Die Beziehung zwischen mir und Killian läuft so gut wie sie es schon immer tut, außer was den Sex betrifft.

Er weigert sich immer und immer wieder, seine Maske fallen zu lassen, aus Angst er und seine Gelüste würden mich abschrecken oder mich gar verletzen. Aber was sollte mich mehr verletzen als ein Aaron, der mich vergewaltigt und gleichzeitig verstümmelt? Nichts, genau!

Heute haben wir endlich das Haus für uns allein. Asher, Ale und mein Vater haben beschlossen langsam aber sicher irgendwie Kontakt zu meiner Mutter aufzunehmen, deswegen schlafen sie in der Stadt, bei einem Vertrauten meines Vaters. Wir sind ihr so nah, dass ich das Schloss vom Balkon aus sehen kann, jedoch ist sie genau so weit entfernt wie sonst.

Killian ist vor einer halben Stunde aus dem Haus gegangen, er meinte er müsse das Chaos, welches die Zwillinge in ihrem Haus hinterlassen haben, beseitigen. Und ich zitiere : »*Wenn ich dieses Chaos nicht beseitige werden wir von einer Horde Ratten angegriffen, die mehr von dem Käse wollen, nach dem die Socken der Zwillinge stinken.*«

Seine Abwesenheit nutze ich dafür, um im ganzen Haus dutzende Kerzen aufzustellen, während ich einen selbstgemachten Braten mit Kartoffeln im Ofen habe. Normalerweise ist Killian der, der uns immer bekocht. Ich habe mich nie getraut für ihn zu kochen, nachdem Jake mein Essen immer runter gemacht hat. Auch wenn ich genau weiß, dass ich eine verdammt gute Köchin bin, genauso wie eine gute Bäckerin, spuken mir seine Worte bisher immer im Kopf herum.

Die Sauce zu meinem Braten ist bereits am Köcheln und ich hoffe wirklich, dass Killian es pünktlich schafft nach Hause zu kommen.

Von den Zwillingen weiß ich, dass er morgen Geburtstag hat, deswegen habe ich mir etwas Besonderes für ihn überlegt.

Da ich Angst habe durch die Straßen zu laufen und ich mich nur auf dem Anwesen wirklich sicher fühle, habe ich Bri darum gebeten, vor ihrer Abreise, ein paar Besorgungen für mich zu erledigen.

Ich bat sie um ein kurzes, schwarzes, hautenges Kleid, mit lockeren Trägern aus Strass. Für darunter brachte sie mir ein rotes sexy Unterwäsche Set komplett aus Spitze. Sie wollte mir die dazu passenden Strapse auch dazu kaufen, aber mir gefällt sowas überhaupt nicht. Schnell schaue ich noch nach meinem Essen und renne dann ins Schlafzimmer, um mich fertig zu machen. Meine Haare trage ich heute zur Abwechslung mal glatt. Mein Augen Make-up, besteht nur aus ein bisschen Wimperntusche, dafür strahlen meine Lippen in dem gleichen Rot wie meine Unterwäsche.

Ein Blick in den Spiegel lässt mich kurz innehalten. Ich sehe unglaublich schön aus. Ich hoffe Killian gefällt es ebenfalls.

Das Läuten meines Handys erschreckt mich fast zu Tode. Ich nehme es vom Nachttisch und muss sofort grinsen.

»Hallo, Stalker-Boy.«

»Hallo, mein Engel, ich wollte dir nur sagen ich habe die Höhle der Zwillinge überlebt und bin in 3 Minuten da, nicht das du wieder schreiend, mit einem Messer auf mich losgehst. Bis gleich, ich liebe dich.«

»Ich liebe dich.«

Mit klopfendem Herzen, wie jedes Mal, wenn er mir sagt, dass er mich liebt, beende ich den Anruf und renne nach unten. Es ist alles vorbereitet. Das Essen ist gerade fertig geworden.

Den Tisch hatte ich zuvor schon gedeckt, genau wie ich überall die Kerzen verteilt hatte.

Ich stelle gerade das Essen auf den Tisch, als ich höre wie sich die Tür öffnet.

»Ehm, wieso riecht es hier so verdammt lecker?« Killian zieht sich die Schuhe und seine Jacke aus und kommt mit großen Augen auf mich zu.

»Heilige Scheiße, Esperanza, willst du das ich an Bluthochdruck sterbe? Du siehst so unglaublich schön aus.«

Er zieht mich in die Arme und küsst mich auf die Stirn.

»Gibt es einen besonderen Anlass für das alles?«

Er zeigt auf die herumstehenden Kerzen, während ich ihn in unseren Essbereich ziehe.

»Ich dachte jetzt wo wir endlich mal alleine sind, überrasche ich dich mit einem Essen und mache mich ein wenig hübsch.«

Er sieht mich überrascht an und setzt sich an den gedeckten Tisch.

»Du hast gekocht? Ich glaub ich bin im Himmel.«

Ich richte ihm seinen Teller und stelle ihn vor ihm ab. Da ich weiß das Killian keinen Alkohol trinkt, habe ich ihm sein Weinglas mit Cola gefüllt. Gespannt beobachte ich ihn dabei, wie er den ersten Bissen von meinem Essen nimmt. Genüsslich schließt er die Augen und lässt es sich auf der Zunge zergehen.

»Wieso um alles in der Welt koche ich jeden Tag? Ich kann es kaum erwarten dich zu heiraten und jeden Tag dein Essen auf dem Tisch zu haben.«

Wow, er hat diese Worte bis jetzt noch nie laut ausgesprochen und ich muss sagen, ich habe noch nie etwas schöneres gehört. Er leert den gesamten Teller in wenigen Minuten und sieht mich skeptisch an.

»Hast du keinen Hunger, mein Engel? Du hast deinen Teller noch nicht einmal angerührt.«

»Doch, ich war nur zu sehr damit beschäftigt dich anzustarren, wenn du es genau wissen willst.«

Er schüttelt sich vor Lachen. Ich schüttle nur grinsend den Kopf und widme mich meinem Essen. Es ist seltsam wie normal es sich anfühlt, für Killian zu kochen, sich um den Haushalt zu kümmern und das Haus nicht zu verlassen. Ich liebe mein neues Leben, auch wenn es für andere seltsam zu sein scheint.

»Woran denkst du, mein Engel? Fehlt dir etwas?«

Auch wenn er versucht seinen besorgten Ton zu verbergen, kenne ich ihn in und auswendig und kann genau lesen was sich in seinem Kopf abspielt. Ich stehe auf, umrunde den Tisch und setze mich auf seinen Schoß.

»Ich will das du aufhörst, Killian. Hör auf daran zu zweifeln, dass ich glücklich bin. Ich liebe dich über alles und ich könnte nicht glücklicher sein. Ich liebe unser Zuhause und das neue Leben das du mir ermöglicht hast.«

Sofort füllen sich seine Augen wieder mit Liebe. Er legt seine Hand an meine Wange und blickt mir so tief in die Augen, dass ich das Gefühl habe er sieht jeden Millimeter meiner Seele.

»Mit dir fühlt sich alles so einfach an, mein Engel, jeder Kampf, jeder Krieg. Mit dir an meiner Seite habe ich die Kraft die ich brauche, um unsere Feinde zu beseitigen. Niemand wird es mehr schaffen dich mir wegzunehmen.«

Der Ernst seiner Worte ist nicht zu überhören. Ein Blick auf die Uhr zeigt das ich noch 10 Minuten bis Mitternacht habe. Ich drücke ihm einen Kuss auf die Lippen und ziehe ihn die Treppen nach oben.

»Bist du schon müde? Ich dachte wir schauen noch einen Film und kuscheln uns vor den Kamin.«

Ohne ihm zu antworten, ziehe ich ihn durch den mit Kerzen erleuchteten Flur.

Ich öffne die Tür des Schlafzimmers, das ebenfalls voller Kerzen steht, führe ihn zum Bett und schubse ihn darauf. Ich drücke auf die Fernbedienung, die ich mir bereits vorbereitet habe, und im Hintergrund fängt eine erotische Melodie an zu spielen.

»Shit, was hast du vor, mein Engel? Wenn ich dich nur anschaue, drehe ich gleich durch.«

Genau das wollte ich erreichen. Ich bewege meine Hüften langsam in kreisenden Bewegungen und verliere mich vollkommen in der Musik. Je länger das Lied läuft, desto selbstbewusster werde ich. Langsam schiebe ich mir die Träger über die Schultern und öffne den Reißverschluss meines Kleides. Das Kleid rutscht mir über die Hüfte und der trägerlose rote Spitzen-BH, sowie der passende String kommen zum Vorschein.

Killian setzt sich auf, holt tief Luft und fährt sich durch die Haare. Das Lied neigt sich dem Ende, also gehe ich langsam auf ihn zu und krabble aufs Bett.

»Du machst mich wahnsinnig. Ich platze gleich.«

Seine Worte werden durch seine ausgebeulte Hose unterstrichen.

»Ich will das du die Maske fallen lässt, Killian. Zeig mir endlich die Dunkelheit, die du versuchst, so sehr vor mir zu verbergen.«

Bevor er protestiert, setze ich mich auf seinen Schoß und schiebe ihm das T-Shirt über den Kopf.

»Mein Engel, nicht….«, flüstert er mit tiefer Stimme, doch auch das ignoriere ich.

Ich verteile eine Spur von Küssen, von seinem Hals, über seine Brust, bis hin zu seinem Bauch. Er atmet deutlich hörbar aus und hat sichtlich mit seiner Kontrolle zu kämpfen.

Ich setze mich zurück auf seinen Schoß, knabbere an seinem Ohrläppchen und flüstere : »Zeig es mir, Killian. Ich will es sehen.«

»Nein…Fuck…«, gibt er heiser zurück.

Ich habe ihn gleich soweit, da bin ich mir sicher. Ich lecke ihm über den Hals, bis zu seiner Brust und beiße ihn leicht in die Haut. An seinem Bauch angekommen, öffne ich seine Hose und ziehe sie ihm von den Beinen. Auf seiner Boxershorts sind bereits Flecken von seinen Lusttropfen zu sehen.

Ich klemme meine Finger unter den Bund seiner Shorts und ziehe sie herunter. Seine Erektion springt mir einladend entgegen. Bevor ich es schaffe ihn in den Mund zu nehmen, packt er mich an der Kehle und drückt mich grob auf die Matratze.

»Weißt du was du hier tust? Ich kann nicht mehr, Esperanza. Du hast noch genau eine letzte Chance, wir brechen genau jetzt ab und gehen einen Film schauen, oder ich ficke dich so hart, dass du nicht mehr weißt wie du heißt.«

Endlich, endlich entfesselt er das Monster.

»Fick mich, Killian. Zeig mir dein Monster, führe mich in den Nebel, so wie du es immer wolltest.«

Knurrend steht er auf, läuft zur Kommode, die neben dem Ankleidezimmer steht, öffnet die oberste Schublade und nimmt eine schwarze Schachtel heraus.

»Du wolltest es nicht anders. Leg dich auf den Rücken, streck deine Arme über den Kopf und spreiz deine Beine.«

Ich mache was er verlangt, aufgeregt über das was jetzt auf mich zukommt. Er zieht zwei Seile aus der Schachtel, befestigt diese am Gestell des Bettes und fesselt meine Fußknöchel. Als er ein zweites Mal in die Schachtel greift, zieht er Handschellen heraus und fesselt meine Hände an das obere Teil des Bettgestells.

»Wenn es dir zu viel wird, dann sag es«, flüstert er und beugt sich über mich.

»Sag es mir, mein Engel. Ich muss wissen, dass du verstehst. Ich werde dir weh tun. Ich werde dir zeigen, was es bedeutet, mein zu sein. Ich werde…«

»Tu es endlich!«, zische ich nervös. Er nickt, bückt sich zu der Schachtel, die er zuvor auf dem Boden abgestellt hat und holt ein eiförmiges etwas heraus, schaltet es ein und schiebt es in meine nasse Pussy. Ich zerre an den Handschellen, will ihn zu mir ziehen, ihn küssen, ihn spüren, doch nichts. Ich habe kaum Bewegungsfreiheit. Er lacht, setzt sich auf mich und beginnt mich überall zu küssen. Die Kombination mit dem Vibrieren des Spielzeugs, lässt mich fast durchdrehen. Killian ersetzt seine liebevollen Küsse durch starke Bisse in meine bereits harten Brustwarzen.

»Oh Gott!«, stöhne ich. Die Schmerzen verwandeln sich sofort in Lust. Diese süße Qual bringt mich an den Rand des Wahnsinns. Bis jetzt merke ich noch nichts von dem Monster, welches er vor mir verbirgt, nur unendliche Lust.

»Mein Engel du musst es mir sagen, wenn du nicht mehr kannst, wenn du Schmerzen hast oder du aufhören willst.«

»Fang an, ich vertraue dir, Baby.«

Wieder nickt er nur und beugt sich über mich. Er führt seine Erektion an meinen Eingang, zwickt mir stark in meinen bereits pochenden Kitzler, zieht das Ei aus mir heraus und dringt so stark in mich ein, dass ich beinahe an das Kopfende des Bettes stoße.

Den Schmerz, den ich durch seinen harten Stoß verspüre, kann ich kaum in Worte fassen. Ohne mir eine kurze Pause zu gönnen, stößt er immer wieder in mich, beißt mir in die Brustwarzen und in den Hals. Er markiert mich, so dass es sicher blaue Flecken hinterlassen wird.

Seine Stöße sind so bestialisch, dass ich ihm kaum standhalten kann. Mein Stöhnen ist so abgehackt, dass ich mich sicher alles andere als erotisch anhöre.

Killian löst die Fesseln und dreht mich auf den Bauch. Wie gewohnt zieht er meinen Hintern zu sich, aber dringt dann so heftig in mich ein und schlägt mir so fest auf den Arsch, das ich vor Schmerz schreie und sich Tränen einen Weg in die Freiheit bahnen. Seine Hand bildet eine Faust in meinen Haaren und zieht mich so kräftig nach oben das ich Angst habe, dass er mir ein Büschel Haare ausreißt. Seine Hand legt sich um meine Kehle und drückt zu. Jetzt beginne ich zu verstehen, was er mit dem Monster meint. Er will mich und meine Lust voll und ganz kontrollieren. Er will mein Leben in der Hand halten und ich muss zugeben, ich liebe dieses Gefühl. Ich liebe dieses extrem dominante.

Ich bekomme kaum noch Luft, doch die Lust lässt mich das vergessen. Killian zieht sich aus mir zurück, schlägt mir wieder auf den Hintern und befördert mich vom Bett, sodass ich direkt vor ihm Knie.

»Ich will das du mir deine Lust vom Schwanz lutschst, ich will dich so tief in den Rachen ficken, dass du keine Luft mehr bekommst.«

Killian lässt mir keine Zeit zum Antworten, drückt meine Wangen zusammen, bis mein Mund aufgeht und rammt sich in meinen Rachen. Speichel fließt mir aus den Mundwinkeln, während er mich fast zum Ersticken bringt.

»Genau so, mein Engel. Sei ein braves Mädchen, nimm ihn ganz tief in den Mund«, knurrt er und drückt mir die Kehle fester zu. Er ist nicht nur dominant, nein, er benutzt mich für seine Lust und ich kann nicht annähernd beschreiben wie unfassbar geil das ist.

Tränen laufen mir aus den Augen, würgende Geräusche entweichen mir, während er immer lauter stöhnt. Er ist kurz davor, ich kann es in seinen Augen sehen. Abrupt zieht er mich an den Haaren hoch, wirft mich aufs Bett und kniet zwischen meinen Beinen. Er leckt über meine Spalte, beißt mir in den Kitzler, schiebt immer wieder kurz seine Zunge in mich und zieht mich plötzlich an die Bettkante. Erneut dringt er in mich ein und vögelt mich so hart, bis ich kurz vor dem intensivsten Orgasmus bin, den ich jemals erlebt habe.

Killian senkt seinen Kopf, fährt mit seiner Zunge an meinem Hals herunter, bis zu meinen Nippeln, saugt daran und katapultiert mich sowas von ins Nirvana, dass ich gemeinsam mit ihm den Orgasmus herausschreie. Killian entleert sich bis zum letzten Tropfen in mir, zieht sich aus mir heraus, und stellt sich neben mich, zieht mich an den Haaren ein wenig nach oben und schiebt mir seinen halb steifen Schwanz in den Mund.

»Sauber machen, mein Engel.«

Ich lecke ihn völlig außer Atem sauber und lasse mich erschöpft auf die weiche Matratze fallen.

»Verlässt du mich jetzt, weil ich ein ekelhafter, dominanter Sadist bin?«, fragt Killian als er sich neben mich kniet und mir eine schweißnasse Strähne aus dem Gesicht streicht.

»Ganz im Gegenteil. Ich heirate dich jetzt sofort. Ich habe verstanden, was dich so angemacht hat, du liebst es mit meinem Leben zu spielen, mit meiner Lust. Du willst mich kontrollieren und Killian, ich liebe alles daran. Halte dich nicht mehr zurück.« Völlig verwirrt von meinen Worten steht er auf, zieht mich mit sich und schaut mich eindringlich an.

»Bist du sicher? Es könnte passieren, dass ich weitergehen werde, ich dich wirklich verletze und du sagst es gefällt dir? Ich glaube, mein Engel, du bist genauso verdorben wie ich.«

»Das bin ich wohl. Ach ja bevor ich es vergesse. Happy Birthday, Baby.«

Ich stelle mich auf Zehenspitzen und küsse ihn liebevoll. Kurz löse ich mich von ihm, laufe in meinen Teil des Ankleidezimmers und hole ihm das eigentliche Geschenk.

»Ich will keine Geschenke von dir, du bist alles was ich brauche«, sagt er als ich ihm die kleine Schachtel hinhalte.

»War sowieso von deinem Geld, also hast du es dir, rein theoretisch, selbst gekauft.«

Lachend öffnet er das Geschenk und schüttelt grinsend den Kopf.

»Woher hast du gewusst, dass meine weg ist?«

Er holt die Uhr aus der Schachtel und zieht sie an.

»Mir ist aufgefallen das du sie nicht mehr trägst und deswegen dachte ich, ich nehme den Rest von meinem Ersparten und hole dir dieselbe wieder.«

Geschockt und zugleich verwirrt schaut er mich an.

»Ich dachte, du hast mein Geld ausgegeben? Diese Uhr kostet über 32000€!«

»Ich weiß. Aber das andere Geschenk ist von deinem Geld gezahlt.«

Er schaut verwirrt in die Verpackung, in der die Uhr war und holt die Kugel raus.

»Was…?«

Er dreht die Patronenkugel um und lächelt breit als er sieht, was ich habe machen lassen.

»Unsere Initialen? Für wen ist diese Kugel bestimmt?«

»Das darfst du dir aussuchen. Ich weiß, dass du lieber mit Fäusten unterwegs bist, aber ich möchte dir den Auftrag geben, entweder Jake oder Aaron diese Kugel ins Herz zu jagen.«

Er zieht mich in seine Arme und drückt mir einen Kuss auf den Kopf.

»Ich nehme diesen Auftrag sogar kostenlos an. Ich werde dir diesen Wunsch erfüllen. Danke, für die schönen Geschenke, mein Engel. Ich liebe dich so sehr.«

»Ich liebe dich auch, lass uns schlafen gehen.«

Er nickt mir zu und wir legen uns nackt, wie wir sind ins Bett und schlafen beide direkt ein.

Kapitel 13

Esperanza

Am nächsten Morgen, werden wir unsanft aus dem Schlaf gerissen. Laute Stimmen lassen uns hochschrecken. Die anderen scheinen alle wieder zurück zu sein.

»Wieso haben die nochmal einen Schlüssel? Ich würde sie wirklich gerne umbringen.«

Ich liebe unsere Familie, aber die Ruhe die wir hatten hat mir wirklich sehr gefallen.

»Sollen wir uns vielleicht einfach tot stellen?«

Lachend schüttle ich den Kopf und stehe auf um mich anzuziehen.

»Lass uns frühstücken gehen, vielleicht haben sie ja Neuigkeiten über Aaron oder meine Mutter.«

Sofort steht er auf, und macht sich ebenfalls dran sich anzuziehen, gemeinsam begeben wir uns nach unten.

Dort angekommen werden wir von dem leckeren Duft der Pancake begrüßt.

Mein Vater steht am Herd während die anderen den Tisch abräumen, den wir gestern einfach so wie er war hinterlassen haben.

»Guten Morgen, ihr Süßen«, begrüße ich die Mannschaft.

»Killi-Bär, alles alles liebe und gute zum Geburtstag.«

Die Zwillinge umarmen ihren Cousin und überreichen ihm ein Päckchen.

Asher, Ale und mein Vater kommen ebenfalls mit Geschenken zu uns und umarmen Killian.

»Ihr seid doch verrückt, noch nie habe ich so viele Geschenke bekommen wie heute. Ich danke euch, Leute.«

Er stellt die Geschenke im Wohnzimmer ab und kommt zurück in die Küche.

»Da wir jetzt alle beisammen sind, will ich euch etwas sagen. Wir haben bereits unsere Neuigkeiten ausgetauscht. Jetzt setzt euch bitte und esst, während die Zwillinge erzählen was sie herausgefunden haben«, sagt mein Vater.

Killian und ich setzen uns, während mein Vater uns das Essen bringt.

»Also Jake, Aaron und die anderen Bastards haben Italien kurz nach uns verlassen. Sie wurden in London gesichtet, haben den Rest ihrer Männer geholt und sind wieder weiter geflogen, wohin wissen wir nicht. Sie haben also nicht aufgegeben.«

Diese Erkenntnis lässt mich für einen kurzen Moment erstarren. Killian bemerkt es sofort und legt seine Hand auf meinen Oberschenkel.

»Auch wenn das vielleicht nicht gerade gute Neuigkeiten sind, haben wir auch tolle auf Lager.«

»Pumpkin, wir haben deine Mutter gesehen. Sie hat eine Routine, in der wir sie ungesehen abfangen können, wenn du das willst natürlich.«

Mein Herz schwillt an, ich kann es nicht glauben. Ich werde meine Mutter endlich kennenlernen.

»Ja bitte, ich würde sie wirklich unbedingt gerne kennenlernen.«

»Okay, Hija, dann zieh dich an. Wir gehen in 20 Minuten los.«

Ich verschlucke mich fast an meinem Pancake und stehe sofort auf.

»Iss in Ruhe fertig, mein Engel, wir haben noch genug Zeit.«

Ich schüttle den Kopf und verlasse den Tisch. Im Schlafzimmer angekommen, stehe ich überfordert vor meinem Haufen Kleidung.

»Was soll ich denn anziehen?«, sage ich zu mir selbst.

»Du würdest in allem gut aussehen, mein Engel. Mach dir keinen Stress.«

Er zieht ein weißes Strickkleid heraus, passend dazu eine schwarze Strumpfhose und weiße Boots.

»Nimm das, das sieht wunderschön an dir aus.«

Ich nehme ihm die Sachen aus der Hand und beginne mich anzuziehen.

Ich war selten so nervös wie heute. Ob sie sich freut mich zu sehen? Was ist, wenn sie will das ich wieder gehe? Wenn sie enttäuscht von mir ist? Wenn sie mich nicht liebt?

»Hör auf dir deinen kleinen, süßen Kopf zu zerbrechen, mein Engel. Sie wird dich genauso lieben, wie ich es tue.«

Seine Worte machen mir so viel Mut, dass ich mich gleich besser fühle. Die Nacht mit Killian hat nicht nur Spuren auf meiner Haut zurückgelassen, die ich zum Glück mit dem von ihm ausgewählten Outfit verstecken kann. Ich beseitige die Reste meiner Schminke vom Vorabend und versuche meine abstehenden Haare zu bändigen.

»Komm, Hija, wir müssen los«, ertönt die Stimme meines Vaters.

»Kommst du mit, Baby? Ich will das nicht ohne dich machen. Ich brauche dich an meiner Seite.«

»Das du mich das überhaupt fragst... Ich dachte das wäre selbstverständlich.«

Womit habe ich diesen Mann nur verdient? Schnell blicke ich noch einmal in den Spiegel und gehe mit Killian, Hand in Hand, die Treppe nach unten.

»Bist du bereit, Pumpkin? Ich will nicht riskieren, dass man uns erwischt. Das könnte alles sehr gefährlich werden.«

Ich will gar nicht darüber nachdenken was passieren wird, wenn jemand meinen Vater dort zu Gesicht bekommt. Er würde sofort des Hochverrats und der Entführung der Prinzessin beschuldigt werden. Nur Gott kann uns bei unserem Vorhaben helfen.

»Asher, Mädels, ich will das ihr die Umgebung im Blick behaltet. Sobald sich eine Wache nähert, erledigt sie und versteckt ihre Leichen. Verstanden?« Auch wenn er es versucht, mein Vater kann seine Nervosität kaum überspielen. Wir verlassen gemeinsam das Haus und fahren in getrennten Autos durch den Wald.

»Ich werde zuerst reingehen, Pumpkin. Falls dort doch Wachen sein sollten, werden sie dich nicht sehen. Killian wird mir, so gut es geht, helfen und du wirst verschwinden. Hast du das verstanden?«

Der ernste Tonfall erlaubt keinen Widerspruch, also nicke ich und behalte für mich, dass ich das auf jeden Fall nicht tun werde. Mein Training war nicht umsonst und ich werde meinen Vater beschützen, koste es was es wolle.

Wir halten vor einer Steinmauer, die bestimmt 15 Meter hoch ist.

»Also gut, es geht los«, nuschelt mein Vater und steigt aus dem Wagen. Gemeinsam warten wir auf die anderen, die gerade angefahren kommen. Meine Nervosität zeigt sich durch das unkontrollierte Zittern meiner Hände. Killian bemerkt es sofort und zieht mich ein Stück weiter weg von den anderen.

»Wenn es dir zu früh ist, dann lass es uns verschieben, mein Engel. Du musst dich zu nichts zwingen okay?«

»Ich schaffe das. Lass uns gehen, Baby.«

Er nickt, zieht sich die Kapuze über den Kopf und folgt meinem Vater an der Mauer entlang bis zu einer brüchigen Stelle. Ale und Asher drücken diese zur anderen Seite durch und öffnen uns den Weg auf das Gelände des spanischen Königshauses. Der Hof ist voller Touristen, die Bilder von dem atemberaubenden Schloss machen, das sich vor uns erstreckt. Überall ist die spanische Flagge gehisst, sowie verschiedene Wappen, die im Wind wehen. Es ist ein seltsames Gefühl, auf dem Grund und Boden zu laufen, welcher eigentlich mein Zuhause ist. Ich fühle mich dabei wie eine Kriminelle. Überall wo man hinsieht stehen bewaffnete Männer die nur darauf zu warten scheinen, jemandem eine Kugel zu verpassen, weil er sich dem Königshaus zu sehr nähert.

»Los hier lang, beeilt euch, unser Zeitfenster scheint immer enger zu werden«, ruft Asher und joggt den Weg bis zu einem riesigen Gewächshaus.

»Geht auf Position und wenn etwas sein sollte, ruft sofort an. Bis später«, höre ich die Stimme meines Vaters und sehe wie der Rest unserer Gruppe sich auflöst und auf ihre Posten geht.

Mit zitternden Händen öffnet mein Vater das Gewächshaus, hält uns die Tür auf und wir treten ein. Ein wundervoller Duft kommt uns entgegen. Es riecht so frisch, nach Blumen, Gras und einem süßlichen Parfüm. Es ist wunderschön hier.

Blumen in allen Farben, die man sich nur vorstellen kann, verteilen sich durch das gesamte Gewächshaus und in der Mitte sitzt sie. Meine Mutter.

Sie trägt ein rosafarbenes Kleid, welches bis zum Boden reicht. Ihre Haare haben die gleiche Farbe und Struktur wie meine.

Ich stehe direkt neben meinem Vater, der genau wie ich, zu zittern beginnt. In seinen Augen kann ich Tränen schimmern sehen, genau wie die unendliche Liebe, die er ihr gegenüber empfinden muss.

Er atmet tief durch, drückt mir einen kurzen Kuss auf den Kopf und geht langsam auf sie zu.

»Hola, mi Vida.«

Sie dreht sich ruckartig um und starrt ihn verwirrt an.

»Hernan? Mi.. Mi Amor.« Ihre Stimme ist kaum zu hören, und dennoch löst sie eine Gänsehaut auf meinem Körper aus. Ich sehe ihr so unglaublich ähnlich. Der einzige Unterschied an unseren Gesichtern, sind die leichten Fältchen um ihre Augen, die ich noch nicht habe.

Sie steht auf und fällt ihm in die Arme. Dieses Wiedersehen ist so unglaublich schön, dass ich nicht anders kann, wie ein kleines Kind zu weinen. Endlich hat er sie wieder, seine große Liebe. Sie tuscheln etwas auf Spanisch, was ich nicht verstehen kann, bis er ins Englische wechselt und sich von ihr löst.

»Es ist Zeit, mi Vida. Es gibt jemanden, den du kennenlernen solltest. Ich weiß du wolltest noch warten, aber die Umstände…«

»Die Umstände sind mir egal, Hernan. Ich musste schon zu lange warten«, unterbricht sie ihn und schiebt ihn zur Seite.

»Mein Gott, Esperanza. Du bist… du…«

170

Ich bewege mich mechanisch auf sie zu und falle ihr weinend in die Arme.

»Mama.«

»Mein Kind, mein hübsches kleines Mädchen. Meine Hoffnung. Endlich. Endlich bist du hier. Bitte verzeih mir, Hija. Dios, ich liebe dich so unendlich.«

Sie verteilt mir gefühlt tausend Küsse im Gesicht und zieht mich immer wieder in die Arme. Ich kann das alles nicht glauben. Ich dachte mein Leben lang ich hätte sie auf dem Gewissen. Und jetzt stehe ich hier, in ihren Armen, weinend vor Freude, endlich die Liebe einer Mutter spüren zu dürfen.

»Es tut mir so leid…«, wimmert meine Mutter herzzerreißend in mein Haar. Ich drücke sie immer fester an mich, aus purer Angst sie wieder zu verlieren.

»Ich verzeihe dir, Mama. Ich verstehe dich und ich liebe dich auch.«

Plötzlich spüre ich weitere Arme, die sich um meinen Körper schlingen.

»Ihr könnt euch nicht vorstellen, wie lange ich auf diesen Moment gewartet habe. Die zwei Frauen, die ich in meinem Leben am meisten liebe, endlich vereint zu sehen. Ich hatte Angst das nicht mehr zu erleben.«

Auch mein Vater scheint gegen seine Tränen zu kämpfen, denn so brüchig habe ich seine Stimme noch nie gehört.

»Mi Amor, warum seid ihr hier? Wir haben ausgemacht, ihr kommt nur nach Spanien, wenn ihr Leben in Gefahr ist. Was ist hier los?«

Meine Mutter löst sich von uns, hält aber weiterhin meine Hand.

»Es ist zu einigen Katastrophen gekommen, wir mussten das Land verlassen und wohnen jetzt in unserem Haus.

171

Esperanza, ihr bester Freund, zwei total verrückte Mädels, mein Neffe Alejandro und dein zukünftiger Schwiegersohn.«

»Moment, du hast es zugelassen das sie weiterhin mit diesem Pendejo zusammen ist?«

Mein Vater lacht kopfschüttelnd und dreht sich zu Killian.

»No, mi Vida, das hier ist dein zukünftiger Schwiegersohn. Er hat sie gerettet und das nicht nur einmal. Killian, das ist Königin Cayetana, Esperanzas Mutter und meine zukünftige Frau.«

Meine Mutter lächelt verlegen und geht auf Killian zu. Dieser will sich gerade vor ihr verbeugen, als sie ihn an der Schulter berührt und wieder nach oben drückt.

»Ich möchte nicht, dass du dich verbeugst und falls du mich auch nur einmal eure Hoheit nennen solltest, lasse ich dich einsperren. Du bist der Verlobte meiner Tochter, mein Sohn. Du wirst mich in den Arm nehmen, verstanden?«

Mit großen Augen schaut Killian meinen Vater an.

»Was denn? Sie ist keine typische Königin. Sie kann schlimmer sein als unser Giftzwerg hier. Die beiden sind sich nicht nur äußerlich verdammt ähnlich.«

Lachend zieht meine Mutter Killian in die Arme und widmet sich dann wieder mir.

»Also was ist passiert und wie ist es möglich, dass ihr Alejandro gefunden habt? Ich dachte er ist tot, nach dem was dieses Monster mit ihm gemacht hat.«

Gemeinsam setzen wir uns auf die Bank auf der sie zuvor gesessen hat. Während mein Vater ihr alles, und ich meine wirklich alles, erzählt, drückt sie immer wieder meine Hand. Sie ist für mich da, sie gibt mir Halt.

Dieses Gefühl ist unbeschreiblich. Unter Tränen zieht sie mich in eine liebevolle Umarmung.

»Es tut mir alles so leid, mein Kind. Ich wäre so gern an deiner Seite gewesen, hätte mich so gern um dich gekümmert. Gott, was bin ich für ein schrecklicher Mensch.«

Sie weint so bitterlich, dass es mir das Herz zerreißt.

»Nein, Mama, du bist wundervoll. Auch wenn ich dich noch nicht gut kenne, weiß ich wie viel Liebe in dir steckt. Du hast dein Glück für meines geopfert. Du bist der mutigste und stärkste Mensch überhaupt. Ich bin unendlich stolz deine Tochter zu sein.«

Tränen der Trauer verwandeln sich in Tränen des Glücks.

»Du bist wie dein Vater, du weißt wohl immer was du sagen musst, damit es deinem Gegenüber besser geht. Ich liebe euch so sehr.«

Plötzlich wird die Tür aufgerissen und Alejandro rennt zu uns.

»Hola Tia, du siehst wunderschön aus. Leute, wir sollten gehen und zwar sofort. Mein Padre ist auf dem Weg, ich glaube dem wollen wir nicht begegnen.«

»Mierda! Mi Vida, wir werden dich wieder besuchen. Hier, um die gleiche Zeit. Falls sich etwas ändern sollte, weißt du wie du mich erreichen kannst. Te amo.«

Mein Vater drückt meiner Mutter einen schnellen, aber liebevollen Kuss auf die Lippen. Ich verabschiede mich ebenfalls von ihr.

»Bis bald, Mama. Te amo.«

Wir rennen durch den anderen Ausgang, als wir bereits die Stimme des Königs wahrnehmen können.

»Cayetana! Quiero que vuelvas al Castillo ahora mismo. ¡La reunión está a punto de comenzar!«

»Wenn ich nur höre, wie er mit ihr redet, könnte ich ihm die Zunge herausschneiden«, murmelt mein Vater knurrend und zusammen verlassen wir das Gewächshaus.

»Wir müssen uns beeilen, es sind plötzlich doppelt so viele Wachen als vorhin.«

Alejandro hält uns den Fluchtweg auf und verschwindet danach wieder im Getümmel.

»Die Zwillinge! Sie sind nicht hier!«

»ICH BRINGE DIE BEIDEN UM!«

Killian schlüpft wieder auf die andere Seite und rennt ihm nach.

»KILLIAN, WARTE!«, schreie ich, doch er scheint mich nicht mehr zu hören.

»Sie werden zurückkommen, Pumpkin. Aber wir sollten zusehen, dass wir so schnell wie möglich verschwinden.«

Nur zögerlich folge ich ihm zum Wagen und lasse mich zurück nach Hause fahren.

Dort angekommen betrete ich das Haus, erkenne aber sofort das etwas nicht stimmt. Die Eingangstür steht offen und das Licht brennt, obwohl es helllichter Tag ist.

»Bleib hinter mir!«

Mein Vater zieht seine Waffe und betritt das Haus. Ich ziehe mein Messer und folge ihm leise.

Ein Poltern, und ein Stöhnen ertönt aus der Küche. Also wenn jetzt wirklich irgendwer hier eingebrochen ist, um in meiner verdammten Küche zu ficken, drehe ich vollkommen durch!

Der Anblick der mich erwartet, ist nichts für schwache Nerven. Asher lehnt mit blutendem Gesicht über der Küchentheke.

»Gott, was ist dir denn passiert? Papsi, hilf ihm!«

Er zittert am ganzen Körper. Überall wo ich hinsehe, ist er mit Blut bedeckt.

»Ich…Biker…Kein Aaron, kein Jake… auf dem Hof…nicht gesehen wo ich hin bin.«

Die Biker sind hier?! In Spanien?! SIE WAREN AUF DEM KÖNIGLICHEN HOF, IN UNMITTELBARER NÄHE VON MEINEM ZUHAUSE?!

Ich bekomme Panik. Mein Vater legt Asher auf den Boden und schneidet ihm die Kleidung auf. Er sieht schlimm aus. Überall blaue Flecken, Stichwunden und sogar ein Stück Glas schaut ihm aus dem Oberarm. Es ist unmöglich, dass er das überlebt.

»Pumpkin, bitte, bekomm jetzt keine Panik. Ich brauche deine Hilfe, ich schaffe es nicht alleine ihn am Leben zu erhalten.«

Ich schließe die Augen, atme tief durch und setze mir dieselbe Maske auf, die ich mir bei Aaron angeeignet habe.

»Wie kann ich dir helfen?«

Verwundert über meinen kalten Tonfall, sieht mich mein Vater einige Sekunden an, bis Asher unter ihm vor Schmerzen schreit und ihn somit wieder ins Hier und Jetzt holt. Mein Vater schickt mich in seine Wohnung, in der ich alles finde, was er mir aufträgt.

Wieder bei den Beiden angekommen, breite ich alles was ich dabei habe auf dem Boden aus und befolge die Anweisungen meines Vaters.

»So jetzt musst du deine Hände waschen, sie desinfizieren und etwas tun, was wirklich eklig wird. Ich will das du ihm die Kugel entfernst, die in seinem Schenkel steckt. Meine Pinzette ist zu kurz.«

»Mit meinen Fingern?«, frage ich verblüfft und mein Vater nickt. Heilige Scheiße, mir bleibt auch nichts erspart.

»Bitte, kleine Rose...«, fleht mein bester Freund, der gerade zwischen Leben und Tot balanciert. Ich muss es tun. Ich kann das!

Ich mache mich bereit und folge genauestens der Anweisung meines Vaters.

»Genau so, mein Kind. Pass bitte auf, die Kugel darf keinen Millimeter nach unten rutschen, sonst verblutet er. Ganz ruhig...«

»Sei still! Du machst mich nervös.«

Ich schiebe meine Finger in die Einschussstelle und taste mich vorsichtig vor. Das schmatzende Geräusch lässt mich beinahe würgen. Ich stecke mit meinen Fingern in dem verdammten Oberschenkel meines besten Freundes!

Sein Leben liegt wortwörtlich in meiner Hand. Immer langsamer bewege ich meinen Finger und erwische endlich die Kugel.

»Ich hab sie! Ich hole sie jetzt raus und werde direkt kotzen gehen.«

»Das ist okay, du warst super!«, lobt mich mein Vater und plötzlich wird die Tür aufgerissen.

»SEIT STILL IHR TRAMPEL!«, brülle ich meinen Verlobten und die anderen Drei an, die mit großen Augen auf uns zukommen.

Ich konzentriere mich so gut es geht und ziehe die Kugel aus dem Bein.

»Sehr gut gemacht, Pumpkin! Ich bin stolz auf dich.«

Ich werfe ihm die Kugel vor die Füße und renne zum Waschbecken, gerade rechtzeitig, denn die Galle steigt mir bereits in den Rachen.

»Was zum Teufel ist hier passiert?«, fragt Killian während er mir den Rücken streichelt.

»Das bisschen was wir aus seinen Worten herausfiltern konnten, ist, dass er von Bikern angegriffen wurde. Es waren weder Jake, noch Aaron dabei und sie haben auch nicht gesehen wo er hin ist. Wir sollten alles durchsuchen, um zu sehen, ob er eventuell eine Blutspur hinterlassen hat oder etwas anderes«, erklärt mein Vater.

Meine Übelkeit hat sich endlich verabschiedet und ich setze mich an den Esstisch während mein Vater und Alejandro Asher auf das Sofa legen.

»Hast du ihm ernsthaft mit den Fingern die Kugel raus geholt?«, fragt Bri angewidert.

»Ja das hat sie, während ihr wieder Probleme gemacht habt, wo zum Teufel wart ihr?«, schimpft mein Vater.

Die Zwillinge räuspern sich, sehen sich an und verstecken sich hinter Killian.

»Was habt ihr getan? Als wir euch gefunden haben, saht ihr aus, als hätte euch ein Panzer überrollt«, sagt dieser in strengem Tonfall.

»Wir haben vielleicht, nur ganz vielleicht, gesehen wie Asher abhauen konnte, nachdem er so zugerichtet wurde. Wir sind ihnen gefolgt. Und um Ashis Spur zu verwischen, haben wir sie alle umgebracht.«

Ich erkenne an dem Geplapper sofort, dass es Bri war, die dieses Geständnis abgelegt hat.

»IHR HABT AUF DEM SPANISCHEN KÖNIGS-HOF GETÖTET?! WOLLT IHR MICH VOLLKOMMEN VERARSCHEN?«, brüllt Killian so laut, dass mir die Ohren klingeln.

»Was hätten wir tun sollen? Zusehen wie sie Asher folgen und danach Esperanza mitnehmen? Tut mir leid, aber das tut mir überhaupt nicht leid!«

Ich habe das dumme Gefühl, es wird hier heute noch gewaltig eskalieren.

»Wieso habt ihr nicht euren Freund angerufen? Wieso musstet ihr Spuren hinterlassen? Ist euch klar was ihr damit angerichtet habt?«

Er fährt sich nervös durch die Haare und sieht hilfesuchend zu meinem Vater.

»Ich weiß genau wieso ihr das getan habt, es war richtig. Dennoch war es falsch es alleine zu machen. Was, wenn euch jemand gesehen hat? Dann wird wieder über zwei killende Ladys gesprochen und dies könnte Aaron und Jake anlocken. Bitte tut das nicht mehr, ohne uns zu benachrichtigen, okay, meine Süßen?« Bri, die mittlerweile in Tränen ausgebrochen ist, rennt meinem Vater in die Arme.

»Danke, dass du es verstehst. Wir wollten sie doch nicht noch mehr in Gefahr bringen. Wir wollten helfen, wirklich.«

Immer wieder frage ich mich, wie so eine emotionale Frau, die so nah am Wasser gebaut ist, eine so skrupellose Killerin sein kann. Im Gegensatz zu Ana, ist Bri viel menschlicher. Wenn man das so sagen kann. Ana ist eine Killerbraut durch und durch. Selbst mein Cousin, ist eher an Bri interessiert, als an ihrer Schwester aber Ana scheint das nicht zu stören. Ich habe immer wieder gesehen, wie sie andere Männer nach Hause gefahren haben.

Die Stimmung ist alles andere als gut, alle stehen unter Strom. Ich muss mir etwas einfallen lassen, ich hasse es, wenn es so ist.

»Killian, würdest du bitte trotzdem nachsehen? Vielleicht haben die beiden ja jemanden übersehen.« Killian nickt meinem Vater zu, küsst mich flüchtig und verlässt das Haus.

»Pumpkin? Ich würde vorschlagen Asher bleibt hier liegen. Ihn in sein Haus zu bringen oder zu mir nach unten, könnte ihn sinnlos verletzen.«

Ich nicke und gehe stumm in die Küche. Ich beschließe eine Lasagne zu machen. Essen hilft bei schlechter Laune immer.

»Brauchst du Hilfe? Ich kann kochen, auch wenn man es mir nicht ansieht.«

Bri stellt sich neben mich, während Ana und Alejandro sich zu meinem Vater und dem schlafenden Asher gesetzt haben.

»Immer gerne, du kannst die Sauce machen. Ich kümmere mich um das Fleisch.«

Sie lächelt gezwungen und widmet sich der Sauce.

»Ich bin froh, dass er dich gefunden hat. Seit ich denken kann, habe ich Killi-Bär immer nur unglücklich gesehen. Sein Lächeln, wenn er über dich redet oder du den Raum betrittst, ist unendlich viel wert. Ich liebe ihn über alles und ich wollte immer nur das Beste für ihn, weißt du.«

Ihre Worte berühren mich sehr, gerade als ich antworten will, kommt Killian wieder zurück.

»Alles sauber, gut gemacht. Leichen verschwinden lassen könnt ihr.«

Bri neben mir versteift sich sofort.

»Killi, wir haben nichts verschwinden lassen, es ging alles zu schnell. Das kann doch nicht sein!«

»Sie waren sicher tot?«, fragt Ale und kassiert einen Schlag von Ana.

»Wir sind ausgebildet worden, um zu töten. Denkst du, wenn wir einem Mann in die Stirn schießen, marschiert er fröhlich durch die Gegend, weil er denkt sein drittes Auge hat sich geöffnet? Jemand muss sie weggeschafft haben, vielleicht hat der König sie gesehen und es dann in Auftrag gegeben. Was denkst du, Hernan?«

»Das ist eine Möglichkeit, die ich ganz und gar beiseiteschieben will. Mein Bruder hätte sofort die gesamte Umgebung durchsuchen lassen. Es hätte längst jemand an unsere Tür geklopft. Es müssen noch mehr von ihnen hier sein.«

Mir läuft es eiskalt den Rücken runter. Was wenn sie mich gefunden haben? Was wenn sie mich holen kommen? Mich von Killian und meiner Familie trennen? Was soll ich nur tun?

»Atme, mein Engel, atme. Dir wird nichts passieren. Ich bin hier, wir alle sind hier. Schau mich an.«

Mit hektischer Atmung schaue ich zu Killian hoch.

»Niemand wird dich mir wegnehmen, mein Engel. Ich kette dich an mich, wenn es sein muss, aber…«

Er bricht seinen Satz ab und wendet sich an meinen Vater.

»Sie muss ins Schloss, sie wird umgeben sein von Wachen, niemand wird an sie heran kommen.«

»Auf keinen Fall. Wenn mein Bruder ihr einmal in die Augen gesehen hat, weiß er sofort, dass sie meine Tochter ist. Er wird sie Aaron schenken und ihm ein halbes Vermögen anbieten, nur damit sie wegkommt. Wir schaffen es, sie zu schützen, mein Junge.«

Ich kralle mich an Killians Arm fest, aus Angst ich könnte ihn jeden Moment verlieren. Wieso ist mein Leben so verdammt kompliziert?

Wieso passiert das alles? Gerade als ich denke alles ist perfekt, passiert sowas.

»Rieche ich da etwa Lasagne, Pumpkin? Willst du deinem alten Herrn denn wirklich den Himmel auf die Erde holen?«

Auch wenn er denkt er sei gut darin, Themen in eine andere Richtung zu lenken, ist er es nicht.

»Ja, ich dachte Essen könnte helfen uns ein wenig zu sortieren.«

Bri hat während meines Anfalls alles alleine fertig gemacht und die Lasagne in den Ofen geschoben.

»Mir ist der Appetit vergangen. Entschuldigt mich, ich würde mich gerne hinlegen.«

Ich brauche Zeit für mich allein. Ohne die Proteste abzuwarten, renne ich nach oben und schließe die Tür meines Badezimmers von innen ab.

Ich muss etwas tun! Ich kann es nicht mehr zulassen, dass jemand von den Menschen, die ich liebe, von den Bastarden in Lederkutten verletzt oder gar getötet wird. Ich sollte mich Aaron ausliefern um meine Liebsten zu schützen. Ich werde es schaffen mit ihm fertig zu werden und wenn ich es geschafft habe, ihn irgendwann zu töten, dann kehre ich zurück.

Mein Entschluss steht fest, ich öffne die Badezimmertür, eile zu meinem Handy und wähle in meinen Kontakten Jakes Nummer.

»Leg sofort das Handy weg, Esperanza! Ich weiß genau was du vor hast und wenn du nicht durch meine Hand sterben willst, tust du sofort was ich sage!«

Killian kommt wutentbrannt auf mich zu, reißt mir das Handy aus der Hand und schmettert es gegen die Wand.

»Du willst mich also wirklich verlassen, ja? Und was soll es bringen? Denkst du uns geht es besser, wenn du weg bist? Nein, das lasse ich nicht zu, nur über meine Leiche!«

Noch nie habe ich ihn so sauer erlebt, wie in diesem Moment. Er zieht das Messer, welches er in seinem Stiefel trägt heraus und drückt es mir in die Hand.

»Dann mach es richtig! Bring mich um! Denn ich schwöre dir eins, wenn du meinst die Heldin spielen zu müssen und dich ihnen auszuliefern, dann werde ich es sein, der das erste Mal in seinem Leben einer Frau das Leben nehmen wird!«

Heilige Scheiße, der kippt gleich vor Bluthochdruck um! Killian reißt sich das Hemd auf, führt meine Hand zusammen mit dem Messer genau über sein Herz und übt leichten Druck aus.

»Tu es!«

Seine Augen füllen sich mit Tränen. So habe ich ihn noch nie gesehen. Er ist so verzweifelt, dass er das Messer in unseren Händen, immer fester in seine Brust bohrt.

»Hör auf! Gott, bitte hör auf. Ich werde es nicht tun! Ich schwöre es, aber bitte hör auf!«

Mein Weinen hat sich in ein Kreischen verwandelt und sorgt dafür, dass Alejandro ins Zimmer gestürmt kommt.

»IST IN DIESEM HAUS JEDER KOMPLETT OHNE GEHIRN AUF DIE WELT GEKOMMEN?«

Er kommt auf uns zu, reißt das Messer an sich und wirft es mit voller Wucht gegen die Wand.

»Ich will nicht wissen, wieso er das tun musste aber ich bin voll und ganz auf seiner Seite!«

»Wieso versteht mich denn niemand? Denkt ihr eigentlich mir gefällt das? Mein bester Freund liegt wieder mal im Sterben und das nur, weil er mich beschützt! Ich will nicht das ihr sterben müsst, nur weil diese Idioten alles daran setzen mich zurück zu bekommen! Es ist besser…«

»Princesa, wenn du deinen Satz beendest, sperre ich dich in den Keller und fessle dich an die Heizung! Du wirst kein Tageslicht mehr sehen, bevor ich diese Hijos de Putas getötet habe!!«

Auch wenn ich Alejandro noch nicht lange kenne, weiß ich das er jedes Wort ernst meint.

»Kümmere dich um die Wunde deines Mannes und kommt essen, bevor ich euch allen, Vernunft einprügeln muss.«

Verwirrt drehe ich mich zu Killian und sehe eine Blutspur über seine Brust bis zu seinem Bauch laufen.

»Oh mein Gott! Was hab ich nur getan…«, weine ich und breche zusammen. Das ist alles zu viel für mich. Heute sollte einer der schönsten Tage meines Lebens werden und jetzt? Ich habe gerade fast alles verloren, nur weil ich dachte, ich mache das Richtige.

»Ich erlaube dir nicht, mich zu verlassen, mein Engel. Ich erlaube dir nicht zu ihnen zu gehen, niemals.«

Gemeinsam sitzen wir auf dem Boden und halten einander fester als jemals zuvor.

»Es tut mir leid, ich hätte das nicht tun dürfen, mein Engel.«

»Mir tut es leid, ich hätte nicht mal mit diesem Gedanken spielen dürfen. Ich wollte nur, dass ihr in Sicherheit seid. Es war nicht meine Absicht dich derart zu verletzen.«

Er zieht mich auf seinen Schoß und vergräbt seinen Kopf in meinen Haaren.

»Ich will mich nie wieder streiten, mein Engel, deine Augen haben mir das Herz gebrochen. Wir schaffen das alles. Gemeinsam. Du und ich.«

Ein Räuspern ertönt hinter uns.

»Du, er und wir, meinte er sicher. Kommt jetzt, das Essen wird kalt.«

»HAT MAN IN DIESEM HAUS EIGENTLICH KEINE SEKUNDE RUHE MIT SEINER FRAU?«

Alejandro läuft lachend weg und wir folgen ihm nach unten. Killian hat recht. Es wäre ein fataler Fehler gewesen, wenn ich mich selbst geopfert hätte. Niemals wäre ich über diesen Verlust hinweggekommen. Außerdem könnte ich Aaron nicht wieder etwas vorspielen. Es würde nur wenige Tage dauern und er hätte mich getötet.

Esperanza

Seit einer Woche treffe ich mich täglich mit meiner Mutter. Wir verbringen viel Zeit im Gewächshaus oder laufen durch den Wald, wo außer uns und Killian, den wir immer im Schlepptau haben, keine Menschenseele zu sehen ist. Ich verstehe meine Mutter immer besser, was ihre Entscheidung angeht. Sie hat nicht nur mein Leben, sondern auch ihres gerettet.

Wir reden nicht nur wie Mutter und Tochter miteinander, sondern wie beste Freundinnen. Und ich muss zugeben, ich merke, was mir mein Leben lang gefehlt hat. Sie ist wirklich keine typische Königin. Sie benutzt ein Schimpfwort nach dem anderen, raucht und erzählt verdammt schweinische Witze. Ich verstehe wirklich, wieso mein Vater nie aufgehört hat sie zu lieben und das über all die Jahre.

Heute treffen wir uns direkt im Wald. Sie meinte es wäre sicherer, weil einige Angestellte sich heute um die Blumen kümmern würden.

Killian und ich sind gerade auf dem Weg zu ihr, als er mich am Arm zurück zieht.

»Ist alles okay, mein Engel? Du hast den ganzen Weg kein Wort gesagt. Habe ich etwas falsch gemacht?«

»Es tut mir leid, Baby, mir ist gar nicht aufgefallen, dass wir schon fast da sind.«

Er sieht mir so tief in die Augen, dass er mir tief in die Seele blicken kann und nickt dann.

»Geht es wieder los? Du versinkst so tief in deinen Gedanken, dass du nicht bemerkst was um dich herum passiert?«

Verlegen nicke ich ihm zu und nutze die kurze Pause um mich an ihn zu kuscheln.

»Ich bin irgendwie nervös. Ich fühle mich nicht so wohl, wenn ich weiß, dass du weg musst.«

»Es sind nur 20 Minuten, mein Engel. Ich schaue nach Asher und bin sofort bei dir, außerdem meinte dein Vater, du lernst heute deinen Onkel kennen. Er soll ein richtig toller Typ sein, er ist Arzt und hat sich gut um Asher gekümmert, als ich mit deinem Vater und den Zwillingen unterwegs war. Von ihm geht keine Gefahr aus.«

»Hola, Hija, wir sind hier drüben«, unterbricht die Stimme meiner Mutter unser Gespräch.

Sie steht am Rande eines tiefen Abhangs, gemeinsam mit einem Mann, der mehr Muskeln hat als der Wald Bäume.

»Das ist mein Onkel? Er sieht eher aus wie ein Mafia Boss, statt wie ein Arzt oder der Bruder der Königin«, flüstere ich Killian zu.

»Er ist das schwarze Schaf der Familie, mein Engel, glaub mir du wirst ihn lieben.«

Er scheint mehr über meine Familie zu wissen als ich selbst.

»Killian, mein Sohn, freut mich dich zu sehen. Meinen Bruder Enrico kennst du bereits. Hija, das ist dein Onkel.«

»Hola, Princesa. Es freut mich sehr dich endlich kennenzulernen.«

Er reicht mir die Hand, entscheidet sich aber um und zieht mich in seine Arme.

»Hallo, Tio, freut mich auch, aber du erdrückst mich.« Schnell lässt er mich los und geht einen Schritt zurück.

»So ist mein Bruder eben, ein Trampel durch und durch.« Killian dreht mich zu sich und beugt sich zu mir runter.

»20 Minuten, mein Engel. Dann komme ich wieder genau hier her.« Ich stelle mich auf Zehenspitzen und drücke ihm einen Kuss auf die Lippen.

»Wir werden hier auf dich warten, mein Junge. Mach dir keine Sorgen, sie ist hier in Sicherheit«, versichert ihm meine Mutter und streicht über seinen Oberarm. Killian wendet sich ab und wir setzen uns auf die Bank.

»Wie geht es dir, mein Schatz? Du siehst so niedergeschlagen aus.« Eine Mutter merkt also immer, wenn mit ihrem Kind etwas nicht stimmt.

»Ich will endlich Ruhe, Mama. Ich will meine Mutter sehen, ohne mich verstecken zu müssen. Ich will spazieren gehen, ohne Angst haben zu müssen. Ich…«

»CAYETANA!«

Meine Mutter, mein Onkel und ich zucken erschrocken zusammen, dass wir fast von der Bank fallen.

»Ich dachte er ist heute nicht im Schloss? Wenn er uns hier findet, sind wir geliefert!«

»Bring sie in Sicherheit, Enrico. Ich werde hier sitzen bleiben. Was soll er tun, wenn ich draußen bin? Ich bin die verdammte Königin!«

Mehrere Schritte hallen in dem tiefen Wald in unsere Richtung. Mein Onkel hat Recht, wenn er mich sieht, ist alles vorbei.

»Ich kenne den Weg, Mama. Ich werde zu Asher gehen und dort wird Killian schon sein. Te amo.«

Ich drücke ihr einen Kuss auf die Wange, genau wie meinem Onkel und renne los.

Sie hätten mich niemals gehen lassen, wenn sie wüssten, dass ich den Weg nicht ganz im Kopf habe, aber ich musste gehen. Würden sie mich gemeinsam mit meiner Mutter auffinden, wäre das fatal. Ich renne, ohne jede Orientierung einfach weiter geradeaus, als ich hinter mir ein Geräusch wahrnehme, dass sich wie ein Knacken anhört. Sofort bleibe ich stehen und drehe mich um meine eigene Achse.

»Du bist wunderschön, mein Herz. So unendlich schön. Nur schade, dass ich dir das Herz aus der Brust schneiden muss, da du dir seinen Namen darüber hast stechen lassen.« Nein! Das darf nicht wahr sein! Er darf nicht hier sein.

»Er hat Recht, Baby. Dein Herz hat nur zwei Hälften und diese gehören uns. Er hat keinen Platz dort. Er muss weg. Du gehörst uns.«

Sie sind hier! Sie sind beide hier! Ich kann es nicht glauben. Ich renne weiter, immer weiter, doch ihre Schritte, genau wie ihre Stimmen, verfolgen mich.

»Lauf nur, mein Herz. Du weißt, dass du uns nicht entkommen wirst.«

Ohne stehen zu bleiben, laufe ich auf Ashers Haus zu, welches endlich vor mir auftaucht und schlage die Tür auf.

»Heilige Scheiße, kleine Rose, was ist denn in dich gefahren?«

»Kill…Wo…«Killian kommt aus der Küche und fängt mich rechtzeitig auf.

»Was ist passiert? Wieso bist du nicht bei deiner Mutter?«

Ich schaffe es nicht zu antworten. Die Angst die ich verspüre lähmt nicht nur meinen Körper.

»Hey, mein Engel, du zitterst ja. Gott, was ist denn los?«

»Sie haben mich gefunden, Killian, sie sind in diesem Wald. Sie haben gesagt ich kann ihnen nicht entkommen. KILLIAN SIE SIND HIER!«

Asher humpelt in die Küche und kommt mit einem Glas Wasser zurück.

»Hier, meine Rose. Jetzt nochmal langsam. Hast du sie gesehen?«

Ich schüttle hysterisch den Kopf.

»Ich habe sie gehört. Sie waren so nah, aber ich bin zu schnell gerannt. Ich konnte niemanden erkennen.«

Ich klammere mich so fest an Killian, dass ich seine Haut mit meinen Nägeln durchbohre.

»Asher, pack deine Sachen, du ziehst ins Haus zurück. Hol die Zwillinge und Alejandro, sie sollen mitkommen. Sobald Esperanza zuhause ist, werden wir die Gegend absuchen und Gnade ihnen Gott, wenn ich sie finde.«

Killians Stimme wird von solch einer Kälte überzogen, dass ich am ganzen Körper Gänsehaut bekomme. Das ist er also, der Schatten-Killer höchstpersönlich.

Asher tut was er sagt und ich gehe mit Killian bereits zurück ins Haupthaus.

»Wieso seid ihr wieder zurück?«

Mein Vater hat es sich mit einer Zeitung am Esstisch gemütlich gemacht und trinkt seinen Kaffee.

»Sie sind hier. Esperanza hat sie im Wald gehört. Sie haben sie angesprochen und sie hat das einzig richtige getan. Sie ist um ihr Leben gerannt.«

Mein Vater lässt seine Tasse fallen und eilt zu mir.

»Geht es dir gut, Pumpkin? Wo ist deine Mutter? Wieso hat dein Onkel sie nicht erwischt?«

Ich setze mich auf die Couch und erzähle ihnen alles, während nach und nach die anderen eintrudeln.

»Ich werde deine Mutter bitten, sich beim König zu entschuldigen. Sie soll sagen sie geht ihre Mutter besuchen. Wenn sie sie ebenfalls gesehen haben, haben sie gerade ihr neues Druckmittel gefunden. Ich will mir nicht ausmalen was passiert, wenn sie den König sehen und merken das seine grünen Augen nicht die deinen sind.«

Ich weiß genau worauf er hinaus will. Aaron und Jake werden dem König über die Untreue meiner Mutter berichten und somit einen Skandal anzetteln. Das kann doch alles nicht wahr sein. Ein Klopfen an der Tür lässt uns alle zusammenzucken.

»Keiner sagt auch nur ein einziges Wort! Wir sind nicht Zuhause«, flüstert mein Vater.

»Macht auf! Ich bins Enrico.«

Killian steht auf und öffnet ihm die Tür. Mein Vater und mein Onkel umarmen sich und er setzt sich direkt neben Asher. Etwas zu nah, wenn man bedenkt, dass sie sich kaum kennen.

»Also dein Bruder ist und bleibt ein gottverdammter Wichser. Als er Caye gesehen hat, hat er sie an den Haaren zurück ins Schloss gezerrt und mich dem Hofe verwiesen. Ich hätte um seine Erlaubnis bitten sollen, meinte er.«

Es ist nicht zu übersehen, wie mein Vater die Nasenflügel aufbläht, seinen Nacken knacken lässt und tief einatmet.

»Ich bring ihn um! Er hat sie nicht zu berühren! Sie ist verdammt nochmal meine Frau.

Das war sie schon immer und ich werde sie mir zurückholen, genau wie meinen Thron. Es reicht jetzt!«

So sauer kenne ich ihn gar nicht. Er hört sich ein bisschen an wie Killian, wenn er über mich redet. Schon süß, zu sehen wie mein Vater die Jahre über, die Liebe zu meiner Mutter bewahrt hat.

»Du kannst nicht einfach losziehen und den König erschießen. Wir brauchen einen Plan. Oder noch besser, wir holen sie einfach her. Was sagst du, Rico, bekommst du es hin, deine Schwester herzuholen?«, fragt Asher an meinen Onkel gerichtet. Rico also? Killian hatte schon vermutet, dass mein Onkel sich zum anderen Ufer hingezogen fühlt, aber dass die beiden sich wirklich näher gekommen sein könnten, scheint mir fast unmöglich. Sie sind so unglaublich verschieden.

»Du hast recht, ich werde sie holen gehen. Ich werde mit dem Pendejo schon fertig. Wir sehen uns heute Abend und wenn nicht, stürmt das Schloss!«

Ich beobachte genau, wie mein Onkel versucht unauffällig Ashers Hand zu drücken, doch ich bin wohl nicht die einzige, die es sieht.

»Da geht was, mein Engel. Ich bin mir sicher. Dein bester Freund scheint nichts anbrennen zu lassen. Mal sehen wie er staunen wird, wenn er erst meine Überraschung bekommt, die ich vorbereitet habe.«

Verwirrt drehe ich mich zu Killian, der mir schmunzelnd einen Kuss auf den Kopf gibt.

»Pass auf dich auf Rico«, ruft Asher meinem Onkel hinterher. Okay jetzt wissen wir es sicher. Mein bester

Freund hat es geschafft innerhalb einer Woche meinen Onkel klarzumachen.

Auch wenn es irgendwie seltsam ist, freue ich mich für ihn. Er musste in letzter Zeit genug leiden.

»Was für eine Überraschung hast du für ihn, Baby?«

Bevor Killian mir antworten kann, steht Alejandro auf und zwinkert ihm zu, Killian wiederrum nickt und die beiden verschwinden wortlos aus dem Haus.

»Was war das denn? Wie auch immer, wir gehen trainieren, wie es scheint sind wir vorerst hier eingesperrt.«

Die Zwillinge stehen auf, umarmen meinen Vater und gehen nach oben in Killians Fitnessraum.

»Ich gehe aufräumen, falls deine Mutter heute wirklich kommen sollte, werde ich sie bestimmt nicht in meinen Saustall lassen. Asher, Enrico schläft sicher bei dir, oder?«

Mein Vater zwinkert ihm zu und geht ohne ein weiteres Wort nach unten.

»Es tut mir leid, meine Rose. Ich hätte es dir sagen sollen. Ich hatte nur Angst das du sauer auf mich sein würdest.«

Ich stehe auf, setze mich auf seinen gesunden Oberschenkel und schlinge meine Arme um seinen Nacken.

»Du verdienst das Beste, was diese Welt dir zu bieten hat, Ash. Und wenn das eben mein Onkel ist, dann freut mich das für dich. Ich habe dir mein Leben mehr als einmal zu verdanken, was wäre ich für eine Freundin, wenn ich dir das nicht gönnen würde.«

Er kuschelt sich an mich und so sitzen wir für einige Minuten stumm da.

»Ich liebe dich, kleine Rose. Ich bin wirklich froh, ein Teil deiner Familie sein zu können.«

»Ich liebe dich auch, Ash. Danke für alles.«

Das er jemals hier sitzen würde und ich mir ein Leben ohne ihn nicht mehr vorstellen könnte, hätte ich nie für möglich gehalten.

»Jetzt reicht es aber mit eurer Liebe«, brummt Killian hinter uns. Er wird wohl nie aufhören eifersüchtig auf ihn zu sein.

Ich drehe mich auf Ashers Schoß in die Richtung aus der Killians Stimme ertönt und erstarre. Neben ihm steht eine wunderschöne schwarzhaarige junge Frau, in meinem Alter.

»Asher?«, flüstert sie kaum hörbar, jedoch so laut, dass er es hören kann und sich augenblicklich sein gesamter Körper anspannt. Killian kommt auf uns zu und zieht mich an sich, während Asher vorsichtig aufsteht und auf die Frau zugeht.

»Lilly? Wie bist du...? Killian, wie hast du...? Träume ich?«

Tränen sammeln sich in seinen Augen und Lilly rennt auf ihn zu.

»Asher, du lebst, mein Gott! Endlich hab ich dich wieder. Es tut mir so leid, es tut mir so, so leid.«

»Dir braucht es nicht leid zu tun, Schmetterling. Nur deswegen habe ich diese wundervollen Menschen hier kennengelernt. Eine beste Freundin gefunden und einen Mann, in den ich mich verguckt habe.«

Die beiden lösen sich weinend voneinander und kommen auf uns zu. Asher zieht Killian in die Arme. Lilly steht direkt vor mir und scheint unsicher zu sein, wie sie mich begrüßen soll.

»Hey ich bin Lilly, Ashers Schwester. Du musst Esperanza sein.«

Killian hat seine Schwester gefunden? Ich habe mit Abstand den besten Mann des ganzen Universums!

»Es freut mich, dich kennenzulernen. Willkommen Zuhause«, sage ich und ziehe sie in meine Arme. Das war also Killians Überraschung.

»Ich danke euch von ganzem Herzen. Aaron hat gesagt, er hätte meinen Bruder auf Grund seines Verrats hinrichten lassen. Für mich ist eine Welt zusammengebrochen. Danke, dass ich hier sein darf.«

»Nichts zu danken. Dein Bruder hat genug gelitten, ich wollte ihm einfach nur das zurück geben, was er mir gegeben hat. Ich weiß wie es ist seine Schwester zu verlieren und ich wollte ihm das einfach ersparen. Er hat mir meine Frau wieder gebracht, sich immer wieder für sie geopfert, für sie geblutet und sein Leben fast verloren. Was wäre ich also für ein Freund, wenn ich ihm nicht mindestens seine Schwester wiederbringe.«

»Ich glaube Tio hätte ein größeres Grundstück kaufen sollen oder wir ziehen allesamt ins Schloss.«

Ale gesellt sich zu uns und wirft sich aufs Sofa.

»Alles zu seiner Zeit, mein Freund«, antwortet Killian und zieht mich in Richtung der Treppe.

»Kümmert euch um das Essen. Wenn alles gut geht, sind wir heute Abend noch zwei Leute mehr.«

Wir verkriechen uns ins Schlafzimmer und Killian zieht mich zu sich aufs Bett.

»Denkst du, wir werden irgendwann Ruhe haben? Nur wir beide oder müssen wir dafür ans andere Ende der Welt gehen?«

Lachend kuschle ich mich an ihn.

»Ich hoffe es, Baby. Ich habe einiges mit dir vor und kann dabei keine Zuhörer gebrauchen«, raune ich verführerisch und beiße ihm in den Hals.

»Und was wäre das, mein Engel? Willst du mir nicht einen kleinen Vorgeschmack geben? Ich werde auch leise sein und wer weiß, vielleicht ordere ich gleich den

Jet und wir verschwinden ans andere Ende der Welt wo keiner deine Schreie hören kann.«

Ich sitze auf seinem Schoß und hinterlasse eine Spur aus Bissen auf seinem Hals. Sein Atem wird bereits unregelmäßiger.

Er schiebt seine Hand in meine Haare und bildet eine Faust, mit der er mich von seinem Hals an seine Lippen zieht.

»Sei brav und zeig mir, dass du mich nie wieder verlassen wirst. Zeig mir wie nur ich dich so zum Auslaufen bringen kann, dass du alles nass machst, mein Engel.«

Ich setze mich aufrecht auf seine Beule, die schon deutlich zu spüren ist, lasse mir von ihm aus meinem Pullover helfen und ziehe ihm anschließend seinen aus. Sofort wandern meine Lippen über seinen Oberkörper und hinterlassen eine Spur aus Küssen und ziemlich starken Bissen.

»Fuck, ich liebe es, wenn du so versaut bist«, knurrt er und drückt meinen Kopf in Richtung seiner Hose.

Ich öffne sie und befreie seinen prallen Schwanz daraus. Er umschließt ihn mit seiner Faust und schlägt ihn mir gegen die Lippen.

»Mund auf«, befiehlt er und ich folge wie immer seiner Anweisung. Seit dieser einen Nacht war unser Sex zwar genauso hart und gut wie davor, doch muss ich zugeben diese dreckige Seite hat mir dabei gefehlt.

Killian drückt meinen Kopf so auf seinen Schwanz das ich gar nicht anders kann, als ihn komplett in meinen Rachen aufzunehmen.

»Genau so, mein Engel, nimm ihn tief in den Mund. Weiter.«

Er drückt meinen Kopf immer weiter, bis ich die Würgegeräusche nicht mehr aufhalten kann, genau wie die Tränen die mir über die Wangen laufen.

Er zieht mich ruckartig nach hinten, was dafür sorgt, dass mir der Speichel aus dem Mund tropft.

»Fuck, du bist so gut, mein Engel. Ich könnte dich den ganzen Tag mit meinem Schwanz zum Ersticken bringen.«

Ich wische mir den Speichel am Arm ab, ziehe meine Leggings runter und setze mich zurück auf seinen Schoß.

»Und ich könnte mich jeden Tag von dir in den Mund ficken lassen, ich würde es immer lieben«, hauche ich an seinen Lippen und beginne meine nasse Pussy auf seiner Erektion auf und ab zu reiben.

»Fuck, ist das heiß…«, stöhnt er und ich verstehe genau was er meint. Dieses Gefühl ist noch intensiver, als ihn in mir zu spüren.

Meine Bewegungen werden immer schneller. Ich spüre meine eigene Nässe auf Killians Lenden. Die Laute die er von sich gibt, sorgen dafür, dass ich immer nasser und williger werde.

»Wenn du so weitermachst, sind wir schneller fertig, als uns lieb ist«, stöhnt er und hält mich an der Hüfte fest.

»Dann solltest du etwas dagegen tun.«

Ich werde plötzlich hochgehoben, zum Fenster getragen und gegen die kalte Scheibe gepresst.

»Falls sie wirklich dort draußen sind, werden sie jetzt sehen wem du gehörst.«

Mit diesen Worten rammt er sich so hart in mich, dass ich den Schrei, der sich aus meiner Kehle befreit, nicht unterdrücken kann.

Der Gedanke daran, dass Aaron und Jake dabei zusehen wie Killian mich fickt, macht das Ganze noch heißer. Ich will ihre Herzen brechen hören. Ich will, dass sie leiden, so wie ich leiden musste.

»Härter, fick mich härter, Baby! Zeig ihnen wessen Frau ich bin«, stöhne ich.

Killian zieht sich für eine Sekunde aus mir heraus dreht mich um und drückt meinen Oberkörper gegen die Scheibe.

Jeder der vorbeilaufen würde, hätte einen perfekten Blick auf meinen entblößten Körper, genau wie auf meine Lust, die nur so aus mir heraustropft. Mit einem Mal spüre ich ihn in voller Länge tief in mir.

Killian fixiert meine Arme auf dem Rücken, hämmert sich immer wilder in mich und nimmt seine Finger dazu, um meinen Kitzler so zu reizen, dass ich das Gefühl habe die Kontrolle über meinen Körper zu verlieren.

»Oh mein Gott… Killian, ich liebe dich..«, schreie ich während er mich durch einen intensiven Orgasmus fickt. Wieder dreht er mich zu sich, kniet sich vor mich und stellt ein Bein auf seiner Schulter ab.

»Ich will dich schmecken, mein Engel. Lass dich fallen, gib mir alles von dir.«

Ohne zu verstehen was er meint, lasse ich ihn weitermachen. Er versenkt seine Finger in mir, während er meine unendlich gereizte Knospe mit seiner Zunge und seinen Zähnen bearbeitet. Diese Kombination, kurz nachdem ich einen Orgasmus hatte, ist unglaublich intensiv. Die Lust droht mich zu verschlingen. Ich bekomme kaum noch Luft, vor lauter stöhnen. Doch das scheint Killian noch wilder zu machen. Er wird immer härter, immer grober und erzeugt ein Gefühl in mir, welches ich noch nie zuvor hatte. Er winkelt seine

Finger an und trifft immer wieder den richtigen Punkt in mir.

»Gott, Killian, was ist…Ich…Fuck!« Dieses Gefühl ist unbeschreiblich, ich habe keine Ahnung was er da tut, ich hoffe nur dass er damit nicht aufhört.

»Lass los, Engel, gib mir alles. Jetzt! Tu es!«, seine Stimme ist so dunkel und von Lust getränkt, dass ich gar nicht anders kann, als zu tun was er verlangt. Er stößt noch einige Male in mich und ich gebe mich dem Gefühl hin. Ich komme so heftig, dass die Lust nur so aus mir herausspritzt. Meine Schreie sind ohne jeden Zweifel im ganzen Haus zu hören. Und jeder der sich auskennt weiß, dass Killian mich gerade dazu gebracht hat ihm ins Gesicht zu squirten. Er fährt mit seiner Zunge über meine nassen Beine bis hinauf zu meiner nassen Pussy, um keinen Tropfen meiner Lust zu verlieren.

»Du kannst dir nicht vorstellen wie verdammt heiß das war, auf die Knie und Mund auf. Sofort.«

Überwältigt von dem was gerade passiert ist, folge ich mechanisch seiner Anweisung und öffne den Mund.

»Nimm dir alles von mir…«, seine Stimme ist so unglaublich erotisch. So habe ich ihn noch nie erlebt.

Ich nehme ihn in den Mund, sauge so tief und stark an seinem Schwanz, dass er sich mit nur wenigen Stößen tief in meinem Rachen ergießt.

»Du bist mein Tod. Ich habe so etwas noch nie erlebt«, bringt er atemlos hervor, hebt mich hoch und trägt mich ins Badezimmer.

»Jetzt wissen sie es sicher, du gehörst nur mir! Ich habe das Gefühl vollkommen durchzudrehen, mein Engel. Ich werde von Tag zu Tag besessener von dir.«

Wir stellen uns unter die Dusche und widmen uns unserer Hygiene.

»Diese unglaubliche Show wird sie so rasend gemacht haben, dass sie ihre Deckung verlassen werden.«

Killian nickt mir zur Bestätigung zu und dreht mich mit dem Rücken an seine Brust, um mir die Haare zu waschen.

»Ich muss sie töten, mein Engel. Ich will nie wieder diesen Ausdruck von Angst in deinen Augen sehen. Es zerreißt mich, ich kann das nicht mehr.«

Ich kann absolut nachvollziehen, was er meint, denn mir geht es genauso. Hoffentlich ist das alles bald vorbei.

»Wir sollten runter gehen, ich hab langsam echt Hunger, du hast mich ziemlich platt gemacht.«

Lachend steigen wir aus der Dusche und ziehen uns an. Unten angekommen sind bereits alle um den Tisch versammelt.

»Endlich seid ihr fertig mit eurem Geschrei. Wir haben mega Hunger«, ertönt die Stimme von meinem Cousin, der gerade mit meiner Mutter und meinem Onkel ins Esszimmer kommt.

»Hola, danke dass ich hier sein darf. Ich hoffe ihr seid euch der Gefahr, der ihr euch aussetzt bewusst, wenn er mich hier findet. Er wird uns alle umbringen.«

Die Angst in der Stimme meiner Mutter ist nicht zu überhören.

»Mi Vida, wir leben so oder so in Gefahr. Eine mehr macht nicht viel aus. Kommt lasst uns essen.«

Meine Mutter drückt mir einen Kuss auf die Wange und zieht mich an ihre Seite.

»Vermeide das Fenster, Hija. Das ist nicht für andere Augen bestimmt ist.«

Mein Kopf scheint rot zu leuchten, denn sie kann sich vor Lachen kaum noch aufrecht halten.

»Ist doch nicht schlimm, mein Schatz. Ich war auch mal jung, genau wie dein Vater.«

»MAMA BITTE HÖR SOFORT AUF DAMIT!«

Mein Vater stimmt in ihr Lachen ein und setzt sich ans Kopfende des Tisches.

»Wie habt ihr es geschafft an den Wachen vorbei zu kommen? Nach dem was ich gehört habe, war mein Bruder alles andere als ein Kavalier«, sagt mein Vater und ballt seine Hände zu Fäusten.

»Ich habe meine Methoden das Schloss zu verlassen Mi Amor, das weißt du doch. Und jetzt lasst uns essen. Wir können auch morgen noch planen, wie wir das alles meistern, ohne dass wir jemanden verlieren.«

Stumm nickend stimmt jeder meiner Mutter zu. Wir verbringen den Abend harmonisch, gut gelaunt und voller Liebe, die sich im Haus verteilt, sodass ich mit Sicherheit sagen kann, dieser Frieden wird nicht lange anhalten.

Sie bettelt mich förmlich an sie zu töten. Anders kann ich mir den Scheiß, den ich gerade mit ansehen musste, nicht erklären. Sie sollte Angst haben! Wir haben uns zu erkennen gegeben, wenn auch nur aus der Entfernung und was tut sie? Sie lässt sich wie eine Hure direkt am Fenster ficken, wo jeder meiner Männer ihren schönen Körper sehen konnte. Dem einen musste ich verdammt nochmal die Augen ausstechen, weil er begonnen hat, an seinem verschrumpelten Schwanz herumzuspielen. Selbst Jake hat es gefallen den beiden zuzusehen, während ich vor Wut fast Bäume ausgerissen habe! Wie konnte sie das tun? Wollte sie das überhaupt oder hat er sie dazu gezwungen?

Ich habe das verdammte Tattoo deutlich gesehen und konnte nicht anders, als mir vorzustellen ihr dieses Stück Haut aus der Brust zu schneiden. Und ja, egal wie krank es klingen mag, das hat mich härter gemacht, als ihr beim ficken zuzusehen. Wie konnte sie zulassen, dass er sie so verschandelt? Ich habe ihr meinen Namen direkt über ihr Herz geritzt, denkt er ich habe das zum Spaß gemacht? Hat er den nicht verstanden, was es signalisieren sollte? Das es mein Herz ist, welches in ihrer Brust schlägt? Ist er wirklich so dumm, diese Botschaft nicht zu verstehen?

Muss er erst hören, dass sie meinen Namen schreit, während ich sie vor seinen Augen ficke?

Ich werde sie mir wieder zurückholen und dann, werde ich alle um uns herum umbringen.

Jake wird der erste sein. Er denkt er könnte sie mit mir teilen. PHA! Das ich nicht lache. Ich habe ihn nur aus Informationsgründen mitgenommen, nicht weil ich vorhabe meine Zukünftige mit ihm zu teilen. Wo hat er bitte gesehen das eine Frau gleich zwei Männer heiraten kann?! Dämlicher Idiot. Wenn er wirklich denkt, er würde Spanien lebend verlassen, wird er eine Überraschung erleben. KEINER von denen, die sich in diesem Haus befinden, wird Spanien jemals verlassen, geschweige denn dieses Haus. Ich werde sie, mitsamt diesem hässlichen Haus, dem Erdboden gleichmachen!

Verstehen sie denn nicht, dass sie mich genauso liebt? Sind sie wirklich alle so blind? Sie gehört zu mir, genau wie die Sonne zum Tag und die Sterne zur Nacht. Wieder einmal sitze ich hier, inmitten von Bäumen und schaue ihr dabei zu, wie sie sich an ihn kuschelt. Jeder Blinde kann sehen, dass sie das nicht will, es sie sogar anekelt. Wieso sieht er es selbst nicht? Wieso will er sie nicht gehen lassen? Will er wirklich das ich Gewalt anwende um sie wieder zu bekommen? Macht ihn das hart?

Verfluchter Killian! Er ist der erste der Sterben wird und bei dem was ich gleich tun werde, nicht mal durch meine Hand.

Mein Plan steht fest, ich weiß genau wie ich mein Mädchen wiederbekomme.

Der König hat seine Frau nicht umsonst gesucht, ich habe dafür gesorgt. Ich habe die Fäden in der Hand, kein anderer!

»Sind sie Aaron?«, ertönt die tiefe Stimme des Mannes, der mir meine Schöne wieder bringt.

»Eure Hoheit, ich danke ihnen für ihre Zeit. Vertrauen sie mir, es wird sich lohnen hier zu mir herausgekommen zu sein. Ich habe ihnen bereits gesagt, dass ich über den Verbleib ihrer Frau Bescheid weiß.«

»Kommen sie zur Sache, ich bin nicht zum Spaß der König, ich habe gleich früh morgens Termine.«

Ich setze mich auf die Bank und klopfe auf den freien Platz neben mir.

»Sehen sie dieses Haus? Sie befindet sich dort, zusammen mit ihrem Schwager, ihrem tot geglaubten Bruder, ihrem Sohn und ihrer Tochter.«

Ihm drohen die Augen aus dem Kopf zu fallen.

»Wissen sie, was ihnen blüht, wenn sich ihre Aussage als falsch erweist. Sie werden des Hochverrates beschuldigt! Das bezahlen sie mit ihrem Leben! Woher glauben sie überhaupt zu wissen, was sie hier erzählen?«

Ich weiß genau, was für ein Typ dieser Mann ist, wir sind uns ähnlicher als er denkt.

»Ich kann ihnen sagen, dass ich sehr brauchbare Informationen für sie habe. Esperanza ist die Tochter ihres Bruders. Er hat sie ihnen und ihrer Frau weggenommen. Die Prinzessin war meine Verlobte, bis der Mann, der sich ihr Leben lang als verwitweter Vater ausgegeben hat, gemeinsam mit einem Auftragskiller kam und sie mir weggenommen hat.«

»Sie ist nicht meine Tochter? Die Hure hat es also wirklich getan. Sie hat mich hintergangen. MICH! DEN KÖNIG!?«Er steht auf und rauft sich die Haare. Er tobt vor Wut. Gut so, denn das werde ich zu meinem Vorteil nutzen.

»Können sie ihre Behauptung beweisen?«, brummt er voller Wut. Ich ziehe mein Handy aus der Hose und halte ihm das Bild meiner Schönen hin und da passiert es. Die Erkenntnis schlägt über ihm ein wie eine Bombe.

»Sie hat seine Augen, das kann doch nicht wahr sein! Ich werde sie beide umbringen! Und du wirst mit dieser Brut mein Land verlassen!« Sein vor Zorn verzogenes Gesicht, wird von einem Lächeln geschmückt.

»Sollen sie in dem Glauben bleiben, dass der dumme König seine Frau nicht findet. Ich werde zuschlagen, wie die Wahrheit die ich gerade erfahren musste. Ich werde ihnen mit bloßen Händen das Herz aus der Brust reißen. Wenn es soweit ist, werdet ihr Motorradfahrer, die Schuld auf euch nehmen und dafür einen hohen Lohn bekommen.«

Ohne weitere Worte verschwindet er und lässt mich mit dem breitesten Grinsen zurück, welches sich jemals auf meinem Gesicht abgezeichnet hat.

Bald sind wir wieder vereint, mein Herz. Und diesmal wird es für immer sein, das verspreche ich dir.

Esperanza

Seit mehreren Wochen haben sich Aaron und Jake nicht mehr zu erkennen gegeben. Langsam denke ich, ich habe mir ihre Stimmen nur eingebildet. Ich war mir sicher, wenn er uns gesehen hat, müsste er so wütend gewesen sein, dass er sich zu erkennen gegeben hätte. Es passierte rein gar nichts.

Asher und mein Onkel haben sich offiziell als Paar geoutet, genau wie Lilly uns erzählte, dass sie einen Biker kennengelernt hat, den ihr Bruder natürlich erst einmal unter die Lupe genommen hat, bevor er erlaubte, dass sie ausgehen dürfen. Mein Vater und meine Mutter bekommen wir kaum zu Gesicht. Sie holen lautstark die letzten Jahre nach, in denen sie getrennt waren. Killian und ich mussten sogar die Zwillinge aus ihrem Haus werfen und sie bei Ale unterbringen, damit wir einen Platz zum Schlafen hatten. Ich konnte ihnen nicht länger beim Sex zuhören. Jetzt verstehe ich, wie es den anderen gehen muss, wenn sie mich und Killian hören.

Fucking unangenehm.

Das Dreiergespann plant, nach all dem was uns noch bevorstehen könnte, auszuwandern. Sie haben sich nach Ländern umgesehen, wo es möglich ist mehr als eine Person zu heiraten. Denn auch wenn mein

Vater es schaffen sollte, seinen Platz als König wieder aufzunehmen, würde das Volk sowas nicht akzeptieren.

Durch einen Freund von Killian, der sich in das Netzwerk des Königshauses gehackt hat, konnten wir herausfinden, dass der König unglaublich viel Geld einnimmt. Brian, so hieß er glaube ich, hat gesagt, dass es von verschiedenen Kartellen stammt. So wie es scheint, wäscht der König Geld für die Drogenbosse und behält den größten Teil für sich. Es dauert nicht mehr lange, dann haben wir all seine Machenschaften aufgedeckt und können ihn endlich zu Fall bringen. Meine Eltern haben beschlossen übers Wochenende mit Killians Jet nach London zu fliegen. Meine Mutter will sehen, wo wir die letzten 21 Jahre gelebt haben, also hat mein Verlobter alles in die Wege geleitet.

Endlich sind wir wieder eine Weile alleine. Ich vermisse mein Bett, genau wie meine Badewanne.

Killian ist bereits aufgebrochen, um einzukaufen. Und ich habe mir vorgenommen vor seiner Ankunft das gesamte Haus mit der Hilfe von Asher, zu putzen.

Ich mache mich gerade auf den Weg zu ihm, als mein Handy klingelt. Ohne zu sehen wer anruft, nehme ich den Anruf an.

»Hallo?«

»Hey, kleine Rose, ich bin schon im Haus. Rico hat mich hier rausgelassen, bevor er deine Eltern zum Flugplatz gebracht hat. Wann soll ich dich holen kommen?«

»Ich laufe gleich los, du musst nicht kommen. Den Kilometer schaffe ich allein. Bis gleich, mein Schatz.«

Ich beende das Gespräch, schnappe mir für alle Fälle mein Messer, ziehe mich an und verlasse das Haus der Zwillinge.

Draußen dämmert es leicht und die kalte Februarluft lässt alles recht verschwommen wirken. Es nieselt leicht und der Nebel lässt mich vollkommen in meiner Fantasie versinken. Das wäre der perfekte Drehort für einen Vampirfilm.

»Diese mystische Kulisse lässt dich aussehen wie eine Königin der Dunkelheit, mein Herz.«

Mein Blut gefriert zu Eis. Mein Körper erstarrt und mein Herz droht mir aus der Brust zu springen. Langsam drehe ich mich um und stehe direkt vor ihm.

»Aaron…«

»Habe ich dir nicht beigebracht wie eine Lady ihren Lord begrüßt? Ist es dir zu Kopf gestiegen, dass du die uneheliche Tochter der Königin bist? Wie nennt man das bei Adligen? Einen Bastard? Wir passen wirklich perfekt zusammen, mein Herz, findest du nicht auch?«

Ich habe mir seine Stimme nicht eingebildet. Er war immer da, jeden Tag lebte er hier im Verborgenen und hat mich keine Sekunde aus den Augen gelassen.

Ich hatte wirklich die Hoffnung er hätte aufgegeben, doch eigentlich wusste ich es, ganz tief in mir, besser.

»Seit wann bist du so schüchtern? Komm her und küss mich endlich, mein Herz. Lass uns nach Hause gehen, du hast deine Grenzen genug ausgetestet.«

Er kommt auf mich zu und ergreift meine Hand. Sofort verschwindet die Angst und mein Fluchtinstinkt setzt ein. Ich ziehe das Messer, dass ich, genau wie Killian, im Stiefel stecken habe und steche ihm direkt in die Oberschenkelarterie.

»WAS SOLL DAS WERDEN? WAS HAT ER MIT DIR GEMACHT, DASS DU DEN MANN DEN DU LIEBST SO VERLETZT?«

Das Blut spritzt nur so aus seinem Bein und ich nutze die Gelegenheit und renne, so schnell wie mich meine Beine tragen, direkt zur Hintertür des Hauses.

»ASHER!«, schreie ich und versperre die Tür hinter mir. Sofort kommt mein bester Freund, bewaffnet mit zwei Wäschekörben, um die Ecke.

»Was ist los, kleine Rose? Wieso brüllst du denn… Wieso klebt Blut an deinem Messer?«

Er kommt auf mich zu und zieht mich in die Arme.

»Aaron! Er ist hier! Ich habe ihm in die Oberschenkelarterie gestochen, mehr habe ich nicht geschafft. Fuck, ich hätte ihn töten sollen! Gott, ich bin so schwach. Ash, es tut mir so leid.«

Er schiebt mich von sich und sieht mich so sauer an, wie er es noch nie getan hat.

»DU WIRST DICH NIE WIEDER ENTSCHULDIGEN, WEIL DU EINEM MENSCHEN DAS LEBEN NICHT GENOMMEN HAST!«

»Was ist hier los?«, fragt Killian, der gerade zur Tür reinkommt.

»Deine Frau ist der stärkste Mensch den ich kenne, das ist los.«

Ich weiß genau was er tut, er will es Killian verheimlichen, doch das braucht er nicht. Wir schaffen das alle zusammen, ich weiß es.

»Wieso klebt Blut an deinem Messer, mein Engel? Was zum Teufel ist hier los? Und nein, Ash, du wirst mir nicht antworten. Ich sehe das du mir nicht die Wahrheit sagen willst.«

»Ich hol mir diesen Wichser!«, brummt Asher, verschwindet durch die Hintertür und verschließt diese von außen.

»KILLIAN DU MUSST IHM FOLGEN! AARON IST DA DRAUßEN!! ICH HABE IHN GESEHEN UND IHM IN DEN OBERSCHENKEL GESTOCHEN, JEDOCH WIRD ER IMMER NOCH SCHIEßEN KÖNNEN!«

»Du hast was getan? Was…AH FUCK, MANN!«

Er klettert durch das Fenster und rennt Asher nach. Wenn mein bester Freund wieder verletzt wird, werde ich diejenige sein, die ihn nach seiner Genesung windelweich prügelt! Schnell wasche ich Aarons Blut von meinem Messer und stelle mich bewaffnet neben die Tür.

Die Minuten ziehen sich wie Stunden bis Killian endlich, zusammen mit einem unverletzten Asher, wiederkommt.

»Du Idiot! Tu das nie wieder! Wenn er dich verletzt hätte, hätte ich dich umgebracht!«

Er zieht mich in die Arme und streichelt mir den Kopf.

»Es tut mir ja leid, kleine Rose, aber ich will nicht das er hier draußen herumirrt.«

»Wir haben ihn nicht gefunden, aber sind seiner Blutspur gefolgt. Nur führt die ins Nichts. Sie endet an einem Abhang. Jemand muss ihn geholt haben. Anders kann ich mir nicht erklären, wo er hin sein könnte. Und jetzt will ich das du uns genau erzählst was passiert ist.«

Wir setzen uns ins Wohnzimmer und ich erzähle den beiden was sich im Wald abgespielt hat.

Killian spannt sich an und beginnt vor Wut zu zittern.

»Sobald deine Eltern zurück sind, verlassen wir beide das Land.

Ich werde dich nicht für die nächsten Jahre im Haus einsperren, nur damit er dich nicht bekommt. Das kann so nicht weitergehen, mein Engel.«

Auch wenn ich hier nie weg wollte, hat er Recht. Ich möchte das alles endlich hinter mir lassen. Ich hasse es, in ständiger Angst zu leben. Immer wenn ich denke er hat mich aufgegeben, kommt er wieder und zerstört diesen Gedanken.

»Das sollten wir tun. Ich will endlich Ruhe, Killian. Ich kann nicht mehr. Wie soll das alles werden? Was ist, wenn wir Kinder bekommen? Will er das Monster aus dem Wald werden und ihnen Angst einjagen?«

Ein zucken durchfährt seinen Körper.

»Niemals würde ich es soweit kommen lassen, niemals, mein Engel. Wir werden gehen, noch zwei Tage. Bist du dir sicher, dass du die Arterie getroffen hast?«

Ich nicke und kuschle mich näher an ihn.

»Sie hatte den besten Lehrer. Sie hat nicht verfehlt, das zeigt schon das ganze Blut welches er hinterlassen hat.«

Killian nickt, legt seinen Arm um mich und vergräbt seinen Kopf in meinen Haaren.

»Ich kümmere mich weiter um die Wäsche. Geht nach oben. Ich schlafe bei Hernan und warne die anderen vor.«

»Nein, wir helfen dir, ich brauch Ablenkung. Ist das okay, Baby?«

Ich sehe zu Killian, dem die Müdigkeit ins Gesicht geschrieben steht.

»Alles was du willst, mein Engel.«

Er drückt mir einen Kuss auf den Mund, steht auf und bewaffnet sich mit Putzmitteln. Asher schaltet die Musikanlage an und dreht diese auf volle Lautstärke.

Diese beiden wissen immer was gegen meine innere Unruhe hilft. Wir putzen gemeinsam das ganze Haus, Asher zieht mich immer wieder zu sich und wirbelt mich durch die Gegend, während Killian lachend den Kopf schüttelt. Es fühlt sich alles so schön an. Die wichtigsten Menschen in meinem Leben sind alle meist unter einem Dach. Und nur wegen zwei Männern muss ich das Leben, welches ich mir gemeinsam mit Killian aufgebaut habe, einfach aufgeben. Mir will einfach nicht klar werden, wieso sie so besessen von mir sind. Ich bin eine normale 21-jährige, wieso wollen sie mich so sehr für sich haben? Wieso will mich jeder von ihnen besitzen? Anderen Frauen würde es sicher gefallen, gleich zwei Männer zu haben, die einen genauso sehr wollen, aber Jake und Aaron überschreiten jede Grenze.

»Woran denkst du, mein Engel?«

Killian umarmt mich von hinten, während ich benommen, seit gefühlt 10 Minuten, den gleichen Teller spüle.

»Frieden. Ich will Frieden, Baby, mehr nicht.«

Er nimmt mir den Teller ab, dreht mich zu sich und lehnt seine Stirn an meine.

»Den wirst du bekommen, ich gebe dir mein Wort. Du hast mir einen Auftrag gegeben und diesen werde ich erfüllen.«

Ich habe es nie für gut befunden, dass er seinen Lebensunterhalt damit verdient Menschen zu töten. Doch mittlerweile finde ich es besser als wenn er einen Bürojob hätte. Bei ihm fühle ich mich sicher, dass fällt mir gerade erst richtig auf. Er würde alles tun um mich aus der Gefahrenzone zu bringen, alles hinter sich lassen und immer wieder neu anfangen und das bis an unser Lebensende.

»Danke. Ich liebe dich«, flüstere ich und drücke ihm einen Kuss auf die Lippen.

»Ähm Leute? Ich glaube ihr solltet euch das mal ansehen.«

Asher steht wie versteinert vor dem Fenster und starrt in die Ferne. Killian und ich sehen uns skeptisch an und nähern uns ihm.

»Ach du heilige Scheiße…«, entfährt mir als ich sehe was Asher gemeint hat.

Der gesamte hintere Bereich des Grundstücks wird von Motorradscheinwerfern erleuchtet. Sie stehen einfach nur da, bewegen sich keinen Millimeter, starren uns nur an und trotzdem machen sie mir eine Heidenangst. Es müssen um die 10 Biker sein, wenn nicht sogar mehr, und in der Mitte von ihnen kann ich Jake erkennen, der mit verschränkten Armen an seinem Bike steht. Er muss die Angst in meinen Augen sehen, denn plötzlich zieht sich ein breites Grinsen über sein Gesicht.

»Dank deiner kleinen Attacke auf den Boss, wird er leider erst mal eine Weile Pause brauchen. Gut gemacht, Baby, denn so kann ich dich holen, ohne mit ihm teilen zu müssen«, spricht er durch etwas das aussieht wie ein Megafon.

»Ich werde ihn in Stücke reißen!«, brummt Killian und greift nach dem Türknauf. Ich schaffe es noch rechtzeitig seinen Arm zu packen und ihn aufzuhalten.

»Das ist Selbstmord! Genau das wollen sie damit erreichen. Jake weiß genau wie du sein kannst, Baby. Bleib hier, lass uns einfach nach oben gehen. Asher verbarrikadier jede Tür. Sie rechnen mit allem, jedoch nicht mit Ignoranz.«

»Ich habe eine bessere Idee. Kommt mit.« Asher zieht die Vorhänge zu und geht vor uns die Treppe nach unten, durchquert die Wohnung meines Vaters und kommt an einer schweren Stahltür zum Stehen.

»Wo führt diese Tür hin? Mir ist die noch nie aufgefallen«, sagt Killian und drückt meine Hand immer fester.

»Das hier ist ein Fluchtweg, den Hernan damals hat einbauen lassen. Wenn wir durch diese Tür gehen, kommen wir direkt in einem Schacht an, der unter ihnen verläuft. Es gibt einige Öffnungen, durch die wir hindurchschießen können.«

»Ash, du bist ein Genie.«

Killian öffnet die Tür, zieht sein Handy aus der Tasche und betätigt seine Taschenlampe. Wir laufen einige Meter durch den schmalen Gang und kommen direkt unter einem Gullideckel zum Stehen.

Von hier können sie uns nichts anhaben. Dort oben wären es keine drei Minuten gewesen, bis sie Killian und Asher ausgeschaltet und mich mitgenommen hätten.

»Von hier können sie uns nicht sehen. Schatten-Killer, nimm das«, sagt Asher lächelnd und gibt Killian einen Schalldämpfer, den dieser auf seine Waffe schraubt, die er sich aus dem Hosenbund holt.

»Darf ich auch einen erschießen?«, will ich wissen und schaue die beiden voller Vorfreude an. Ich weiß es ist falsch, doch ich will all diese Männer tot sehen.

»Auf keinen Fall. Alles was mit Messern zutun hat ist dein Part. Soll ich dich an unseren kleinen Unfall erinnern? Das muss sich nicht wiederholen.«

»Was für einen Unfall, wovon redet ihr denn?«, fragt Killian neugierig.

»Ich habe Asher einen Streifschuss verpasst, als er mir beibringen wollte mit einer Waffe umzugehen.«

Lachend schüttelt Killian den Kopf und schiebt mich hinter sich.

»Was denkst du haben sie vor, Jake? Sie können doch nicht einfach schlafen gehen, während wir hier stehen. Wissen sie denn nicht wer wir sind?«, ertönt eine Stimme direkt über uns. Killian zeigt mit seinem Finger auf die Lippen. »Schhh..«

»Sie sitzen bestimmt zusammen in einem Zimmer und heulen sich die Augen aus, da wir in der Überzahl sind. Ihr verschafft euch Zutritt zum Haus, während ich hier warte. Sollte Aaron etwas von unserer Aktion mitbekommen, erschieße ich ihn. Ihr habt euch für mich entschieden.«

»Aber der Schatten-Killer…«

»HALT DIE FRESSE DU SCHWANZLUTSCHER! HAST DU ANGST? DANN VERPISS DICH!«

Asher nickt Killian zu und beide positionieren sich direkt unter dem Gullideckel.

»Ich meine ja nur, er ist bestimmt längst hier, irgendwo im Nebel und ballert…«

Weiter kommt der Mann nicht, denn Asher schießt von unten direkt in seinen Kopf. Die Meute beginnt durchzudrehen, rennt und schießt plötzlich in alle Richtungen. Fünf von ihnen liegen am Boden, einige sind in den Wald gerannt, doch Jake steht immer noch an der gleichen Stelle und blickt plötzlich nach unten. Direkt in mein Gesicht. Er geht auf die Knie.

»Feige Ratte, schießt aus der Kanalisation, weil er keine Eier in der Hose hat, es von Mann zu Mann zu klären. Was siehst du nur in diesem Motherfucker, Baby? Keine Sorge. Das waren nicht alle, die sich auf meine Seite gestellt haben. Ich werde dich holen, es ist nur eine Frage der Zeit.«

Mit diesen Worten verschwindet er in der Dunkelheit des Waldes.

»Wenn ihr mich fragt, ist der bald wahnsinniger als Aaron. Was sollen wir jetzt tun? Denkt ihr sie werden das Haus stürmen?«, fragt Asher besorgt. Killian, der neben mir vor Wut bebt, schüttelt den Kopf.

»Das werden sie nicht. Jake hat Angst sich mir zu stellen, auch wenn er etwas anderes behauptet. Hätte er den Mut alleine gegen uns zu kämpfen, hätte er die Chance genutzt und uns die Schädel mit Blei vollgeballert.« Ich hoffe so sehr, dass er Recht hat. Wir begeben uns wieder nach oben und verriegeln alle Türen und Fenster.

»Du wirst oben schlafen, im Fitnessraum steht eine ausziehbare Couch. Falls du irgendwas hören solltest, komm sofort zu uns.«

Asher nickt und zieht theatralisch die restlichen Vorhänge zu, was Killian und mich, trotz der Umstände, zum Lachen bringt.

»Du brauchst diesen dramatischen Abgang, oder?«, frage ich und schalte alle Lichter aus.

»Ich liebe Drama, das weißt du doch.«

Wir gehen im Dunkeln die Treppe nach oben und verabschieden uns. In unserem Schlafzimmer angekommen, stelle ich mich ans Fenster und beobachte die Lage draußen. Ich kann Jake und einige der Biker, die zuvor weggerannt sind, hinter den Bäumen sehen.

»Auch wenn wir einige von ihnen ausgeschaltet haben, habe ich das Gefühl, das noch einiges auf uns zukommen wird.«

Ich ergreife seine Hand, ziehe ihn aus und schupse ihn aufs Bett.

»Wieso habe ich nur das Gefühl, dass mein Engel total heiß darauf ist, mich zu ficken während unten die Gefahr lauert?«

Grinsend laufe ich auf ihn zu und kann dabei sehen, wie sein Penis immer härter wird.

»Und wieso habe ich das Gefühl, dass es dich genauso heiß macht wie mich?«, frage ich mit einem verführerischen Ton in meiner Stimme.

»Weil du recht hast, komm her.« Killian packt mich am Arm und zieht mich zu sich aufs Bett. Er befreit mich aus meiner Kleidung, wirft sie auf den Boden zu seiner, zieht mich auf seinen Schoß und setzt mich ohne jedes Vorspiel auf seine pralle Erektion.

»Mhhmmm, beweg dich, mein Engel.«

Ich bewege meine Hüften in kreisenden Bewegungen und werde immer schneller. Er trifft mich genau da, wo ich ihn am meisten brauche. Das wird schnell gehen.

Killian packt mich am Hals und küsst mich ausgehungert. Wir sind besessen voneinander, können nicht genug vom anderen bekommen und genau dieses Bild geben wir ab. Wir klammern uns aneinander, bewegen uns immer schneller, küssen uns immer gieriger, bis Killian mit einem Knurren, welches mein Stöhnen übertönt, in mir kommt.

»Selbst mit einem Quicky bringst du mich fast um den Verstand, mein Engel. Das wird niemals langweilig werden.«

»Das hoffe ich doch.«

Ich klettere von ihm herunter und lasse mich nackt in die Kissen fallen.

»Wir sollten uns sauber machen, mein Engel. Du hast mal wieder eine Sauerei hinterlassen«, sagt Killian und steht auf. Müde rapple ich mich hoch und folge ihm ins Badezimmer.

»Ich bin nicht alleine für diese Sauerei verantwortlich, Liebster, dazu gehören immer zwei.«

Wie immer, wenn wir gemeinsam duschen, wäscht er mir die Haare, während ich meinen Intimbereich von seinen Spuren befreie.

Killian wäscht sich, während ich mir die Haare föhne und danach fallen wir beide erschöpft ins Bett.

Kapitel 15

Esperanza

In den vergangenen zwei Tagen haben sich die Biker recht ruhig verhalten. Ab und zu haben wir ihre Motorräder gehört, jedoch keinen mehr von ihnen zu Gesicht bekommen. Bri, Ana und Alejandro, sind wieder ins Haus gezogen, da Killian sagte, dass es sicherer wäre, wenn wir zusammen bleiben. Mein Onkel und Asher gehen immer wieder auf Patrouille und versuchen herauszufinden wo Aaron abgeblieben sein könnte, da wir uns sicher sind, von ihm geht die meiste Gefahr aus.

Lilly und ihr Freund waren die letzten beiden Abende zum Essen bei uns. Die kleine Familie, die wir gefunden haben, wird immer größer. Heute kommen meine Eltern wieder nach Hause, somit heißt es für Killian und mich auf nach New York. Wir haben uns bereits um eine Unterkunft gekümmert, sodass wir erstmal in Ruhe ankommen und unsere Zweisamkeit genießen können. Irgendwie freue ich mich richtig auf Amerika, dort wollte ich mein Leben lang schon hin. Mein Vater hat immer gesagt, wenn er bis zu meinem 25. Geburtstag genug Geld gespart hat, wird er mir meinen Traum ermöglichen. Für Killian scheint unser Ziel nichts neues zu sein, er wusste genau welcher Teil der Stadt für mich am sichersten sein wird, weil dort keine Motorradclubs erlaubt sind.

Gerade als ich das fertige Essen vom Herd nehme, geht die Tür auf und meine Eltern kommen mit ihren Koffern herein.

»Hola, wir sind wieder da.« Ich glaube ich werde mich niemals daran gewöhnen, die Stimme meiner Mutter nicht nur in meinen Träumen zu hören. Sie kommt auf mich zu und drückt mir einen Kuss auf die Wange.

»Wie war es in London, Mama? Hat es dir gefallen?«

Sie nickt eifrig und lehnt sich mit dem Rücken an die Mücheninsel.

»Sie hat es geliebt. Vor allem den Sessel, der wirklich ihr gehört hat und in dem sie immer gelesen hat«, erzählt mein Vater während er sich neben meine Mutter stellt und einen Arm um ihre Schulter legt. Sie sind so unglaublich verliebt, als wären sie niemals getrennt gewesen.

»Wer verreist? Ich habe Koffer an der Tür gesehen. Was ist passiert als wir weg waren?«, will mein Vater wissen. Ich drücke ihm den Topf mit den Spaghetti in die Hand und nehme die Soße, um sie der hungrigen Mannschaft an den Tisch zu bringen.

»Die bessere Frage ist, mein Freund, was ist nicht passiert. Deine Tochter hat auf Aaron eingestochen und am gleichen Abend stand hier eine Horde Biker vor der Tür und ihnen allen voran, Jake«, erzählt Killian und lädt sich dabei einen Berg Spaghetti auf den Teller.

»Dios Mío, das darf doch nicht wahr sein?! Wo wollt ihr jetzt hin, Hija?«, fragt mich meine Mutter. Ich berichte ihnen von unserem Plan.

»Wir werden dafür sorgen, dass ihr wieder zurück nach Hause kommen könnt und wenn alles gut geht, wird dein neues Zuhause endlich das Schloss sein. Genau wie es mein kleiner Pumpkin verdient.«

Ich kann es kaum erwarten zu sehen, wo ich hätte leben können.

»Wann fliegt ihr? Können wir noch etwas Zeit miteinander verbringen?«, fragt meine Mutter schon fast traurig. Ich blicke zu Killian, der sofort nickt. Ich weiß, dass er eigentlich vorhatte, direkt nach dem Essen zu gehen, doch gegen etwas Mutter-Tochter-Zeit hat er nichts einzuwenden.

»Ja sehr gerne, Mama. Ich würde dir gerne mein Bücherzimmer zeigen.«

Bevor sie antworten kann, ertönt von oben ein lautes Geräusch.

»Was war das denn?«, fragt Asher, der sofort aufsteht und zusammen mit Killian und Ale nach oben rennt.

Oh bitte lieber Gott, lass es nicht die Biker sein.

Nach wenigen Minuten kommen sie wieder nach unten und haben einen Stein dabei.

»Wir brauchen ein neues Fenster. Der hier lag auf dem Boden im Fitnessraum. Also langsam komme ich mir vor wie in der Serie Pretty Little Liars«, brummt Killian und setzt sich wieder neben mich.

»Du kennst PLL?«, frage ich verwundert.

»Die beiden haben mich dazu gedrängt, ich schwöre, ich bin wirklich der harte Killer in den du dich verliebt hast, mein Engel.«

Alle am Tisch beginnen zu lachen, während Killian vor sich hin flucht. Das Essen verläuft weiterhin sehr lustig, die Zwillinge erzählen, was sie sonst noch alles mit Killian gemacht haben, zeigen sogar Bilder, wie er sich als Teenager von ihnen Zöpfe machen ließ. Er wird mit Sicherheit der beste Vater sein, den sich meine

Kinder wünschen können. Ich schaue ihn mir von der Seite an und merke wie sich in meinem Herzen eine noch nie zuvor dagewesene Wärme ausbreitet.

Der gruselige, aufdringliche Stalker aus dem Park, sitzt neben mir und hält unter dem Tisch meine Hand.

Niemals hätte ich es für möglich gehalten, dass ich in seinen Augen meine Zukunft sehen würde.

»Killian?«

»Ja, mein Engel?«, antwortet er und dreht sein Gesicht in meine Richtung. Da ist es wieder, das Gefühl von Geborgenheit und unendlicher Liebe.

»Ich liebe dich über alles. Auf ewig und darüber hinaus.«

Er scheint für einen kurzen Moment verwirrt zu sein, legt jedoch seine Hand an meine Wange und lehnt seine Stirn gegen meine.

»Ich liebe dich auch, mein Engel. Auf ewig und darüber hinaus.«

Er drückt mir einen Kuss auf die Stirn und beteiligt sich wieder an dem Gespräch über Sport, welches langsam zwischen meinem Vater und Asher zu einer Diskussion wird.

»Mama, sollen wır nach oben gehen?«, frage ich meine Mutter die etwas desorientiert zwischen den Männern hin und her schaut.

»Si, bitte, bevor sie sich die Köpfe einschlagen.«

Sie hakt sich bei mir unter und gemeinsam gehen wir in den Raum, in dem ich viel zu wenig Zeit verbringe.

Ich öffne ihr die Tür und sie bleibt mit offenem Mund stehen.

»Wow, Hija, das ist ein Paradies. Hat Killian dir das ermöglicht?«

Ich nicke verlegen und setze mich auf meinen Sessel.

»Ja, er hat mir bereits in London mein eigenes Bücherzimmer zum Geburtstag und zu Weihnachten geschenkt, genau wie dieses Armband.«

Voller Stolz halte ich ihr meinen Arm hin.

»Das muss sicher eine halbe Millionen gekostet haben, bei der Anzahl der Diamanten.«

Jetzt bin ich die, die ihren Mund nicht mehr zu bekommt. Eine halbe Millionen? Ist er denn völlig verrückt geworden?

»Wie ist das alles eigentlich abgelaufen? Ich meine, ich weiß was dir alles widerfahren musste, dass ihr jetzt hier sein könnt, aber wie hast du ihn lieben gelernt?«

Jetzt erst fällt mir auf, dass ich ihr nie erzählt habe, wie ich Killian kennengelernt habe. Ich gehe an meinen kleinen Kühlschrank, hole uns zwei Dosen Cola heraus und kuschle mich in die Arme meiner Mutter.

»Als ich bei Papsi ausgezogen bin, habe ich ihm versprochen jedes Wochenende mit ihm zu verbringen. An einem dieser Wochenenden haben wir uns gestritten und ich bin einfach gegangen. In einem Park, auf einer Bank, habe ich auf Jake gewartet, als mich ein Unbekannter angesprochen hat...«, beginne ich zu erzählen, während sie die gesamte Zeit mit einer meiner Locken spielt.

Am Ende meiner Geschichte erhebe ich mich, um das Licht anzumachen, weil es bereits angefangen hat zu dämmern, und erstarre. Ich blicke aus dem Fenster und kann, an den Balkon gelehnt, eine Leiter erkennen. Als ich mich vorsichtig auf die Seite drehe, kommt ein Mann mit giftgrünen Augen und einem feuerroten Kopf neben einem der Regale zum Vorschein.

»Du bist wirklich die Mutter deiner Tochter, nicht wahr? Betrügt den Mann den sie heiraten will, mit

Abschaum! Die letzten 21 Jahre habe ich um ein Kind getrauert, welches die Augen meines Bruders trägt und erfahre jetzt, dass sie genau wie meine untreue Frau ist. Es ist eine Schande! Ich sollte euch beide vor den Augen der Männer töten, die ihre Hände nicht von den Frauen anderer lassen können!«

Der König von Spanien steht höchstpersönlich vor mir. Außer der Nase, ähnelt er meinem Vater überhaupt nicht. Meine Mutter reagiert blitzschnell und baut sich schützend vor mir auf.

»Wage es nicht meiner Tochter zu drohen, Miguel. Du wusstest, dass ich Hernan geliebt habe und du weißt auch, dass ich nie damit aufgehört habe. Lass sie gehen, sie kann nichts für deinen Hass.«

Er holt aus und verpasst ihr eine schallende Ohrfeige.

»HALT DEINEN MUND, CAYETANA!«

Meine Mutter bricht sofort zusammen und hält sich die Wange, die stark blutet. Er hat sie mit einem seiner Siegelringe verletzt.

»Du bist nicht in der Position etwas von mir zu verlangen. Wie eine Hure hast du dich benommen, hast mich hintergangen und mich um ein Kind trauern lassen, welches nie meines war!«

Wieder ist er dabei seine Hand gegen sie zu erheben. Doch bevor er ausholen kann, stelle ich mich vor sie.

»Weißt du wie sehr es mich schmerzt, dieses wunderschöne Mädchen zu sehen und zu wissen sie ist nicht mein Kind? Geh mir aus dem Weg, Mädchen!«

»Verlassen sie sofort mein Haus, Hoheit und nehmen sie ihre Drogenverseuchten Finger von meiner Mutter.«

Jetzt bin ich diejenige, die eine Ohrfeige einfängt. Meine Ohren beginnen zu klingeln, der Mann hat die Kraft eines Ochsen, auch wenn er nicht danach aussieht.

Er zieht etwas, was ich von hier nicht erkennen kann, aus seiner Hose und nähert sich damit meiner Mutter.

»Was denkst du würde mein Bruder sagen, wenn seine verehrte Hure erstochen und ausgeblutet in seinem Haus liegt? Denkst du es würde ihm gefallen, Esperanza?«

Ich krabble zur Tür, ohne meine Mutter aus den Augen zulassen, doch er sieht das Kopfschütteln welches sie in meine Richtung zeigt.

»Du bleibst hier!«

Das Böse, das von diesem Mann ausgeht, ist kaum mit dem von Aaron zu vergleichen. Ich mag mir nicht vorstellen, was für ein Leben meine Mutter an der Seite dieses Tyrannen geführt haben muss.

»Du wirst zusehen, wie deine Mutter so leidet, wie ich gelitten habe!«

Er hebt seine Hand und jetzt erkenne ich, dass er ein Rasiermesser hält. Ich reagiere sofort und trete ihm gegen die Hand, sodass die Klinge vor den Füßen meiner Mutter landet. Blitzschnell nimmt sie das Messer an sich, schiebt es zu mir und ich werfe es direkt in seinen muskulösen Oberarm. Er geht schreiend zu Boden und ich nutze die Chance um meine Mutter an der Hand zu nehmen und mit ihr die Treppe nach unten zu rennen.

»KILLIAN! PAPSI! DER KÖNIG IST…«, weiter komme ich nicht, denn ich werde brutal an den Haaren zurück gerissen und schaue dabei zu, wie meine Mutter die Treppe herunter fällt.

»Du wagst es den König von Spanien anzugreifen? Es ist nicht zu leugnen, dass du die Tochter dieser Verräter bist.«

Sein weißes Hemd ist blutgetränkt und die klinge steckt immer noch in seinem Oberarm.

»Miguel, bitte lass sie gehen, sie ist doch noch so jung. Sie kann nichts für meine Taten, ich bitte dich!«, fleht meine Mutter auf Knien.

Alle anderen stellen sich vor sie und schirmen sie vor den Blicken des Königs ab.

»LASS SOFORT MEINE TOCHTER LOS ODER ICH WERDE DICH UMBRINGEN!«

Die Wut die in der Stimme meines Vaters zu hören ist, könnte den gesamten Wald zu Kleinholz verarbeiten, genau wie der Blick, den Killian meinem Onkel zuwirft.

»Du musst also der sein, der Aarons Verlobte entführt hat«, sagt der König an Killian gerichtet.

Wie bitte was? Wie kommt er nur auf diese Idee?

»Dieser verdammte Pendejo behauptet wirklich, die Princesa sei seine Verlobte gewesen? Hola Padre, lange nicht gesehen, ich würde dir raten meine Cousine loszulassen bevor ich dir eine Kugel in den Kopf jage.«

Alejandro nähert sich immer weiter der Treppe, automatisch wird der Griff in meinen Haaren fester. Der Hass, den mein Onkel auf seinen Sohn hat, ist sogar für mich spürbar.

»Ruhe, du Bastard! Du bist genau derselbe Abschaum, wie der Rest, der in diesem Haus sitzt!«

»Da hast du Recht! Du hast mich zu einem gemacht, falls du es vergessen hast, wie dem auch sei. LASS SIE LOS DU STÜCK SCHEIßE!«

Ich verstehe nicht wieso sie alle so ruhig dabei zuschauen, wie er mir weh tut. Sonst gehen sie immer direkt in Kampfstellung und jetzt?

»Bruder, ich gebe dir noch eine einzige Chance! Lass meine Tochter los.«

Ich werde so grob gegen das Treppengeländer geschleudert, dass ich das Gefühl habe, mir platzt der Kopf.

»Das wirst du bereuen, du gottverdammter Hurenbock!«, brüllt Killian und kommt auf uns zu.

»Du bekommst deine Hure, wenn du mir meine wiedergibst und den Mann, der sich mein Bruder nennt. Ihr Leben gegen das deiner Frau. Wähle weise, mein Junge.«

Das kann doch nicht sein Ernst sein. Ich versuche mich mit schmerzendem Kopf zu erheben, versuche Killian zu erreichen, doch der König ist schneller. Er befördert mich wieder auf den Boden und tritt mir mit voller Kraft auf den Arm.

»AHHHH OH MEIN GOTT!!!«, schreie ich. Er hat mir den Arm gebrochen!

Jetzt sehe ich auch wieso sich keiner von der Stelle bewegt hat. Mein Onkel hat die Klinge aus seinem Arm entfernt und hält sie fest umklammert in der Hand. Sein Blut verteilt sich auf dem Boden. Er hätte mich wirklich umgebracht.

»ESPERANZA!«, schreit mein Vater und dann geht alles viel zu schnell.

»KILLIAN, HOL SIE!«, brüllt Asher

Gerade als Killian kommt, um mir aufzuhelfen ertönt ein Schuss und wir landen beide auf dem Boden, genau wie mein Onkel. Mit einer Kugel zwischen den Augen fällt er wie ein nasser Sack in sich zusammen.

»Killian, es tut so weh, bitte, es soll aufhören.«

»ER HAT IHR DEN VERDAMMTEN ARM GEBRO-
CHEN! SIE MUSS INS KRANKENHAUS SOFORT!«

Mein Vater, meine Mutter und die anderen knien
sich alle zu mir auf den Boden, keiner beachtet mehr
den toten König, der unseren Teppich mit seinem Hirn
besudelt.

»Es tut mir so leid, mein Schatz. Das ist alles nur
meine Schuld, ich hätte niemals herkommen dürfen«,
weint meine Mutter.

»Sie braucht kein Krankenhaus, ich mache das. Hol
meinen Koffer, Babe«, sagt Onkel Rico an Asher gerichtet, dieser nickt und verschwindet zu seinem Haus.

»Es ist gleich vorbei, meine Kleine. Wir bekommen
dich wieder hin, aber erstmal wirst du eine Weile schlafen, ja?«

Er streichelt mir sanft über den Kopf, als auch mein
Vater sich zu mir beugt.

»Es tut mir alles so unendlich leid, Pumpkin. Ich
konnte nicht früher abdrücken, er hatte dich als sein
Schutzschild benutzt.«

»Schon okay, Papsi…«, wimmere ich und versuche
mich auf etwas anderes als den Schmerz zu konzentrieren, bis Asher endlich wiederkommt.

Mein Onkel nimmt ihm den Koffer ab, zieht eine
Spritze auf und dann wird alles schwarz.

Aaron

VERDAMMTE SCHEIßE!!! So hätte es nicht laufen sollen! Muss man denn wirklich alles selbst machen? Nicht mal der verfickte König höchstpersönlich hat es hinbekommen sie aus dem Haus zu zerren! Wieder hat sie Schutz bei ihm gesucht, wieder hat sie nach Killian geschrien, statt nach mir! Wie soll das denn enden? Meine beste Chance liegt gerade mit einer Kugel zwischen den Augen, auf dem Boden und schläft den längsten Schönheitsschlaf seines Lebens. Jetzt liegt es also wirklich an mir, ich muss sie selbst zurück holen. Nur wie? Sie hat mich fast umgebracht mit ihrer kindischen Messerattacke! Ist sie es denn nicht langsam leid, sich so vehement gegen unsere Liebe zu wehren? So schwach habe ich sie nicht eingeschätzt.

Nun sitze ich wieder hier, in meiner Höhle und warte auf Jake, der sich um meine Wunde kümmern sollte, aber wahrscheinlich wieder irgendeine der Huren des königlichen Hofes fickt. Er betrügt sie am laufenden Band, so etwas würde ich nicht tun. Lieber wichse ich mir fünf Mal am Tag einen, als meiner Lady das Herz zu brechen, so wie sie es immer wieder bei mir tut.

»Sorry, Boss, ich habe nicht direkt alles bekommen, was wir brauchen. Wie lief es bei euch?«

Fragt dieser Idiot mich das gerade wirklich?

»Jake, siehst du Esperanza hier irgendwo? Nein? Dann frag nicht so eine Scheiße und schalte dein dummes Hirn ein!«

»Sorry, ich frag ja nur, hätte ja sein können das du sie bereits wegbringen lassen hast. Bei dir weiß man nie«, sagt er und zuckt mit den Schultern. Dieser Typ geht mir so dermaßen auf die Eier! Es kostet mich enorme Überwindung, ihm nicht jeden Tag eine Kugel zu verpassen.

»Der König ist tot. Sein Bruder hat ihm eine Kugel verpasst, nachdem er Esperanza den Arm gebrochen hat.«

»Fuck, was machen wir denn jetzt?«

»Wir machen es auf unsere Art. Ich will, dass du alles vorbereitest. Siehst du den Baum dort? Ich will das du Ketten an ihm befestigst. Ich werde sie ein wenig bestrafen müssen. Sie wird mir dabei zusehen, wie ich Killian foltere und ihn danach in kleine Stücke zerhacke, genau wie den Rest der Menschen, die sie von mir fernhalten. Dann werden wir das Schloss übernehmen. Sie ist die Prinzessin, somit die Erbin. Besser hätte es nicht laufen können, wir müssen nur etwas Geduld haben.«

Wäre sie nicht so erschrocken darüber gewesen, dass ich so plötzlich in ihrer Nähe war, hätte sie mich auch nicht derart verletzt.

Ich habe in ihren wunderschönen Augen gesehen, dass es keine Absicht war. Ich kenne mein Mädchen besser als sie sich selbst.

Kapitel 16

Esperanza

Ein leises wimmern reißt mich aus einem wunderschönen Traum. Ich drehe mich müde auf die Seite und bereue es direkt. Der Schmerz, der sich durch meinen Körper zieht, ist kaum auszuhalten.

»Nicht, mein Schatz, beweg dich nicht. Rede mit mir, sag mir was du brauchst«, ertönt die heisere Stimme meiner weinenden Mutter.

Langsam öffne ich die Augen und sehe mich um. Es muss mitten in der Nacht sein, denn der Mond blendet mich so extrem, dass ich die Augen zusammen kneife.

»Kann jemand…kann jemand die Vorhänge zuziehen?«, stottere ich und merke wie trocken sich meine Kehle anfühlt.

Ich kann die Silhouette einer der Zwillinge erkennen, die sofort aufsteht und meiner Bitte nachkommt. Erneut öffne ich die Augen und schaue in die besorgten Gesichter um mich herum.

»Was schaut ihr denn so? Mir wurde nur der Arm gebrochen.«

Killian kommt näher und setzt sich, mit Tränen in den Augen, zu mir aufs Bett.

»Mein Engel, während dein Onkel sich um deinen Arm gekümmert hat, hattest du eine Art anaphylaktischen Schock. Dein Körper hat das Narkosemittel nicht vertragen, dazu hattest du eine kleine Blutung im

Kopf, die aber durch die besten Ärzte behoben werden konnte. Ich habe dich fast verloren, fuck, ich…«

Er verlässt den Raum, woraufhin ein lauter Knall ertönt.

»Geh ihm nach und seh zu das er sich wieder beruhigt, sie braucht ihn an ihrer Seite«, sagt mein Vater an Asher gerichtet, der auf mich zukommt, mir einen Kuss auf die Wange gibt und Killian hinterher geht.

»Hey, Pumpkin, was macht dein Kopf, hast du Schmerzen?«

»Nein, ich habe nur Durst. Kann mir mal jemand sagen, wieso er gerade einfach den Raum verlassen hat?«

Alle schauen sich gegenseitig an, doch keiner sagt auch nur ein Wort.

»Hallo, ich rede mit euch!«, motze ich und setze mich, trotz des Schmerzes, der sich in meinem Kopf meldet, auf.

»Princesa, du hast eine Woche um dein Leben gekämpft, wie eine Löwin. Er ist tausend Tode gestorben, ist losgezogen und hat, weiß Gott wie viele, Knochen gebrochen, bis du nach 4 Tagen das erste Mal für einen kurzen Moment aufgewacht bist, ihm gesagt hast, dass du ihn liebst und wieder eingeschlafen bist. Du hast uns so einen Schrecken eingejagt!«

Mein Cousin kommt zu mir und drückt mir einen dicken Kuss auf den Kopf.

Die Zwillinge sind mittlerweile wieder mit verschiedenen Getränken zurück und machen es sich ebenfalls auf dem Bett bequem.

»Wir wussten nicht was genau du willst, aber wir haben uns gedacht wer 13 Tage nichts zu sich nimmt, könnte einiges gebrauchen. Das Essen müsste auch bald fertig sein.«

Ich nehme das Glas mit Wasser entgegen und leere es in einem Zug. Sie haben Recht, ich fühle mich als wäre ich kurz vorm Vertrocknen.

»Hija, wenn du Schmerzen haben solltest oder irgendetwas nicht in Ordnung ist, will ich, dass du sofort jemandem Bescheid gibst. Onkel Rico wohnt im Haus der Zwillinge und ist sofort da, wenn du etwas brauchst«, sagt meine Mutter und greift wieder nach meiner Hand.

»Das werde ich, versprochen, Mama. Ich würde euch tatsächlich gern um etwas bitten…«

»Alles was du willst, meine Kleine Maus«, sagt mein Onkel. Wo kommt der denn auf einmal her?

»Könntet ihr bitte dafür sorgen, dass mein Mann innerhalb von fünf Sekunden hier auftaucht und sollte er sich weigern, werde ich ihn selbst holen.«

Sofort erheben sich alle Anwesenden und gehen auf die Suche nach Killian. Ich wusste genau, dass keiner von ihnen zulassen würde, dass ich selbst aufstehe, aber ich brauche einen Moment für mich.

Wenn ich an den Abend zurückdenke, an dem mein Vater meinen Onkel erschossen hat, kann ich mich nicht an einen solch schlimmen Schmerz in meinem Kopf erinnern. Es ging alles einfach zu schnell. Der Schlag, mein Bruch, der Schuss und die Spritze, sind das Letzte, an was ich mich noch erinnern kann.

Langsam öffnet sich die Tür des Schlafzimmers und Killian kommt rein.

»Es tut mir leid, mir wurde das alles zu viel.«

»Ist schon okay, ich versteh das.«

Er setzt sich mit großem Abstand zu mir aufs Bett.

»Weißt du wie schlimm es für mich war, dich halb Tod in meinen Armen liegen zu sehen? Du darfst nicht sterben! Niemals! Hast du das verstanden? Entweder wir sterben zusammen oder ich sterbe vor dir! Ich kann mir ein Leben ohne dich nicht vorstellen, niemals. Fuck, ich wusste ja schon das ich dich liebe, aber jetzt erst ist mir bewusst, wie tief meine Liebe wirklich ist.«

Er steht auf, nimmt meine Hand und geht vor mir auf die Knie.

»Esperanza- Gabriela, willst du ganz offiziell ja sagen und mich, bitte, bitte so schnell wie möglich, heiraten? Beziehungsweise... lasse ich dir keine Wahl. Du wirst mich heiraten. Sobald du wieder aufstehen kannst.«

Er steckt mir einen wunderschönen silbernen Ring an den Finger, der nicht wie gewöhnlich einen Stein in der Mitte hat, sondern den gleichen Engel wie mein Armband. Dieser ist ebenso mit Diamanten besetzt.

»Killian, der ist wunderschön und falls dich meine Antwort interessiert, sie wäre ja.«

Ihm laufen, genau wie mir, Tränen aus den Augen.

»Ich liebe dich so sehr, das kannst du dir gar nicht vorstellen.«

»Ich liebe dich auch, mein Liebster.«

Er zieht mich vorsichtig in die Arme und drückt mir einen Kuss auf die Stirn.

»Willst du versuchen runter zu kommen oder soll ich dir das Essen ans Bett bringen, Prinzessin?«

»Lieber hier oben, nur wir beide. Ich kann die Blicke der anderen nicht ertragen.«

Er nickt, küsst mich nochmal und verschwindet aus dem Schlafzimmer.

Ich lasse mich zurück in die Kissen sinken und betrachte den Ring, der an meinem Finger funkelt.

Ich bin also wirklich verlobt, mal wieder. Diesmal fühlt es sich jedoch richtig an.

»Hier, mein Engel, ich soll dich von allen grüßen, sie kommen dich morgen besuchen. Jetzt solltest du aber essen und schlafen. Wir haben 3 Uhr nachts.«

»Wie bitte?! Und ihr wart alle wach, nur um bei mir zu sein?«

Er nickt, während er mir das Tablett auf den Schoß stellt und sich neben mich setzt.

»Wir waren alle jede Nacht bei dir, mein Engel. Ich muss zugeben, ich wäre lieber allein mit dir gewesen, aber ich habe deine Bärenmama nicht von deiner Seite ziehen können.«

Schmunzelnd nehme ich die erste Gabel der Nudeln, die er mir gebracht hat und lasse stöhnend den Kopf in den Nacken fallen.

»Das hast du gekocht hab ich recht? Es ist soooo gut, Baby.«

»Ich habe jeden Tag gekocht. Ich wollte das du direkt etwas essen kannst, wenn du wach wirst.«

Mein Herz überschlägt sich vor lauter Liebe. Ich habe den besten Mann der Welt an meiner Seite und ich werde mich für immer an ihn binden.

»Wurde der Tod des Königs eigentlich bekannt gegeben?«, frage ich mit vollem Mund.

Killian lacht und wischt mit seinem Daumen die Sauce aus meinem Mundwinkel.

»Ja, dein Vater hat dem Kongress alle Beweise geliefert, die gegen Miguel sprechen und kämpft um seine Legitimation. Seine Chancen stehen recht gut, weil er eben der Vater der Prinzessin ist.«

Ich glaubs nicht! Endlich bekommt er das, was er immer wollte. Den Thron und die Frau die er liebt.

»Du wurdest übrigens zur offiziellen Prinzessin ernannt, jedoch hat deine Mutter andere Pläne; Die, mein Engel, werde ich dir aber noch nicht verraten.«

Schmollend schaue ich ihm ihn seine strahlend braunen Augen, doch er schweigt wie ein Grab.

Nachdem ich meinen Teller leer gegessen habe, hält er mir meine Medikamente für den Abend hin und stellt das Tablett auf die Kommode.

»Baby, ich würde gerne duschen. Kannst du mir helfen?«

»Natürlich, du würdest es mit dem Gips sowieso nicht allein schaffen.«

Killian holt mir frische Kleidung und kommt wieder auf mich zu.

»Komm, lass mich dir helfen.«

Er greift nach der Hand, an der mein wunderschöner Ring strahlt und zieht mich vorsichtig in den Stand. Sofort überkommt mich ein so derart schlimmer Schwindel, dass meine Beine mich kaum halten können.

»Whooow langsam, mein Engel, wir machen es einfach so«, sagt er und hebt mich hoch.

»Das ist so unser Ding geworden, oder? Du trägst mich immer noch durch die Gegend.«

»Wenn es nach mir geht, muss das niemals enden. Ich trage dich gern auf Händen.«

Im Badezimmer angekommen, setzt Killian mich am Rand der Wanne ab und füllt diese mit heißem Wasser.

Der ganze Raum füllt sich mit warmen, nach Vanille duftendem Dampf. Killian hebt mich vorsichtig hoch und setzt mich in die Wanne.

»Das tut so unglaublich gut. Danke, Baby.«

»Entspann dich, ich mach alles. Ich erkläre mich sogar dazu bereit, dir die Beine zu rasieren. Die sehen ja fast schlimmer aus als meine.«

Ich starre ihn mit offenem Mund an. Das hat er jetzt nicht wirklich gesagt?

»Na warte!«

Ich schnappe mir die Duschbrause und bevor er reagieren kann, habe ich ihn, von oben bis unten, nass gemacht.

»HALT STOP! DAS WAR NUR EIN SCHERZ!«, brüllt er vor Lachen und versucht sich vor dem Wasserstrahl zu verstecken.

»Wenn ich das aber mal realistisch betrachte, hast du recht. Komm, zieh dich aus und verwöhne mich, Liebster.«

Er tut was ich sage, zieht sich aus und setzt sich mir gegenüber. Überfordert sucht er unter den ganzen Hygieneartikeln nach einem Rasierschaum.

»Wieso brauchst du so viel von dem Zeug? Reicht es nicht aus eins für deinen wunderschönen Körper und eines für deine Haare zu haben? So wie es aussieht, besitzt du für jeden deiner Zehen ein anderes Duschgel.«

»Die weiße Flasche, mit dem pinken Deckel, auf der Rasierschaum steht, wäre eine gute Option«, necke ich ihn und kassiere einen schwall Wasser, direkt ins Gesicht.

»Zurücklehnen und entspannen.«

Ich tue was er verlangt. Killian nimmt sich mein Bein, verteilt den Schaum darauf und entfernt mir die Beinhaare.

Ich hebe meinen Kopf etwas an und beobachte ihn dabei, wie er ganz vorsichtig mit dem Rasierer über meine Haut fährt. Wieder einmal staune ich darüber, wie gut er eigentlich aussieht. Seine Haare sind mittlerweile viel länger geworden, sie reichen ihm bis knapp unter dir Ohren. Sein Bart ist wie immer perfekt in Form geschnitten, aber auch minimal länger. Mir kommt es so vor, als wären seine Muskeln auch um das doppelte gewachsen.

»Gefällt dir, was du siehst, mein Engel?«, fragt er und sieht mich durch seine dichten Wimpern an.

»Mhmm sehr. Mir gefallen deine Haare. Mir ist gar nicht aufgefallen, dass sie so lang geworden sind«, gestehe ich.

»So sieht ein Mann aus, der nichts anderes mehr im Sinn hat, als die Frau zu beschützen, die er über alles liebt.«

Ich warte, bis er fertig mit meinem anderen Bein ist und ziehe mich mit einem Arm am Wannenrand zu ihm.

»Ich hab dich vermisst, Killian…«, hauche ich an seine Lippen und küsse sie federleicht.

»Nein, das tun wir ganz sicher nicht. Du hattest eine Hirnblutung, Esperanza. Wir warten auf das Okay des Arztes. Keine Widerrede!«

»Aber…«

»Kein aber, mein Engel. Ich würde dich jetzt auch am liebsten direkt in der Wanne ficken, denn wie du siehst, platze ich. Aber wir warten. Ich will dich nicht verletzen.«

Schmollend akzeptiere ich und kuschle mich an ihn.

»Lass uns schlafen gehen. Du brauchst Ruhe.«

Meine Augen drohen bereits zuzufallen, als ich merke wie er sich mit mir auf dem Arm aus dem Wasser erhebt, mich in ein Badetuch wickelt und ins Bett bringt.

»Danke, mein Held«, murmle ich müde und entlocke ihm ein Lachen. Er legt sich zu mir und ich schlafe sofort ein.

Kapitel 17

Gebrochene Knochen, Blut und Zerstörung sind die Gedanken, die mich vor dem Durchdrehen bewahrt haben, als ich um dein Leben gebetet habe.

Noch nie zuvor hatte ich so eine Angst, nicht einmal als du in den Fängen der Bastards warst.

Zu sehen wie du in meinen Armen zu krampfen beginnst, wie dir das Blut aus den Ohren läuft, hat mich für ein Leben lang geprägt. Ich konnte das alles nicht mehr. Wenn du wüsstest, wie viele Aufträge ich ausgeführt habe, würdest du dich wahrscheinlich direkt gegen eine Heirat entscheiden. Wir haben jeden Tag das gesamte Grundstück abgesucht, jedoch haben wir weder Aaron und Jake, noch einen anderen Biker gesehen. Seit der Nacht, in der du aufgewacht bist, foltern wir jede einzelne Wache des verstorbenen Königs. Wenn es so weitergehen muss, wird das Schloss bald menschenleer sein. Keiner schien etwas zu wissen. Bis deine Mutter sich im Schloss umgehört hat und tatsächlich jemanden belauschte, der über einen Mann mit blauen Augen, in schwarzer Lederjacke, geredete. Diesen hat sie uns, mit Hilfe deines Onkels, ausgeliefert. Er hängt nun vor mir und Asher, wie ein Boxsack, kopfüber an einem Baum.

»Willst du anfangen oder soll ich?«, fragt mich dein bester Freund.

»Ich überlasse dir die Ehre, mein Freund.«

Er zieht sein Messer und zerschneidet ihm das Hemd.

»So, mein Lieber, du sagst mir alles, was du über diesen Typen mit den blauen Augen weißt. Woher kennst du ihn?«

Der hängende Mann gibt keinen Ton von sich. Was Asher dazu bringt ihm die Brust aufzuschneiden.

»AHHH.« Sein Brüllen ist Musik in meinen Ohren.

Asher grinst von einem Ohr zum anderen, er scheint es genauso zu lieben wie ich.

»Dann versuchen wir es nochmal, mein Freund. Was weißt du?«

Wieder macht er keine Anstalten etwas zu sagen. Wie kann den Männern ihr Leben so egal sein? Ich kann, beim besten Willen, nicht verstehen, wieso sie so zu Aaron halten.

Diesmal bin ich es, der dem Hangman einen Tritt in den Magen verpasst. Wenn er schon hängt wie ein Boxsack, sollten wir ihn auch als solchen nutzen.

Nachdem Asher und ich uns einige Minuten an ihm ausgetobt haben und er nun hin und her schaukelt, passiert es endlich.

»Lasst…mich…runter…ich…werde…euch…alles…sagen«, murmelt er. Ich nicke Asher zu und er schneidet das Seil durch. Unser lebendiges Galgenmännchen fällt wie ein Sack zu Boden und kotzt sich die Seele aus dem Leib.

»Wenn du so weitermachst, liegen all deine Organe vor dir verteilt auf dem Boden. Weißt du, was das für eine Sauerei wird? REDE ENDLICH!«, brüllt Asher und zieht den Mann in den Stand. Naja, so halb. Denn er kippt direkt wieder auf den Boden zurück. Wenigstens ist er noch wach. Wir knien uns vor ihn und Asher setzt wieder diesen einen Blick auf, den er am besten drauf hat.

Dieser *-Wenn du mir jetzt nicht sagst, was ich wissen will, lasse ich dich ausbluten und verfüttere dich an deine Familie-* Blick, hat es wirklich in sich.

»Ich war dabei, als der König sich mit Senior Aaron getroffen hat. Ich sollte mich versteckt halten, für den Fall, dass alles ein Hinterhalt ist. Er erzählte dem König, dass die Königin untreu war und die vermisste Prinzessin eigentlich die Tochter seines Bruders sei und gleichzeitig die Verlobte von Aaron, die entführt wurde. Er erzählte von einem Mann, der nicht akzeptieren würde, dass die uneheliche Prinzessin ihn nicht wollen würde. Er hat sich scheinbar mit dem Bruder des Königs vereint und sie entführt. Er bestätigte seine Geschichte mit dem Bild der Prinzessin, welches er auf seinem Handy hatte.«

Dieser verlogene Aaron! Deswegen war sich der König auch so sicher, dass es stimmen muss, mein Engel. Ich komme mir vor, als wären wir alle die Marionetten in seinem Puppenspiel. Er zieht die Fäden und wir machen genau das, was er will. Er ist uns immer einen Schritt voraus.

»Der König hat einen Anschlag geplant, ist jedoch von dem Plan abgewichen und hat es allein gemacht. Ich kam zu spät, die Kugel hatte ihn schon erwischt und ich konnte sehen, wie Aaron es ebenfalls beobachtet hat. Er schien körperlich verletzt zu sein, aber auch seelisch. Er fluchte vor sich hin und redete wie ein Irrer mit sich selbst, als würde er gerade jemandem seine Gefühle berichten. Er machte einen schizophrenen Eindruck auf mich. Wie dem auch sei, er plant ebenfalls einen Angriff, wann und wie es passieren soll weiß ich nicht. Können sie mich jetzt bitte gehen lassen?«

Auf jeden Fall werde ich ihn nicht gehen lassen!

»Bring ihn um. Er hat seinen Zweck erfüllt.«

Ich lasse Asher mit ihm alleine und mache mich wieder auf den Weg nach Hause. Ich muss dich in meiner Nähe wissen, nachdem was uns das Galgenmännchen erzählt hat, dauert es nicht mehr lange und bei Gott, ich will nicht wissen was Aaron versuchen wird um dich zu bekommen, mein Engel. Ich weiß nur, dass ich dich schützen muss. Komme, was wolle.

• • • • •

Aaron

Heute ist es endlich soweit. Meine Wunde ist zwar noch nicht zu 100 Prozent verheilt, jedoch wird es reichen um sie endlich wieder zu bekommen.

Jake und ich stehen bereits in Position und warten auf die anderen. Ich sehe sie. Ich kann genau dabei zusehen, wie sie, perfekt wie sie ist, in der Küche steht und für die anderen essen macht. Sie behandeln sie wie eine Dienstmagd! Bei mir würde es ihr besser gehen, hat sie das denn vergessen?

»Ich kann es kaum erwarten, sie wieder in den Armen zu halten«, murmle ich vor mich hin. Jake steht neben mir und verdreht die Augen.

»Irgendwelche Einwände?«, frage ich säuerlich und er schüttelt schnell den Kopf.

»Wann kommen die anderen?«

»Ich hoffe bald, ich kann es kaum abwarten meine Lady wieder in meinen Armen zu halten.«

Ich kann die Eifersucht, die von ihm ausgeht, in jeder Faser meines Körpers spüren. Wenn er wüsste, dass er direkt nach Killian das Zeitliche segnen wird, würde er sich umgucken. Seit Wochen bereiten wir alles für dieses Spektakel vor. Es wird blutig, es wird Tote geben und dann werden meine Schöne und ich, wie die Könige die wir sind, in ihrem Schloss leben. Der gesamte MC hat Platz! Wir erschaffen eine neue Dynastie! Nur wir beide und unsere Untertanen.

»Boss, wir sind da. Wie viele sollen dich begleiten?«, ertönt die Stimme des nervigen Spaniers, dessen Namen ich mir immer noch nicht merken kann.

»Du, Jake, Alan, Owen, Fly, Logan und Alec begleiten mich, der Rest verteilt sich im Wald. Wir wissen nicht ob sie alle zusammen sind oder jemand im Wald die Stellung hält. Ich traue Killian alles zu.«

Alle nicken und stellen sich an meine Seite. 20 Männer stehen verteilt im Wald. Es gibt keine Fluchtmöglichkeit. Ich werde den Schatten-Killer aus seinem eigenen Schatten heraus angreifen und ich werde es in vollen Zügen genießen.

Kapitel 18

Esperanza

Asher und Killian haben uns von ihren nächtlichen Eskapaden berichtet. Ich wusste das mein zukünftiger Mann ein Mörder ist, jedoch habe ich nicht damit gerechnet, dass er unser Bett verlässt, um Angestellte des Königshauses zu foltern. Das er mir überhaupt davon erzählt, hat mich gewundert, da er weiß wie ich dazu stehe. Wir wissen das Jake und Aaron jeden Moment angreifen könnten, weswegen meine Mutter ihre engsten Vertrauten als Wachen im Wald positioniert hat. Sie sind alle bis unter die Zähne bewaffnet. Es sollte also kaum möglich sein, diesen Wald zu verlassen.

In Gedanken versunken rühre ich die Bolognese, die ich koche, bestimmt schon 10 Minuten lang, als ich von starken Armen umarmt werde.

»Komm wieder zurück ins hier und jetzt, mein Engel. Ich bin mir sicher die Sauce ist nicht nur gerührt sondern auch geschüttelt.«

Killian kuschelt sich an mich und vergräbt wie immer seinen Kopf in meinen Haaren. Ich liebe diese simple Geste, sie zeigt unendliche Zuneigung. Für mich gibt es nichts Schöneres.

»Brauchst du Hilfe oder bist du fertig?«, fragt er und löst sich von mir.

»Nein danke, Liebster, ich bin fertig. Lass uns essen.«

Gemeinsam laufen wir an den gedeckten Tisch. Wie immer sind wir alle beisammen.

Mein Vater sitzt wie üblich am Kopf des Tisches, rechts von ihm meine Mutter, zusammen mit Onkel Rico und Asher. Killian sitzt meinem Vater gegenüber am Ende des Tisches, ich wie immer neben ihm, neben mir Bri, Ale und Ana. Ich liebe es in dieser Runde zu essen. Lilly ist mit ihrem Freund nach London geflogen, um ihn der Familie vorzustellen, so fallen die beiden erst mal aus.

Mein Vater steht auf, erhebt sein Glas, will gerade etwas sagen, als er von einem lauten Poltern unterbrochen wird. Die Eingangstür. Sie sind hier.

»Kommen wir schon zu spät zum Essen oder habt ihr noch etwas übrig gelassen?«, ertönt Jakes selbstgefällige Stimme. Er trägt genau wie die anderen eine Lederjacke, mit dem Wappen des VP. Aaron hat ihn also tatsächlich zu seiner rechten Hand gemacht. Ganz toll.

»Ich wusste nicht, dass ich euch eingeladen habe in mein Haus zu kommen, besonders dich kleinen Scheißer. Du fühlst dich mit der Lederkutte wohl ganz groß?!«, erwidert mein Vater in dem selben selbstgefälligen Ton.

Vor uns stehen sieben Biker in einer Reihe, die ihre Kette leicht auflösen, damit Aaron zwischen ihnen durchlaufen kann.

»Guten Abend, alle miteinander. Eure Hoheit, schön sie endlich persönlich kennenzulernen. Asher, alter Freund, du scheinst endlich jemanden gefunden zu haben, der nicht deine Hand ist. Ah, wen haben wir denn da?! Die Killer-Schlampen und ihr Biker, der Bastard des Königs. Ich muss schon sagen, ihr seid alle zusammen ein sehr interessanter Haufen.«

Er zieht sich einen der Bar Hocker in unsere Nähe und setzt sich darauf.

»Mein Herz, ich weiß, wir haben einen schweren Start gehabt. Ich weiß, dass ich nicht immer der perfekte Mann war, denn auch ich mache Fehler. Jetzt sei doch endlich nicht mehr böse auf mich, liebe mich wieder und lass uns gemeinsam nach Hause gehen.«

Der spinnt doch total! Ich tobe vor Wut, jedoch haben wir ausgemacht, dass sie zuerst angreifen müssen.

»Beweg dich, mein Herz, lass mich nicht sauer werden.«

Er steigt von dem Hocker und läuft langsam auf mich zu. Ich kralle mich an Killian fest und versuche so meine Wut unter Kontrolle zu bekommen.

»Geh, Aaron, du bist hier nicht willkommen«, sage ich und versuche so gut es geht ruhig zu klingen.

»Mein Herz, sieh mich an. Du weißt das ich dich liebe, genau wie Jake dich liebt und wir wissen das du uns auch liebst. Lass dich von ihnen nicht so manipulieren.«

In meiner Wut vergesse ich das, was wir zuvor ausgemacht haben, stehe auf und gehe auf Aaron zu.

»KEINER MANIPULIERT MICH! ICH BIN HIER, WEIL ICH HIER SEIN WILL, ZUSAMMEN MIT DEN MENSCHEN DIE ICH LIEBE!«, brülle ich. Meine Wut lässt ihn zwei Schritte zurückweichen.

Jetzt scheint er meine Worte realisiert zu haben, denn er kommt auf mich zu und packt mich am Arm und zieht mich grob mit sich bevor Killian auch nur die Chance hat, mich zu erreichen.

»LASS SIE SOFORT LOS!«, brüllt Killian. Aaron aber lacht ihn nur aus.

Ich bekomme Gänsehaut am ganzen Körper, als seine Hand auf meinen nackten Oberarm trifft. Das Böse, welches durch seine Adern fließt, nimmt mich vollkommen ein.

»Wieso sollte ich etwas loslassen, was zu mir gehört? JUNGS HABT EUREN SPAß.«

Jake ist der erste der seine Waffe zieht und schießt.

»ANA NEIN!«, brüllt Killian und das absolute Chaos bricht aus. Ich kann sehen wie Killian sich auf Jake stürzt, die Biker mit gezogenen Waffen auf Ash, Ale, meinen Vater und meinen Onkel zu gehen, während sich meine Mutter mit Bri um die verletzte Ana kümmert.

»Lauf, mein Herz, du willst doch nicht sehen was hier gleich passiert«, murmelt Aaron dicht an mein Ohr.

Ich zapple in seinen Armen, wie ein Fisch der versucht an Land ohne Wasser zu überleben. Für einen kurzen Moment schaffe ich es, mich aus seinem Griff zu befreien und renne zurück zu den anderen, die inzwischen mitten in einem wilden Faustkampf stecken.

Ich steige auf das Sofa, weil ich Killian nicht erkennen kann und da sehe ich es.

Er sitzt auf einem der Biker und bricht ihm das Genick, mit bloßen Händen, während Jake sich ihm langsam mit einer Machete in der Hand nähert.

»KILLIAN HINTER DIR!«, brülle ich und kann gerade noch sehen, wie Killian sich umdreht, in Deckung geht und mit einer eleganten Drehung Jake die Machete aus der Hand reißt und ihm den Kopf abschlägt.

»Ich war wirklich sehr geduldig mit dir, mein Herz. Jetzt reicht es aber.«

Aaron wirft mich über die Schulter und trägt mich aus dem Haus. Ich kämpfe, schreie und weine, doch ohne Erfolg. Zu sehen wie Jake getötet wird, macht mich irgendwie traurig. Auch wenn er mir unendlich viel schreckliches angetan hat, habe ich ihn mal geliebt. Anders als Aaron, ihn hasse ich aus tiefster Seele.

»Lass mich runter!«

Er tut genau das was ich sage und lässt mich an einer Klippe ab.

»Hab keine Angst, mein Herz, jetzt bist du wieder bei mir. Wir sind endlich wieder vereint. Nur wir beide.«

Er hat komplett den Blick auf die Realität verloren! Ich versuche so viel Abstand wie möglich zwischen uns zu bringen, als ich mit einem Fuß bereits drohe von der Klippe zu fallen. Das war es, es ist vorbei. Ich werde Killian verlassen, ich kann nicht zulassen, dass Aaron mich wieder so durch die Hölle gehen lässt und Killian genauso leiden muss wie ich.

Ich schließe die Augen und lasse mich von der Klippe fallen. Bilder von einer möglichen Zukunft spielen sich vor meinem inneren Auge ab. Killian und ich vor dem Altar. Wie er mich von hinten umarmt und meinen Babybauch streichelt. Unser gemeinsames Zuhause, Freunde und Familie. Ich lande nur mindestens drei Meter tiefer mit meinem Hintern auf dem weichen Waldboden und blicke direkt in die Öffnung einer Höhle.

»Was zum Teufel?«, murmle ich zu mir selbst, als auch Aaron bei mir ankommt.

»Siehst du wie ich leben musste? Jede Nacht hatte ich Angst zu erfrieren, aber in deiner Nähe zu sein, war es mir wert. Ich musste doch sichergehen, dass Killian dich nicht wieder von mir wegbringt.«

Die Höhle ist zwar nicht besonders groß, doch er hat hier wirklich alles was er braucht um zu überleben. Decken, Kissen, Verbandszeug, Getränke und sogar eine kleine Feuerstelle. Er hat sich selbst zum Neandertaler gemacht, nur weil er so unendlich besessen von mir ist. Ich habe das Gefühl, er wird immer gefährlicher.

Er zieht mich in seine Arme und drückt mir einen besitzergreifenden Kuss auf die Lippen, während er meinen Hintern knetet.

»Du bist heißer als jede Flamme die in der Hölle brennt, mein Herz. Fuck, ich hab dich so vermisst.«

Ich stehe wie versteinert vor ihm, voller Angst was als nächstes passieren könnte.

»Stell dich nicht so an, ich habe dir doch versprochen, dass ich dir verzeihe«, raunt er heiser an meine Lippen. Aaron schiebt mich an die Wand und drückt sich fester an meinen Körper. Shit, er ist schon total hart.

Ich kann das nicht zulassen, ich muss an meiner Liebe zu Killian festhalten.

Ich nutze meine Chance und sehe mich in der Höhle nach einer Waffe um, während Aaron eine Spur aus Küssen auf meinem Hals hinterlässt.

»Ich habe deinen Duft so vermisst. Shit, deinen Geschmack, deinen Puls unter meiner Zunge. Einfach alles an dir hat mir so gefehlt. Prinzessin, du bist perfekt, ich kann es kaum erwarten, dich zu meiner Königin zu machen.«

Weit und breit keine Waffe. Doch ich sehe etwas anderes. Aus dem Stein, der wie sein Tisch aussieht, scheint ein Stück rausgebrochen zu sein, denn es steht ein riesiger Splitter ab.

Ich nehme meine Rolle der gefügigen, willenlosen grauen Maus ein und schiebe ihn in diese Richtung.

»Zeig mir, wie sehr du mich vermisst hast, Aaron. Ich will das du mich durch die gesamte Höhle fickst und genau dort anfängst«, flüstere ich verführerisch und schiebe ihn etwas weiter in die Richtung meiner Waffe. Ich hoffe es klappt.

»Da bist du ja wieder, mein Herz, ich wusste das du wieder zu mir zurück finden wirst.«

Ja ja ganz genau, soll er nur denken ich hätte zu ihm zurück gefunden, jedoch nur, um dafür zu sorgen, dass sein Weg heute endet.

Ich stoße ihn mit voller Kraft auf den abstehenden spitzen Stein. Er kommt mit dem Hintern auf dem Boden auf, aber trotzdem erreiche ich genau das was ich wollte. Seine Wunde, die er mir zu verdanken hat, wird, samt seiner Hose, aufgerissen und er brüllt vor Schmerz.

»Du verdammte Nutte! Ich habe alles nur für dich getan! Und du dankst es mir so?«

»AARON WENN DU IHR AUCH NUR EIN HAAR GEKRÜMMT HAST, ZIEHE ICH DIR DIE HAUT AB!«

Killian! Er hat mich gefunden! Ich renne aus der Höhle und laufe meinem Mann in die Arme.

»Gott sei Dank, geht's dir gut, mein Engel?«

Ich nicke ihm zu und kuschle mich an ihn.

»Lass sie los, Killian! Und verschwinde bevor du getötet wirst, wenn nicht durch meine Hände, dann die meiner Männer.« Mit schmerzerfülltem Gesicht versucht Aaron sich zu erheben und kommt langsam auf uns zu.

»Du meinst die Männer, die du im Wald platziert hast? Mach dir um die keine Gedanken, sie sind alle tot. Genau wie der Abschaum, den du in unser Haus gebracht hast.«

»Nein, das kann nicht sein! Wie? Ich meine… wie dem auch sei. Lass sie los und verschwinde, Killian. Sie liebt dich nicht! Wieso siehst du das denn nicht? Merkst du nicht, dass jedes Mal, wenn du sie fickst, du sie eigentlich vergewaltigst und sie nur so tut, als würde sie es genießen? Ich weiß wovon ich rede, ich habe es am Anfang genauso getan.«

Aaron steht nun direkt vor uns. Killian schiebt mich hinter sich und baut sich bedrohlich vor Aaron auf.

»Du kleiner dreckiger Wichser redest am besten kein Wort mehr! Ich werde dir zeigen, wie sehr sie mich liebt. Aber zuerst…«, er pausiert seinen Satz und schießt Aaron so schnell ins andere Bein, dass ich gar nicht sehen konnte, dass er eine Waffe gezogen hat.

Killian zieht ihn an den Haaren zu einem Baum, an dem eine Eisenkette befestigt ist. Ich will gar nicht wissen wofür die eigentlich gedacht war. Mit ein paar geschickten Handgriffen kettet er Aaron daran fest.

»Jetzt, mein Freund, wirst du keine andere Wahl haben, als zu sehen, was wahre Liebe ist.«

Um Himmels Willen was hat er vor? Killian nimmt mich liebevoll an der Hand, zwinkert mir zu und verändert direkt sein Gesicht. Es wirkt plötzlich dämonisch, dunkel und gefährlich.

»Zieh dich aus.«

Ich stehe da und starre ihn nur verwirrt an. Das kann nicht sein Ernst sein. Sein Mundwinkel zuckt leicht nach oben und dann fasst er sich in den Schritt. Ich weiß, genau was er tut und um ehrlich zu sein, macht es mich total an. Ich ziehe mir mein Kleid über den Kopf, befreie mich aus der Unterwäsche und stehe nackt zwischen den beiden.

»Auf die Knie und Mund auf.«

Wieder folge ich seiner Anweisung. Killian öffnet seine Hose und rammt sich mir direkt in den Rachen. Alles an dieser Situation ist so falsch, aber trotzdem so geil, dass mir ein Stöhnen entfährt, welches von seinem Schwanz erstickt wird.

»DU HURENSOHN! NIMM DEINEN SCHWANZ AUS DEM MUND MEINER LADY!«, brüllt Aaron und zieht wie ein tollwütiges Tier an den Ketten. Killians Stöhnen wird lauter, als ich mit der einen Hand seinen Schwanz umfasse und ihm während des Blowjobs noch einen runterhole und mit der anderen Hand seine Hoden massiere.

»Braves Mädchen, das ist so verdammt gut. Fuck…«, er wirft den Kopf in den Nacken und vergräbt seine Hand in meinen Haaren um sich fester in mich zu rammen.

»Komm hoch, mein Engel, zeig Aaron wie sehr du mich liebst.«

Ich stelle mich vor Killian, der mich von sich wegdreht, mit dem Gesicht an die Außenwand der Höhle drückt und hinter mir auf die Knie geht.

»Wie immer bist du tropfend nass für mich, obwohl ich dich noch nicht einmal berührt habe. Siehst du das, Aaron? So sieht es aus, wenn eine Frau dich mit Herz und Seele will. Und genau so hört es sich an.«

Ehe ich verstehe was er mit seinem letzten Satz meint, hebt er mein Bein leicht an und rammt sich in mich.

»Oh ja, Killian, genau SO!«, stöhne ich, als er mit nur einem Stoß den Punkt in mir trifft, der sofort nach mehr verlangt.

»HÖRT AUF!«, brüllt Aaron erneut, doch Killian lässt sich von ihm nicht stören.

Er vögelt mich so dermaßen hart gegen die kalte Steinwand, dass mein Stöhnen in der Höhle nur so widerhallt.

»Deine kleine nasse Pussy ist das reine Paradies, mein Engel. Gott, ich werde dich bis an unser Lebensende ficken. Nur ich.«

Das Klatschen unserer nackten Haut übertönt das Stöhnen, welches uns beiden immer wieder entfährt.

Meine Nässe löst schmatzende Geräusche aus, die Killian dazu bringen sich immer stärker und stärker in mich zu rammen.

»Fuck, mein Engel, sag Aaron was er hören muss, SAG ES!«

»Ich gehöre…nur dir, Killian…Ahhhh Gott..«, schreie ich, als er, wie schon beim letzten Mal, seine Finger mit dazu nimmt und meinen Kitzler stimuliert.

»Sag ihm wen du liebst.«

»Dich.«

Er erhöht sein Tempo und beginnt leicht in mir zu zucken. Er dreht mich zu Aaron und gibt mir unauffällig etwas in die Hand. Als ich verstehe, was jetzt gleich passieren wird, vermischt sich die Lust mit unendlichem Glück.

»Ich liebe nur dich, Killian. Mein Herz, meine Seele, mein Körper, alles gehört dir.«

»Lass dich fallen, mein Engel, zeig ihm was kein Mann, außer mir, schafft.«

Ich befolge seine Anweisung und komme so extrem, dass ich den Boden direkt vor Aaron mit meiner ganzen Lust vollspritze.

»DU HURE! DU VERLOGENE HURE! DU WOLLTEST MICH LIEBEN!«

Mit diesem Satz kommt Killian so heftig in mir und ich nutze die Gelegenheit und schieße Aaron, mit der Waffe die Killian mir gegeben hat, direkt ins Herz.

»Gott, ist das heiß!«, brummt Killian und fickt mich einfach weiter. Er ist direkt wieder hart und fickt mich so bestialisch wie noch nie, während Aarons Leiche vor uns am Baum hängt.

Egal wie krank es sein mag, so etwas erotisches ist mir noch nie passiert.

Auch wenn sein Geist in die Hölle abgestiegen ist, ist sein Körper noch hier.

»Gott, Killian, ich komm gleich…«, ich schreie meine Lust in den Wald hinaus.

»Fuck, mein Engel, das ist so falsch und doch so verdammt gut. Gott, ich liebe deinen versauten Kopf. Schrei für mich! Holy…..«, er wird immer schneller, immer wilder und wir erleben gemeinsam den besten Höhepunkt, den wir jemals hatten. Verschwitzt lösen wir uns voneinander und stehen vor dem toten Aaron.

»Ich habe es beendet, Killian, es ist vorbei. Wir sind endlich frei!«, weinend springe ich ihm in die Arme.

»Du hast es geschafft, mein Engel. Du hast meinen Auftrag erfüllt. Es war deine Kugel, er ist nicht nur mit uns vor Augen gestorben, sondern auch mit unseren Initialen auf der Kugel. Ich bin so unendlich stolz auf dich.«

Er gibt mir einen langen, leidenschaftlichen Kuss und löst sich viel zu schnell von mir.

»Lass uns gehen, mein Engel. Die anderen sterben wahrscheinlich vor Sorge.«

Gemeinsam ziehen wir uns an, klettern den kleinen Abhang nach oben und begeben uns zurück zu unserem Haus.

Dort angekommen, stehen sie alle bereits draußen. Meine Mutter und mein Vater stürmen auf mich zu.

»Dios Mío, Hija! Ich habe gedacht ich hätte dich erneut verloren«, wimmert meine Mutter.

»Es ist vorbei, Leute, meine Frau hat es ein für alle Mal beendet.«

Alle Blicke liegen auf mir, sie schütteln grinsend den Kopf und tuscheln.

»Endlich bist du im Club der Psychos angekommen, kleine Rose«, spricht Asher ihre Gedanken laut aus und nimmt mich in den Arm.

»Wo ist Ana? Bevor ich gegangen bin wurde sie verletzt, geht es ihr gut?«, frage ich in die Runde, da ich weder die Zwillinge, noch Onkel Rico sehen kann.

»Sie wird gerade behandelt. Die Kugel hat kein wichtiges Organ getroffen, jedoch hat sie eine Menge Blut verloren«, antwortet mein Vater und führt mich den schmalen Weg entlang, der direkt ins Schloss führt.

»Wo gehen wir denn hin?«, will ich wissen und greife nach Killians Hand.

»Nach Hause, mein Engel. Du wirst endlich all das bekommen, was du schon immer verdienst.«

Kapitel 19

Esperanza

Seit nun mittlerweile drei Wochen leben wir bereits im Schloss und ich muss zugeben es ist wundervoll.

Auch wenn ich weiß, dass ich mich niemals zu 100 Prozent in diesem Schloss zurecht finden werde. Dieses Gebäude ist so verwinkelt, dass ich letzte Woche Killian anrufen musste, dass er mich abholen kommt, da ich mich auf dem Weg zu unseren Räumen verlaufen habe. Meine Eltern haben bereits eine Woche nachdem wir hier eingezogen sind, offiziell geheiratet. Das ganze Land hat sie gefeiert. Das ganze Volk war die letzten 21 Jahre alle Anhänger meines Vaters, mussten darüber aber Stillschweigen bewahren. Die erste offizielle Handlung die er, als königlicher Berater tätigte, war, alle die aufgrund ihrer Loyalität zu ihm eingesperrt wurden, freizulassen. Viele Fragen sich bestimmt, wieso er nur königlicher Berater geworden ist, anstatt sein Amt als König vollwertig aufzunehmen. Naja, diese Frage werden sie heute beantwortet bekommen.

Wieder einmal versuche ich mich im inneren des Schlosses zurecht zu finden, denn meine Mutter erwartet mich in ihren Räumen.

Killian und ich haben das oberste Stockwerk für uns allein.

Bis auf vier Zimmer, die für die Wachen sind, haben wir hier alles was wir bereits in unserem alten Zuhause hatten, nur diesmal um das Vierfache größer.

Bri, Ana und Alejandro wohnen ebenfalls im Schloss. Sie haben zwar nicht so viel Platz wie wir, man kann aber sagen, sie haben quasi ein kleines Haus in diesem Schloss. Onkel Rico und Asher kauften meinem Vater das Haus im Wald ab. Denn auch wenn das Volk es nicht sagt, wissen wir das sie ihre Beziehung nicht gut heißen. Ashers Schwester Lilly und ihr Freund wohnen ebenfalls auf dem alten Grundstück meines Vaters. Kurz nachdem alle Leichen, die sich im Wald und im Haus befanden, und Aaron, der in der Höhle lag, beseitigt wurden, herrscht endlich Frieden über unserer zusammengewürfelten Familie.

»Hija, du läufst mal wieder in die falsche Richtung«, ruft meine Mutter und steht hinter mir.

»Sorry, Mama, ich werde mich hier niemals zurecht finden. Jeder der möchte, dass ich zu ihm komme, sollte mir seinen Standort schicken.«

Sie lacht und führt mich durch die hellen Flure des Schlosses. Ich werde mich an diese Schönheit nie gewöhnen. Auch wenn es von außen aussieht wie eine abbruchreife Burg, könnte es innerlich nicht moderner sein. Der Boden ist, wie es eigentlich schon fast typisch ist, aus weiß-goldenem Marmor, die Wände dagegen sind recht schlicht gehalten. Untypisch für ein Königshaus ist allerdings, hier hängen statt Gemälde von unseren Vorfahren, Bilder von mir und meinem Vater als ich noch ein Kind war, von meinen Eltern in ihren jungen Jahren und die, die wir die letzten Monate aufgenommen haben.

Die Räume meiner Mutter sind in Weiß und Hell-blautönen eingerichtet, den Lieblingsfarben meines Vaters. Sie führt mich an ihren Schminktisch und zieht mir den Stuhl nach hinten.

»Bist du bereit für den heutigen Tag, mein Schatz? Ich kann es zumindest kaum erwarten«, sagt sie ver-träumt, während sie hinter mir steht und meine Haare in schöne Wellen formt.

»Ich glaube mit dir an meiner Seite werde ich das überstehen. Bist du dir wirklich sicher, Mama? So et-was gab es noch nie, was machen wir, wenn das Volk es nicht will?«

»Dann machen wir es trotzdem. Wir haben unsere Titel nicht umsonst, mi Corazon«, sagt sie schulterzu-ckend und widmet sich weiter meinen Haaren.

Die Tür geht auf und Killian kommt, gefolgt von meinem Vater, herein.

»Heilige scheiße, du siehst wunderschön aus, mein Engel.«

Er kommt auf mich zu, küsst mich auf den Kopf und kassiert einen Schlag auf den Hinterkopf von meiner Mutter.

»Nicht jetzt, mein Sohn, ich mache ihr gerade die Haare. Macht das ihr rauskommt und bereitet alles vor.«

Jetzt ist es mein Vater, der auf uns zu kommt und uns beiden einen Kuss auf den Kopf drückt.

»Dios, Hernan! Das gilt auch für dich!«, schimpft sie und schlägt auch meinem Vater auf den Hinterkopf. Lachend verlassen sie den Raum.

Meine Mutter verpasst mir noch ein leichtes Make-up und zeigt mir dann das Kleid, welches sie für den heutigen Tag ausgesucht hat.

Es ist schwarz mit weißer Spitze und mit einem sehr tiefen Dekolleté, man kann sogar mein Tattoo erkennen.

»Schwarz? Sollte es nicht etwas fröhlicher sein, Mama?«,

»Nein, mein Schatz. Dieses Haus hat seine eigenen Traditionen. Schwarz ist die Farbe der Macht und du meine wunderschöne Esperanza, bist der Inbegriff dessen«, ihre Worte verursachen eine Gänsehaut auf meinem Körper. Ich weiß genau was sie meint. Und wenn ich alles Revue passieren lasse, hat sie recht. Ich bin mächtig. Ich habe meine Peiniger überlebt und den schlimmsten von ihnen selbst hingerichtet, und auch wenn man darauf nicht stolz sein sollte, bin ich es über alle Maßen.

»Es ist so weit, lass uns gehen, mein Schatz.«

Meine Mutter zieht den Reißverschluss des Kleides hoch, nimmt mich an der Hand und gemeinsam laufen wir zum Hauptbalkon des Schlosses, der sich in meinem und Killians Stockwerk befindet.

Wie erwartet ist der Hof bereits voller Menschen und verschiedenen Fernsehteams, die es kaum erwarten können mich das erste Mal zu sehen. Ich habe mich bis jetzt davor gedrückt, mich vor dem Volk zu zeigen, jedoch komme ich nicht mehr drum herum, vor allem nicht bei dem, was meine Mutter heute bekanntgeben wird.

»Meine Lieben, ich danke ihnen vielmals, dass sie sich heute hier versammelt haben, um meine Tochter kennenzulernen. Ich weiß, viele von euch sind zutiefst enttäuscht von mir, wegen meines Verrats an dem verstorbenen König, jedoch kennen sie nun die ganze Wahrheit und ich hoffe, sie können mich wieder als ihre Königin ansehen.«

Die Menge jubelt, schreit ihre Liebe hinaus und hebt Plakate mit dem Namen meiner Mutter in die Luft.

»Ihr wisst ja ich bin nicht die typische Königin, die gesittete Sprache lag mir noch nie im Blut, genauso wenig die verlangte Etikette, deswegen werde ich euch heute auch eine sehr ausgefallene Neuigkeit verkünden.«

Sofort verstummen alle und schauen gespannt nach oben.

»Meine Lieben, das ist meine Tochter. Prinzessin Esperanza-Gabriela Garcia. Sie ist ab heute die Königin von Spanien, gemeinsam mit mir. Wir werden als Mutter und Tochter regieren und unsere Männer werden unsere Königlichen Berater sein.«

Ich stelle mich neben meine Mutter und hebe meine Hand, so wie sie es mir gezeigt hat und sofort beginnen die Leute zu schreien. Sie jubeln, weinen und rufen meinen Namen. Sie sind begeistert.

Ich habe mit allem gerechnet, jedoch nicht mit dieser Akzeptanz. Mein Vater und Killian stellen sich neben uns und winken dem Volk ebenfalls zu.

»Es ist also offiziell, die Menschen lieben dich. Ich habe es dir gesagt, Pumpkin. Ich bin unendlich stolz auf dich«, sagt mein Vater, mit Tränen in den Augen.

»Ich liebe dich, Papsi.«

Ich nehme ihn in den Arm und kuschle mich an seine Brust, wie ich es schon lange nicht mehr gemacht habe.

»Ich liebe dich auch, mein kleines Mädchen. Oh nein, ich meine eure Hoheit.«

Er löst sich von mir und macht einen Knicks, genau wie Killian, der sich vom Geländer gelöst hat.

»Hört auf damit, ich… dass… Ahhhh hört auf, ihr Spinner.«

Lachend stehen sie auf und wir verlassen den Balkon.

»Mein Engel, wir sollten vor dem Essen noch etwas erledigen«, sagt Killian und zieht mich Richtung Hinterausgang.

»Der Hof ist voller Menschen, denkst du es ist eine gute Idee sie mit rauszunehmen?«, fragt meine Mutter besorgt. Killian legt seinen Arm um ihre Schulter und führt sie in Richtung des Wohnbereiches, glaube ich zumindest, jede Ecke sieht doch gleich aus.

»Niemand wird uns sehen, mach dir keine Sorgen, Mom.«

Mein Kopf fährt in ihre Richtung, genau wie der meines Vaters. Die Augen meiner Mutter füllen sich mit Tränen und Killian kratzt sich verlegen den Kopf.

»Es tut mir leid… ich meine…«

»Komm bloß nicht auf die Idee es zurück zu nehmen, mein Sohn! Du hast mir gerade ein wunderschönes Geschenk gemacht. Ich danke dir so sehr.«

Die beiden fallen sich in die Arme und ich würde lügen, wenn ich sage diese Situation würde mich und meinen Vater nicht ebenfalls zu Tränen rühren.

Als Killian sich von meiner Mutter gelöst hat, kommt er auf mich zu und führt mich an der Hand hinaus.

Wir durchqueren den Hinterhof, der zum Glück, für niemanden, außer die Anwohner des Schlosses, zugänglich ist. Stumm laufen wir Hand in Hand durch den Garten bis wir vor dem Eingang des Labyrinths zum Stehen kommen.

»Was hast du vor, Liebster? Du weißt das ich den Orientierungssinn eines Hasen habe, oder?«

»Aber ein Hase ist schnell, und genau das sollst du jetzt für mich sein.«

Verwirrt schaue ich ihn an, ich habe keine Ahnung wovon er spricht.

»Renn, denn wenn ich dich fange, ficke ich dir das Hirn raus, meine Königin.«

Oh Himmelherrgott, hab ich schonmal erwähnt, dass ich diesen Mann liebe?

»RENN!«, brüllt er und ich nehme die Beine in die Hand und renne, wie eine Irre, durch das verworrene Labyrinth. Jeder Winkel, alles sieht gleich aus, genau wie die Statuen die sich nicht ähnlicher sehen könnten.

Ich bin noch nicht weit gekommen, als ich beginne planlos durch die Gegend zu rennen.

»Schneller, mein Engel, ich kann deine Lust riechen.«

Fuck! Er kommt immer näher und ich habe keine Ahnung, wohin ich überhaupt rennen soll. Ich werde immer schneller und stehe plötzlich in einer Art Kreis. Es ist wunderschön hier.

In der Mitte des Kreises steht ein Brunnen, der mit Engeln verziert ist und in dessen Wasser lauter Rosenblätter schwimmen.

»Hab dich, jetzt gehörst du mir«, flüstert er mir ins Ohr und dreht mich zu sich.

»Ich will dich, mein Engel, so sehr. Fuck, ich komme, nur bei dem Gedanken an deine kleine Pussy, die sich um meinen Schwanz klammert.«

Seine Worte lassen mich zittern, ich bekomm eine Gänsehaut und ein heißes Gefühl breitet sich in meiner Mitte aus.

Bevor er etwas sagen kann, stoße ich ihn auf die Bank, die in unmittelbarer Nähe steht.

Wie schon einmal beginne ich vor ihm zu tanzen. Ich schiebe mir die Träger des Kleides von meiner Schulter und öffne meinen Reißverschluss. Als wenn ich es gewusst hätte, habe ich mich für ein schönes schwarzes Höschen entschieden und trage keinen BH.

»Das ist der Himmel und die Hölle zugleich. Mein Engel, du bist verboten heiß.«

Ich kreise meine Hüften, steige quälend langsam aus meinem Kleid und gehe in kleinen Schritten auf ihn zu.

Er hält bereits seinen Schwanz mit der Faust umschlossen und wichst ihn auf meinen Anblick. Ich gehe vor ihm auf die Knie und löse seine Hand von der Erektion, auf der sich bereits Lusttropfen angesammelt haben. Ich fahre mit meiner Zunge seine Länge nach und lasse sie dann über seine Eichel kreisen. Immer wieder lasse ich ihn in meinen Mund gleiten und dann langsam wieder heraus, bis ich merke das Killian die Geduld verliert. Ich umklammere ihn grob und beginne stark zu saugen.

»Verfickte Scheiße!«, stöhnt er und drückt meinen Kopf so hart auf seinen Schwanz, dass ich sofort beginne zu würgen.

»Genau SO! Lass mich hören, wie dreckig die Königin sein kann.«

Ich blicke nach oben und sehe ihm direkt in die Augen, das bringt ihn so sehr aus der Fassung, dass er sich immer wieder so stark in meinen Rachen rammt, bis mir der Speichel aus dem Mund tropft. Sein Geschmack ist unbezahlbar, ich liebe es seine Lust auf meiner Zunge zu schmecken. Er drückt mir leicht die Nase zu und rammt sich noch einige Male in meinen Rachen bis ich fast ersticke. Er beugt sich vor und schiebt seine Hand zwischen meine Beine.

»Fuck…«

Er zieht mich an den Haaren nach oben und lehnt mich über den Brunnen.

Killian leckt jeden Tropfen von meinen Beinen, bis er an meiner Pussy ankommt.

»Du schmeckst so unendlich gut, fuck, ich will mehr davon.«

Wenn er das vorhat, an was ich denke, laufe ich direkt wieder aus. Killian drückt meinen Kopf fast ins Wasser und rammt sich in mich. Ich umschlinge die Statue um nicht den Halt zu verlieren und schreie. Er kombiniert seine Stöße mit starken Hieben auf meinen Arsch. Der Schmerz vermischt sich sofort mit Lust und treibt mich dazu, meinen Körper immer weiter zu ihm zu drängen.

»So hungrig nach mehr…Gott du bringst mich noch ins Grab«, stöhnt er und zieht sich für einen kurzen Moment aus mir heraus, um sich auf die Bank zu setzen und mich sofort wieder auf seinen Schoß zu rammen.

Er füllt mich komplett aus und bringt mich nur noch mehr zum Schreien.

Unter mir wird alles nass, er schiebt seine Hand zwischen uns, fährt über die Nässe und schiebt mir die Finger in den Mund.

»Siehst du, wie gut du schmeckst, mein Engel? Du machst mich süchtig.«

Ich kann mich selber auf meiner Zunge schmecken. Das alles ist so unendlich erotisch. Ich bin kurz davor zu kommen und Killian scheint es zu merken, denn er hebt mich von seinem Schoß, setzt mich auf die Bank und kniet sich vor mich.

»Ich muss mehr von dir schmecken. Du machst abhängiger als jede Droge.«

Seine Stimme ist voller Verlangen und kurbelt meine Lust noch weiter an.

Er schiebt drei Finger in mich und leckt in kreisenden Bewegungen meinen empfindlichen Kitzler. Das ist so verdammt intensiv, dass sich dieses eine Gefühl wieder meldet.

»Oh Gott, Killian, ich…das ist so gut.. fuck…«, stöhne ich und lege den Kopf in den Nacken. Er krümmt seine Finger nach oben und dann passiert es.

Ich lasse los und entleere meine Lust in Killians Mund.

Er stöhnt genussvoll und ich gleite direkt in den nächsten Orgasmus. Er erhebt sich, schluckt und zerrt mich an den Haaren wieder über den Brunnen.

In nur wenigen Stößen bin ich wieder so in Wallung, dass ich erneut komme, während er sich bis zum letzten Tropfen in mir entleert. Gemeinsam sacken wir schwer atmend auf der Bank zusammen.

»Der Schatten-Killer hat aus seinem Engel die Queen of Darkness gemacht. Ich wusste es schon immer, ich habe dich in meinen Nebel gezogen, mein Engel.«

Und wie er das hat und ich will nie wieder aus dieser Finsternis entkommen.

Epilog
1 Jahr später

Esperanza

Große weiße Flocken sind das Erste was ich sehe, nachdem ich, nach einer sehr kurzen Nacht, aufwache.

Mein Leben hat sich im vergangenen Jahr komplett verändert. Ich bin die Königin eines Landes, mit dem ich mich zuvor nie befasst habe. Trotzdem liebe ich alles daran. Die Menschen sehen zu mir auf, da ich trotz meiner Stellung in einem Crashkurs das Studium beendet habe, welches ich wegen Jake abbrechen musste. Jakes Vater wurde inzwischen wegen der Beteiligung an meiner Entführung, die Jake und Aaron inszeniert hatten verhaftet, und muss auf Grund der schwere des Vergehens, lebenslänglich ins Gefängnis.

Bri, Ana und Alejandro sind mittlerweile verlobt und wer hätte es gedacht, die Schwestern sind schwanger. Ana im fünften und Bri im sechsten Monat. Es war schwieriger für die Beiden, ihrem Leben als Killerinnen den Rücken zuzuwenden als die Schwangerschaft selbst.

Asher und Enrico sind verliebt wie am ersten Tag, selbst das Volk scheint die beiden zu lieben. Lilly hat mit ihrem Freund das Land verlassen und bereist gerade die Welt, somit kann sie heute leider nicht dabei sein. Heute ist nicht nur Killians Geburtstag, sondern auch unsere lang ersehnte Hochzeit. Ich strecke mich im Bett und taste Killians Seite ab, jedoch ist diese leer.

Sofort schrecke ich hoch, er hat doch nicht etwa kalte Füße bekommen?

»Deinem Blick nach zu urteilen, glaubst du wirklich daran, dass er dich sitzen lässt oder?«, ertönt die Stimme meines besten Freundes und Trauzeugen, der in der Ecke meines Schlafzimmers an die Wand gelehnt steht.

»Wo ist er?«

»Er hat eine Überraschung für dich, also mach dich fertig, wir kommen sonst zu spät.«

Verwirrt schaue ich auf den Wecker, der auf meinem Nachttisch steht.

»Ich habe noch 7 Stunden Zeit oder bin ich auf einer anderen Hochzeit?«

»Frag nicht so viel, kleine Rose, mach dich fertig und das sofort. Los, raus aus den Federn.«

Er zieht mir die Decke vom Körper und verdreht die Augen als er sieht, dass ich darunter nackt bin.

»Ihr beide seid so schlimm! Ihr könnt die Finger nicht voneinander lassen und dann muss ich dich öfter nackt sehen als meinen eigenen Freund!«

»Ich kann doch nichts dafür, wenn du so hohl bist und es immer wieder tust. Man könnte meinen du wechselst das Ufer«, necke ich ihn und zwinkere ihm zu.

»Steh auf bevor ich dich aus dem Bett zerre, kleine Rose.«

Widerwillig stehe ich auf und folge ihm ins Badezimmer. Asher hat sich als wahrhaftiger Friseur entpuppt. Niemals wäre mir in den Sinn gekommen, dass er mit seinen riesigen Händen solche schöne Frisuren zaubern kann.

»Wie fühlt es sich an, zu wissen, dass man bald ein Leben lang an einen anderen Menschen gebunden sein wird?«, fragt er während er mir die Haare hochsteckt.

»Ich glaube das die Heirat für Killian und mich nur eine Formalität ist. Wir haben uns gegenseitig unter der Haut verewigt, eine engere Verbundenheit gibt es gar nicht.«

Süß wie er ist, klimpert er mit den Wimpern und konzentriert sich wieder auf meine Frisur.

Die Tür wird geöffnet und meine Mutter kommt rein, gemeinsam mit den Zwillingen. Sie tragen alle drei das gleiche rosafarbene Kleid. Meine Mutter so elegant zu sehen ist nichts neues. Jedoch die Zwillinge in etwas anderem als Jeans und Lederjacken zu sehen, ist merkwürdig. Alle drei geben mir nacheinander einen Kuss und ich streichle wie immer die Kugeln der Zwillinge.

»Bist du bereit offiziell ein Teil unserer Familie zu werden?«, fragt Bri die bereits jetzt mit ihren Tränen zu kämpfen hat.

»Ich kann es kaum erwarten. Was sagt der Arzt, wisst ihr was es wird?«

Die beiden schauen sich grinsend an und nicken überschwänglich mit den Köpfen.

»Ich trage eine kleine Tochter unter dem Herzen und kann es kaum erwarten dir ihren Namen zu verraten…«

Bri nimmt meine Hand und schaut mir voller Liebe in die Augen.

»Sie wird den Namen Freya bekommen, genau wie ihre Tante, die ihn 21 Jahre lang mit Stolz getragen hat.«

»Und meine Tochter werde ich Kaylita nennen. Zu Ehren von Killians Schwester. Und da ihr Vater

Spanier ist, haben wir beschlossen den Namen etwas aufzupäppeln.«

Ich weiß gar nicht was ich sagen soll, ich nehme die beiden in die Arme und bekomme direkt Ärger von Asher.

»Wenn ihr hier seid um sie zum Weinen zu bringen, verschwindet. Wir müssen uns ranhalten. Die Zeit rennt, also entweder ihr helft oder haut ab. Das gilt auch für dich, liebe Königin.«

Er küsst meine Mutter auf die Wange.

»Wir helfen dir. Ich kann mir nicht vorstellen wie Killian schaut, wenn er denkt sie taucht nicht auf.«

Lachend helfen sie mir in mein Kleid und sehen sich danach ihr fertiges Werk an.

»Du bist atemberaubend schön, mein Schatz.« Meine Mutter strahlt übers ganze Gesicht und dreht mich zum Spiegel.

Heilige Scheiße, sehe ich gut aus. Asher hat mir die Haare zur Hälfte hochgesteckt und an den Seiten jeweils zwei lockige Strähnen platziert. Mein Make-Up ist wie immer schlicht gehalten, ein wenig Wimperntusche, rosa Lippen und Puder. Mein Kleid ist untypisch für eine Königin. Es ist schlicht, ohne viel Tüll oder ähnliches. Es liegt eng an meinem Körper und zieht eine Schleppe hinter sich. Es ist zudem trägerlos und bestickt mit wunderschöner Spitze. Ich hoffe Killian wird es gefallen.

»So, lasst uns gehen, wir haben einen weiten Weg vor uns«, sagt Asher und schnappt sich eine Tasche, die er hinter dem Sessel hervorzieht.

»Was habt ihr eigentlich vor? Wir brauchen 10 Minuten zur Kapelle.«

Die Anwesenden ignorieren mich und führen mich zu einer Limousine.

»Bitte einsteigen, eure Hoheit.«

Asher nimmt meine Hand, während meine Mutter die Schleppe meines Kleides trägt und führt mich ins Innere des Wagens führt.

»Wo fahren wir hin? Würde mir mal jemand antworten?«

»Entspann dich einfach, kleine Rose.«

Nach einer kurzen Fahrt, kommen wir an einem kleinen Hagner an wo bereits ein Privatjet auf uns wartet.

»Wo fliegen wir denn jetzt hin? Was zum Teufel habt ihr vor?«

Nicht nur, dass ich weiter ignoriert werde, nein, mir werden allen Ernstes nach dem Betreten des Jets, die Augen verbunden!

»Wehe ihre Schminke sieht später beschissen aus, ich werde euch die Schuld geben!«, brummt Asher und setzt sich neben mich.

• • • • •

Eine halbe Ewigkeit später, landen wir endlich und ich werde erneut in einen Wagen geschoben. Die Neugierde hat sich mittlerweile in Wut verwandelt. Keiner hat mit mir auch nur ein Wort geredet. Niemand wollte mir sagen wo es hingeht. Nach einigen Minuten Fahrzeit, scheinen wir endlich das Ziel erreicht zu haben, und mir wird beim Aussteigen geholfen.

»Hallo, Pumpkin. Du siehst selbst mit dieser Augenbinde schöner aus als ich es für möglich gehalten habe«, ertönt die Stimme meines Vaters.

»Willst du mir sagen, was das alles zu bedeuten hat?«, frage ich ihn mit leicht angepisstem Ton.

»Nein, das werde ich nicht. Es gibt jemanden der das besser kann als jeder andere von uns.«

Er führt mich einige Meter und nimmt mir die Augenbinde ab. Ich glaube nicht was ich hier sehe.

Wir befinden uns in einem Park und nicht in irgendeinem, sondern dem, in dem Killian und ich uns kennengelernt haben.

Alles um mich herum ist wunderschön dekoriert. Überall weiße und rote Rosen, Ballons und direkt in der Mitte ein Hochzeitsbogen.

»Wow…Das…ich liebe es..« Ein Räuspern unterbricht mich und endlich sehe ich ihn, Killian.

Er sitzt auf der Bank auf der ich gesessen habe und sieht mich mit großen Augen an.

»Hallo, mein Engel. Du…Wow…Du...bist wunderschön.«

Er kommt auf mich zu und zieht mich in die Arme.

»Danke, besser hätte dieser Tag nicht werden können, Liebster. «

Vor uns taucht ein Pfarrer auf, dem es sichtlich unangenehm ist, einen Mann mit der Königin von Spanien zu vermählen, wenn dieser eine Waffe am Hosenbund trägt.

»Wir haben uns heute hier versammelt um diese beiden in den heiligen Bund der Ehe zu begleiten.«

Ich blende ihn total aus, höre seine Ansprache nicht, sondern konzentriere mich nur auf den wundervollen, gutaussehenden Mann vor mir. Killian trägt einen schwarzen Anzug. Er hat sich dazu überreden lassen seine Haare weiterhin länger zu tragen und ich habe es auch geschafft ihn dazu zu bringen, dass er auf dem Hof die Kapuze weglässt. Viele der Wachleute haben ihn nicht direkt erkannt und wollten ihn einsperren, da er für einen Eindringling gehalten wurde.

»Du musst etwas sagen, mein Engel, anstarren darfst du mich später.«

Ich zucke vor Schreck zusammen und habe nicht mitbekommen das wir bereits bei unserem Ja-Wort angekommen sind.

»Ja, ja ich will, auf jeden Fall!«

Die Menge lacht und der Pfarrer stellt Killian die gleiche Frage.

»Ja, ich will.«

»Mit Kraft des mir verliehenen Amtes, erkläre ich sie hiermit zu Mann und Frau, sie dürfen die Braut jetzt küssen.«

Killian hebt mich hoch, wirbelt mich herum und drückt seine Lippen auf meine.

»Ich dachte wir sollten unsere Ehe genau dort beginnen, wo alles angefangen hat. Auf dieser Bank, an diesem einen Abend, habe ich mein Herz an dich verloren. Du hast mich sofort umgehauen, ich konnte keinen klaren Gedanken mehr fassen, außer dass ich dich haben will. Du solltest mir gehören und mir war egal, was genau ich dafür tun muss, wie viele Menschen ich aus dem Weg räumen muss, um zu bekommen was ich will. Ich habe dich vom ersten Moment an geliebt, mein Engel, und das werde ich auch für immer. Auf Ewig und darüber hinaus.

»Und ich liebe dich genauso, mein Liebster. Auf Ewig und darüber hinaus.«

Ich fühle mich komplett, endlich angekommen. Dieser Mann, der mir am Anfang Angst gemacht hat, mich bedrängt und belästigt hat, ist zu meinem sicheren Hafen geworden. Eins kann ich euch sagen, urteilt niemals über die Wege, die ein Mensch einschlägt um euch zu bekommen. Wie verwerflich sie auch sein mögen, wenn ihr euch dabei trotzdem gut fühlt, wisst ihr das ihr sicher seid.

Auch wenn das reale Leben kein Märchen ist und Killian nicht der Prinz ist, der auf einem weißen Pferd angeritten kam, ist er am Ende trotzdem der Mann meiner Träume. Er ist meine Dunkelheit, mein Schatten und mein Licht. Ich lebe mein eigenes Märchen und ich hoffe jede von euch findet ihren ganz persönlichen Killian.

Ende

Ein riesiges Dankeschön, geht an meine Testleser. Claudi und Kathi. Eure Arbeit, Geduld und Hilfe haben es mal wieder so weit gebracht, dass ich dieses Projekt beenden und perfektionieren könnte

Claudi mein Herz - Danke, danke dafür das du in diese Geschichte genauso eingetaucht bist wie ich. Wir gemeinsam mit Killian und Esperanza durch Spanien spaziert, haben jeden Schritt mehrmals durchgekaut. Du hast dich immer und immer tiefer in die Geschichte reißen lassen und ganz ehrlich? Ohne dich wäre es niemals so weit gekommen. Wäre ich niemals so weit gekommen. Danke für deine tägliche Unterstützung, die stundenlangen Telefonate, Krisensitzungen und Rabbit Hole suchen :D

Kathi- Was soll ich sagen, ich weiß das es eigentlich nicht dein Gerne ist, aber trotzdem, hast du dich in den Sturm der Dunkelheit ziehen lassen und mich wie auch schon bei Vita mia bis zum Ende begleitet.

Danke auch an Gio, Dana Jai, Gina und Cindy, denen ich immer wieder einige Kapitel schicken durfte, sie mir ihre Meinung und eventuelle Verbesserungsvorschläge entgegen gebracht haben.

Ihr habt mir immer wieder neuen Mut zugesprochen, mich immer wieder motiviert und euch meine Sorgen angehört.

Wie sagt man so schön? Das beste kommt zum Schluss. Danke an all die, die mich bereits bei meinen ersten Büchern unterstützt haben. An die, die sich von mir haben in die Dunkelheit ziehen lassen. An meine Bloggermäuse die tatkräftig auf die Werbetrommel gehauen haben, um mich auf meinem Weg zu unterstützen. Eure ganzen Nachrichten, Videos und die ganze Liebe die ihr mir entgegen gebracht habt, hat mich immer weiter dazu angetrieben, Vollgas zu geben und jetzt sind wir hier. Am Ende des ersten Bandes meines zweiten Buches.

Danke an jeden einzelnen der weiterhin den Pfad der Dunkelheit mit mir gehen wird. Ihr werdet es nicht bereuen 🤍